영화 속
오컬트 X-파일

영화 속

오컬트, X-파일

멀더 ✡ 이한우 지음

나무
발전소

공포의 근원을 찾아서

공포의 근원은 무엇인가? 왜 사람들은 공포 영화를 보면서 무서워하는 것일까? 이 책은 이와 같은 단순한 의문점에서 시작되었다.

하지만 의문이 단순하다 해서 해답 또한 단순하지는 않다. 그 의문을 밝히려면 공포의 저변에 흐르는 현상에 대한 검증적, 학술적 통찰이 뒤따라야 하기 때문이다.

지금까지의 공포 영화 분석은, 극 중 캐릭터나 스토리 중심으로 설명되어진 것이 대부분이며, 어떻게 해서 그런 괴현상이나 초자연적 사건이 일어나는지에 대해서는 함구하고 있었다. 영화 『엑소시스트』의 악령 들린 여주인공이 고통 받는 이유는 무엇이며 신들린다는 것은 대체 어떤 현상인지, 공포 영화의 단골 소재로 나오는 늑대 인간은 어디에 기원을 두고 있으며 그것이 '낭광狼狂' 이라는 병의 일종일 수 있다든지, 또는 유령이 사람들 앞에 나타날 때에는 '엑토플라즘' 이라는 물질을 이용하여 스스로의 몸을 구성한다든지 하는 등의 여러 미스터리한 현상에 대한 정확한 고찰이 없었던 것이 사실이다.

그도 그럴 것이 그러한 현상들을 설명하는 것은 아직 우리나라에서는 생소한 심령 과학이나 오컬트 Occult 학에 속한 분야인지라, 외국처럼 대학에 정규 학과로 신설된 곳도 전무할 뿐더러 공신력 있는 양성 교육 기관도 없기 때문에 지금까지 논외의 대상으로 치부되었던 것이다.

필자는 이러한 현실을 극복해보고자 지난 10여 년 동안 국내외의 희귀자료 및 서적, 그리고 여러 인물들을 직접 만나면서 인터뷰해온 결과들을 모아서 국내 최초로 공포 영화에 대한 '오컬트적 분석집'을 기획하게 되었다. 이 책에 실린 글들은 그동안 언론 매체나 기업체 사보, 미스터리 연구 사이트 등에 기고했던 것들을 새롭게 다듬고 퇴고를 거친 내용들로서, 독자 분들이 일목요연하게 구분할 수 있도록 비슷한 주제별로 묶었다. 유명 공포 영화들과 고전 그리고 희귀 작품들을 골고루 섞어 편집했기 때문에 공포 영화 마니아는 물론 일반 영화 팬들에게도 쉽고 재미있게 다가갈수 있으리라 생각된다.

또한 각 글의 말미에는 참고 문헌을 일일이 수록하여, '믿거나 말거나' 식의 허황되고 무책임한 행태를 피했으며, 독자 스스로 참고 문헌을 찾아 궁금증을 풀어보고 연구할 수 있도록 배려하였다.

이 책에서 분석한 신비한 현상이나 기록들은 그 진위를 떠나 그것 자체로 모든 인류 문화의 소산이요, 역사의 한 페이지라고 할 수 있다. 모쪼록 독자 분들이 이 책을 통해 인간사의 감추어진 부분을 들추어보면서 재미를 만끽함과 동시에, 흑백논리나 독선적인 사고방식을 벗어나 열린 마인드의 세계로 여행을 떠나게 되길 진심으로 바라는 바이다.

이렇게 깔끔하게 서문을 마무리 지으면 폼도 나고 좋으련만, 책이 출판된다고 하니 고마운 분들이 텍사스 소떼처럼 눈에 밟혀 그냥은 못 지나갈 것 같다.

졸필임에도 불구하고 너그러운 자비심으로 출판을 강행해주신 나무발전소의 김명숙 사장님과 출판기획사 일락의 권희진 실장님께 무한한 감사를 드린다. 델마와 루이스(Thelma & Louise) 같은 두 분의 콤비 플레이가 없었다면, 심장에 말뚝 박힌 흡혈귀처럼 이 책에 실린 글들은 영원히 빛을 보지 못했을 것이다.

또한 괴상망측한 글을 계속 기고할 수 있도록 허락해주시고 격려해주신 스포츠조선의 박진열 팀장, 한국일보의 이성훈 팀장, LG생활건강의 김장희 선생님께도 깊은 애정의 뽀뽀를 해드리고 싶다(물론 모두들 거절하실 것을 잘 안다).

옆에서 항상 물심양면으로 지원을 해주고 힘을 북돋워준 친구 마용준 군에게는 너무나 감사하여 목이 메어올 정도로 할 말이 없다. 진정한 우정을 보여준 친구에게 예쁜 처녀 귀신이라도 소개해줘야 할 것 같다.

내 삶의 근원지이자 빡센 훈련장이었던 가족에 대해 언급하지 않을 수 없다. 못난 자식을 속 끓이며 바라보셨을 아버지, 철없는 오빠를 조마조마하게 주시했을 동생 혜정이 그리고 하늘에 계신 어머니께 이렇게 지면을 통해서나마 사랑한다는 말을 전하고 싶다. 물론 눈에 넣어도 아프지 않은 조카 이태린 군과 매제 이승필 님에게도 마찬가지다(평생 가야 면전에서 그런 말을 하지 못할 게 빤하니 이렇게라도 하련다).

아빠의 책이 출간되는 줄 어찌 알고 기특하게도 같은 해에 출생한 딸내미 예린이, 그리고 그 딸을 낳아준 인생의 스승이요, 동반자인 와이프 보리님 오원전 양, 두 모녀에게 충성을 다짐하며 이런 소중한 인연을 맺게 해주신 김미송 여사님께 삼보일배를 올리고자 한다.

떠오르는 고마운 분들께 더 인사를 드리고 싶지만, 각종 영화제나 미스코리아 대회에서 장황하게 늘어놓는 인사말을 듣기 싫어 매정하게 TV를 껐던 기억이 생생한지라 감사의 말씀은 이쯤에서 마무리하고 재미없는 서문을 마칠까 한다. 섭섭하신 분들은 따로 연락을 주시면 막걸리 한잔 대접해 올리도록 하겠다.

끝으로 자그마한 소망이 있다면, 부디 이 책이 책장에 고이 모셔지는 책이 아닌 화장실에서도 거침없이 볼 수 있는 책이 되기를 바라는 바이다 (휴지 대용으로 쓰시라는 얘기는 절대 아니다).

내 영혼의 스승이신 라마나 마하리쉬(Ramana Maharishi) 선생께 이 책을 바친다.

2009년 6월 마지막 날
멀더 이한우

Contents

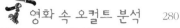

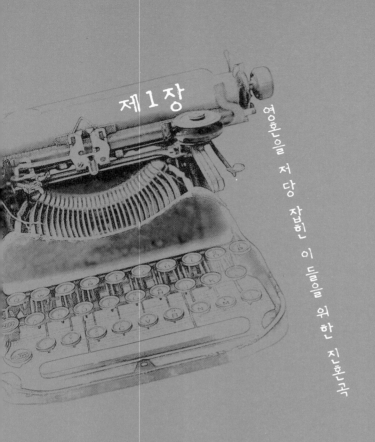

제1장

영혼을 저당 잡힌 이들을 위한 진혼곡

귀신들림과 엑소시스트

공포 영화의 영원한 지존 『엑소시스트』

『엑소시스트(1973)』

핏빛 태양이 작열하는 황량한 이라크 사막의 유적 발굴 현장. 앞으로의 영화 전개를 미리 암시하듯 노신부 메린(Max Von Sydow)과 고대 페르시아 악마상의 대립 장면을 보여주며 영화 『엑소시스트(The Exorcist, 1973)』는 시작된다.

한편, 미국 조지타운에 사는 인기 여배우 크리스(Ellen Burstyn)는, 어느 날 밤 딸 레건(Linda Blair)의 방에서 이상한 소리를 들은 뒤 딸에게 기이한 증세가 나타나는 것을 느끼고 여러 병원을 드나들며 원인을 알아보고자 하나, 병명조차 알아내지 못한다. 레건의 증세는 점점 악화되고, 크리스는 딸을 구하기 위한 최후의 수단으로 엑소시즘Exorcism, 퇴마 의식에 의지한다. 그 와중에 다미안 카라스 신부(Jason Miller)와 만나게 되고, 이라크에서 돌아온 메린 신부까지 합세하여 본격적으로 악마를 퇴치하기 위한 엑소시즘에 돌입한다.

하지만 퇴마 의식은 쉽게 진행되지 않는다. 레건의 몸에 들어간 악마는 카라스 신부의 인간적인 고뇌를 약점으로 파고들어 괴롭히고, 평소 지병을 앓아온 메린 신부는 너무나 힘을 쓴 나머지 급기야 퇴마 의식 도중 쓰러지고 만다. 결국 다시 정신을 차려 퇴마 의식을 진행하는 카라스 신부와 악마의 소름 끼치는 대결은 파국을 향해 치닫게 된다.

호러와 종교의 절묘한 앙상블을 이뤘다는 평을 받은 『엑소시스트』는 월리엄 피터 블래티(William Peter Blatty) 의 동명 소설을 월리엄 프리드킨(William Friedkin) 감독이 뛰어난 영상미와 흐름으로 스크린에 옮긴 영화로서, 개봉 당시엔 종교계로부터 많은 저항을 받기도 했다. 하지만 지금에 와선 공포 영화의 한 전형을 만들어냈다는 평가를 받고 있을 정도로 작품성이 출중한 현대 공포물의 고전이다.

영화 『엑소시스트』는 영화 외적으로도 많은 파란을 불러일으켰다. 이 영화에 출연했던 배우나 관계자들에게 원인을 알 수 없는 사고와 죽음이 계속 이어졌기에 악마의 저주라고까지 불리고 있는데, 악령에 들린 소녀 레건 역을 맡았던 린다 블레어는 이미 10대 때 마약 중독이 되어 재판을 받기도 했으며, 영화를 찍던 조명 감독은 갑자기 떨어진 조명을 머리에 맞고 현장에서 즉사하였다.

또한 영화 속에서 창 밖으로 떨어져 처참하게 죽는 역을 맡은 '잭 맥고런(Jack MacGowran)'이라는 배우는 촬영 일주일 뒤 사고로 숨졌으며, 세트장에는 이유 없는 화재나 전기 사고가 빈번하게 발생했다. 데미안 신부 역을 맡았던 제이슨 밀러의 아들도 오토바이 사고로 죽었고, 그 역시 2001년 5월에 원인을 알 수 없는 심장마비에 걸려 사망했다.

물론 이러한 사건 사고를 모두 저주 탓으로 돌릴 수는 없는 문제겠지만, 다른 영화들에 비해서 이상한 일들이 많이 벌어진 것만은 부인할 수 없는 일이다. 과연 그때 그 당시 영화 촬영장에선 무슨 일들이 벌어졌던 것일까? 무르나우(Friedrich Wilheim Murnau) 감독의 흡혈귀 영화 『노스페라투(Nosferatu, 1922)』 촬영 당시의 상황을 영화로 옮긴 『뱀파이어의 그림자(Shadow Of The Vampire, 2000)』처럼 『엑소시스트』 역시 그 당시 촬영

상황을 영화로 재구성하여 만들어도 꽤나 흥미로운 그림이 나올 듯하다.

　이 영화 속에 등장하는 '악마주의'는 평론가들로부터 1960년대 이후 미국 사회의 보수성에 대한 위기감을 반영하고 있다는 평을 듣고 있지만, 그렇게 어렵게 해석할 필요는 없을 듯하다. 영화뿐만이 아니라 시나 소설 등의 문화 코드라는 것이 이현령 비현령耳懸鈴 鼻懸鈴인 경우가 많은지라, 굳이 그렇게 사회적으로 해석하고 싶은 사람들은 그래도 되겠지만, 필자의 개인적인 견해로는 실화에 바탕을 둔 순수 공포 영화 쪽에 더 비중을 두고 싶다. 가장 공포스러운 영화를 뽑을 때 지금까지도 항상 1위를 하는 것만 봐도 시대성에 기인한 작품이라기보다는 오히려 시대를 초월한 명작이라는 반증이 아닐까.

　이 작품은 정말 봐도 봐도 재미있는, 보면 볼수록 새롭게 느껴지는 명실상부한 최고의 공포 영화가 아닐 수 없다.

3류 졸작으로 전락한 『엑소시스트 2』

　　　　　최근까지 총 다섯 편의 엑소시스트 시리즈가 만들어졌지만, 1편이 워낙 명작인지라 그 아성을 능가하는 속편이 나오지 못하고 있는데, 그중에서도 『엑소시스트 2(Exorcist II : The Heretic, 1977)』는 솔직히 거론조차 하고 싶지 않은 작품이다. 1편 자체가 너무나 완벽한 영화였기에 더 이상 속편이 필요 없음에도 불구하고 제작자들의 욕심으로 인해 2편이 기획됐는데, 원작자인 윌리엄 피터 블래티가 "더 이상 할 이야기가 없다"면서 발을 빼자 자기들끼리 뚝딱거려 급조한 결과, 영화사상 그 유래를 찾아볼 수 없을 정도의 졸작이 탄생하고 말았다.

『엑소시스트 2(1977)』

그것은 그야말로 대 재앙이었다. 모르긴 몰라도 2편을 감독한 존 부어맨(John Boorman) 감독은 1편에 대해 무슨 억하심정 같은 걸 가지고 있지 않았나 싶다. "내가 한번 이 영화를 제대로 망쳐보리라"는 각오로 만들지 않는 이상 이렇게 영화가 막장으로 치달을 수는 없다.

얼토당토않은 뇌파 탐지기 같은 걸 등장시켜서 서로 간의 생각을 읽어내는 최첨단 SF 시스템이 나오질 않나, 악령 들린 소녀 레건을 갑자기 초능력 소녀로 만들어놓질 않나…. 설정과 분위기 자체가 도저히 엑소시스트의 속편이라고 말할 수 없을 정도로 이질적인 영화가 되어버린 것이다. 게다가 정말 끔찍한 건 1편에서 두 신부가 퇴마 의식을 벌이던 그 음산한 매력의 집을 완전히 붕괴시켜버렸다는 것이다.

차라리 등장인물이라도 다르면 엑소시스트 외전으로라도 치부할 텐데, 소녀 레건 역을 맡은 린다 블레어도 그대로 나올 뿐더러, 그 카리스마 있던 메린 신부 역의 막스 폰 시도우도 회상 장면이나 젊은 시절의 모습으로 잠깐씩 등장을 한다. 마치 강아지가 여기저기 오줌을 뿌리며 자신의 영역을 표시하듯, "이건 엑소시스트의 속편이야"라고 억지 춘향을 부린 것이다.

메린 신부의 죽음을 파헤치기 위해 급파된 라몬트 신부 역에는 세기의 명배우라 불리는 리처트 버튼(Richard Burton)이 출연했지만, 감독의 엉성한 연출과 말도 안 되는 시나리오로 인해 출연을 아니 한 것만 못하게 되었다. 속편은 잘 만들어봤자 욕이나 안 먹고 못 만들면 죄악이라는 소리가 이 영화를 보면 증명이 된다. 전반부에 잠깐씩 등장하는 아프리카의 기괴한 풍속과 엔리오 모리꼬네(Ennio Morricone)의 음악은 나름대로 괜찮았지만, 중반을 넘어서면 그러한 보너스조차 사라진다.

이런 영화를 만들어놓고 발을 편히 뻗고 잘 수나 있었을지 의구심이 들 정도로 3류 막장 영화의 진수를 보여주는 『엑소시스트 2』. 너무 혹평을 한다고 생각하시는가? 필자의 악평으로 인해 많은 분들이 구원받을 수 있다면 기꺼이 십자가를 짊어지련다.

부활의 조짐을 보이다 『엑소시스트 3』

엑소시스트의 명성을 속편이 망쳐놨으니, 원작자인 윌리엄 피터 블래티로서는 정말 열 받는 일이 아닐 수 없었을 것이다. 보다 못한 블래티는 자신이 직접 시나리오를 쓰고 메가폰까지 잡은 영화를 내놓게 되는데, 그것이 바로 1990년에 만들어진 『엑소시스트 3(William Peter Blatty's The Exorcist Ⅲ, 1990)』이다.

역시 원작자의 힘은 대단했다. 작품에 대한 이해를 바탕으로 만들어져

서 그랬는지, 아니면 2편이 워낙 졸작이
라서 그 반대급부로 그랬는지는 몰라
도, 3편은 꽤 수준 높은 내용의 공포를
관객들에게 선사한다. 초반부터 중후
반까지는 호러 영화라기보다는 추리
극 형식의 서스펜스물이라고 하는 편
이 더 좋을 것이다. 1편에서 다미안
카라스 신부를 의심하며 주변을 맴

『엑소시스트 3(1990)』

돌다가 나중에는 친교를 나누게 되는 킨더만 형사(George C.
Scott)가 주인공으로 설정되었기에 더욱 그러한 느낌을 주었던 것 같다.

병원에서 벌어지는 연쇄 살인 사건을 수사하던 킨더만 형사는 이것이
15년 전에 전기의자에서 사형당한 살인마와 관련되어 있다는 것을 직감
적으로 알게 되는데, 알고 보니 그 병원의 지하 병동에 갇혀 있는 환자 중
한 명이 바로 죽은 줄로만 알았던 다미안 카라스 신부였으며, 살인마의
영혼에 빙의된 채 초능력으로 연쇄 살인을 벌이고 있었던 것이었다.

이를 막고자 킨더만 형사가 동분서주하는 중에 필리핀에서 퇴마 의식
을 하던 모닝 신부가 등장하여 빙의된 다미안 카라스에게 접근하나, 퇴마
도중 악령에게 당하고 만다. 서둘러 지하 병실에 당도한 킨더만 역시 악
령의 저주를 받으며 지옥의 문턱까지 가게 되면서 영화는 클라이맥스를
향해 간다.

기괴한 분위기의 정신 병동, 환자들보다 더 미친 것 같은 의사와 간호
사들, 수술용 큰 가위를 들고 설치는 살인마 등이 등장하며 꿈과 현실을
넘나드는 몽환적 영상이 섬뜩함을 더해주었던 이 작품은, 물론 1편을 뛰

어넘는 명작은 아니지만 그 연장선상에 놓인 이야기로서는 훌륭한 시퀄 Sequel, 뒷부분을 다룬 속편이라고 할 수 있다. 2편과의 연계성은 전혀 없으니 2편을 안 보고 그냥 보셔도 문제될 것은 전혀 없다. 사실상은 이것이 『엑소시스트』에 바로 이어지는 속편이라고 하는 것이 더 맞을 것이다. 🎞️

엑소시스트 전편 Prequel 격인 쌍둥이 영화 개봉되다

엑소시스트를 둘러싼 영화사상 유래를 찾아보기 힘든 사건이 또 하나 있다. 바로 폴 슈레이더(Paul Schrader) 감독이 엑소시스트의 전편 성격인 프리퀄 버전을 완성한 상태에서, 제작사인 워너 브라더스가 자신들의 입맛에 맞지 않게 만들었다고 하여 개봉을 시키지 않은 채 레니 할린(Renny Harlin) 감독을 기용하여 새롭게 영화를 제작한 일이다.

폴 슈레이더 감독으로 말할 것 같으면, 나스타샤 킨스키(Nastassja Kinski) 주연의 공포 영화 『캣피플(Cat People, 1982)』을 만든 감독인지라, 그 특유의 신비주의가 섞인 오컬트 분위기로 명성이 자자한 양반이다. 레니 할린 역시 만만치 않은 사람인데, 『다이하드 2(Die Hard 2, 1990)』, 『롱키스 굿나잇(The Long Kiss Goodnight, 1996)』 등의 액션 블록버스터를 히트시킨 세계적인 감독이다.

이렇게 두 감독의 스타일을 보면 왜 제작자가 변심을 했는지 어느 정도

유추가 가능하다. 폴 슈레이더 감독이 영화를 나른하고 지적인 분위기로 만들어놓으니 제작사로서야 흥행이 안 될 것 같은 느낌이 들어 액션풍의 레니 할린으로 승부수를 띄워보고자 했던 것일 텐데, 결과야 어찌됐든 공포 영화 팬들에게 있어서는 두 대가의 이종격투기를 볼 수 있는 행복한 사건이 된 셈이다.

만들어지긴 폴 슈레이더 감독의 작품이 먼저였으나, 개봉을 먼저 한 것은 레니 할린의 작품이었다. 두 작품 모두 흥행 성적은 보통 수준이었기에 결과는 무승부 정도로 끝난다.

필자가 보기엔 두 작품 모두 나름대로의 감독 취향을 잘 살린 작품인데다가, 배경과 주인공이 모두 같은지라 관객들의 입장에서는 비교 분석을 하면서 꽤 재미나게 감상을 할 수 있을 것으로 여겨진다. 특히 주인공인 젊은 메린 신부가 나치의 살육으로부터 교회 사람들을 구하지 못했다는 죄책감으로 인해 시니컬한 무신론자로 변해가는 과정, 그리고 그 트라우마Trauma, 정신적 외상를 극복하기 위해 신과 악마의 중간계에서 고군분투하는 모습, 그 과정에서 악마와 처음으로 조우하게 되어 엑소시스트로서 첫 발걸음을 떼게 되는 장면 등은 관객들을 영화에 몰입시키기에 충분하다.

'당신이 만약 그 학살의 현장에 있었다면 죽어가는 사람들을 위해 과연 무엇을 할 수 있었을 것인가'에 대한 본질적이고도 실존적인 질문으로 인해, 영화를 다 보고 난 후에도 한동안 괴롭힘을 당할 각오를 해야 할지도 모른다.

『엑소시스트 더 비기닝(2003)』

먼저 개봉한 레니 할린 감독의 『엑소시스트 더 비기닝(Exorcist : The Beginning, 2003)』은 마치 전쟁 블록버스터 영화를 연상케 하는 첫 장면으로 시작한다.

1,500년 전, 두 명의 신부가 이끄는 서양 군대가 아프리카 오지에 당도하게 되는데, 이곳은 천상의 전쟁 후 사탄 루시퍼가 쫓겨난 곳이라고 알려진 곳이다. 하지만 수많은 병사들이 악마에게 모두 빙의되어 서로 죽이는 참극이 벌어지자, 그 당시 교회 권력자들은 두려움에 떨며 그곳에 교회를 세워 영원히 묻어버리라고 지시하고 그 사건을 비밀에 붙인다.

오랜 세월이 흘러 바티칸 교황청에서 이 비밀을 알게 되어 네 명의 신부를 보내 조사를 시키던 중 모두 행방불명이 되고, 교황청에선 더 이상 조사를 하지 않고 이곳에 사람들이 접근하지 못하도록 거짓 전염병 소문을 퍼뜨려 가짜 무덤을 만든다. 그 후 20세기 초에 영국군이 이곳을 관할하게 되는데, 땅속에 묻힌 AD 5세기경의 비잔틴 양식의 성당을 발견하게 되자, 고고학자로 활동 중이던 메린 신부(Stellan Skarsgard)를 파견하여 성당 발굴을 맡긴다. 그런데 놀랍게도 성당의 지하에선 악마에게 제사 지내던 고대의 제단이 발견된다.

토착 원주민인 투카나 부족은 당장 성당 발굴을 중단하지 않으면 악마가 부활할 것이라고 경고하지만 영국군은 오히려 토인들을 경계하고, 성당과 부대 주변에서는 토인들의 얘기처럼 정말로 끔찍한 일들이 벌어진다. 메린 신부는 악마를 직접 대면하기 위해 성당의 지하실로 들어가고 악마는 메린의 약점을 건드리며 괴롭힌다. 하지만 메린 신부는 오히려 고통 속에서 신을 찾고자 하는 신앙심이 발휘되어 당당하게 악마와 맞서게 된다.

지적인 호러 영화 『엑소시스트 프리퀄』

『엑소시스트 프리퀄(2005)』

폴 슈레이더 감독의 『엑소시스트 프리퀄(Dominion : Prequel To The Exorcist, 2005)』은 『엑소시스트 더 비기닝』보다 메린 신부의 내적 갈등 구조를 훨씬 더 심도 있게 그린 작품이다.

첫 장면부터 메린 신부의 트라우마가 시작된 나치의 학살 현장이 나오는데, 독일군 병사 한 명이 죽는 사건이 일어나자 나치 장교는 메린 신부에게 범인을 밝히라고 얘기한다. 그가 "모른다"고 하자 그

대가로 "민간인 열 명을 쏴 죽이겠으니 당신이 그 열 명을 호명하라"고 다그치는 나치 장교. 그러나 그것도 못하겠다고 하자 동네 사람을 전원 죽여버리겠다며 사람들에게 총질을 해댄다.

자신의 힘으로는 어찌할 수 없다는 판단이 들자 참담한 기분으로 열 명을 지목하고는, 치유할 수 없는 자괴감과 깊은 심적 상처를 입고 신부복을 벗게 되는 메린 신부. 그 뒤부터는 『엑소시스트 더 비기닝』과 거의 비슷한 이야기 구조로 흘러가게 된다. 하지만 악마와 대면한 후에 벌어지는 '악마의 시험' 은 보다 구체적으로 묘사된다.

악마는 "그때 그 시간으로 다시 돌아가고 싶지 않나?"라면서 메린 신부의 의식을 나치 학살 시간으로 돌려보낸다. 그리고 기억에서 지우고 싶을 만큼 괴로운 시간과 맞닥뜨린 메린 신부는 비굴하게 굴복했던 자신을 돌이키기 위해 이번에는 당당하게 나치 장교에 맞서며 공격을 한다. 하지만 과연 그 결과는 해피엔딩이었을까?

아직 보지 않은 관객들을 위해 결말을 얘기하진 않겠지만, '우리 인간의 능력이 어디서부터 어디까지일까' 라는 실존 철학적인 주제가 폐부를 깊이 찌르는 영화다. 【 Point 】

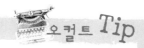

엑소시스트에 등장하는 악마는 누구?

영화 『엑소시스트』 시리즈의 진정한 주인공인 악마에 대해서 얘기하지 않고 넘어가는 것은 뭔가 허전한 일이다. 재주는 곰이 넘고 돈은 사람이 버는 격이 되니 말이다. 정중히 예의를 갖춰 그 악마의 이름부터 소개하자면, 메소포타미아와 페르시아 지방에 전해져 오던 바람의 악마 '파주주 Pazuzu' 이다.

사막에서는 불이나 물보다 무서운 것이 바람이었다. 그도 그럴 것이 건조한 사막의 특성상 물은 오히려 고마운 것이었고, 불은 어쩌다 난다 하더라도 나무나 숲이 있는 것이 아니므로 별 위험 대상이 아니었다.

하지만 바람은 한 번 불었다 하면 모래를 하늘로 끌어올려 모든 것들을 순식간에 잠재워버리는 능력을 가지고 있었다. 당연히 사막에 사는 사람들은 여러 자연 현상 중에서도 바람을 가장 두려워하게 되었고, 바람에 마력이 있다고 믿기 시작하여 악마로 형상화시켰던 것이다.

파주주는 사람의 몸에 두 쌍의 큰 날개가 있으며, 얼굴은 사자의 형상을 하고 있고 발과 다리는 날카로운 맹금류의 발톱을 지니고 있는 것으로 묘사되어 있다. 게다가 꼬리는 전갈이고 남근은 빨간 혀와 독 이빨을 가진 뱀 머리였다고 하니, 사막 민족의 공포가 그 한 몸에 모두 나타난 것으로 볼 수 있다.

바람은 사막의 열기와 질병을 몰고 온다. 그 바람이 바다를 건너 미국 번화가에 있는 한 소녀를 덮쳤으며, 같은 사막 출신인 예수와 한판 대결을 벌인다는 『엑소시스트』의 설정이 무척이나 흥미롭다.

숨겨진 신의 뜻 『엑소시즘 오브 에밀리 로즈』

『엑소시즘 오브 에밀리 로즈(2005)』

엑소시스트 시리즈는 아니지만 『엑소시스트』 못지않은 공포감을 선사하며 퇴마 의식의 진수를 보여준 영화가 있다. 바로 『엑소시즘 오브 에밀리 로즈(The Exorcism of Emily Rose, 2005)』라는 작품이다.

대학 기숙사에 머물던 여주인공 에밀리는 이상하게도 새벽 3시면 눈을 뜨게 된다. 이상한 냄새를 맡는가 하면, 어떤 힘에 의해 목을 졸리기도 하는 등 괴이한 일이 연이어 벌어지지만, 이것은 그녀에게 벌어질 끔찍한 일의 서막에 불과했다. 수업 시간 도중에 친구들이 악마로 변하고 교회에 있는 사람들마저 악마로 변하자, 그녀가 안주할 곳은 아무 데도 없게 되었고 심신은 갈수록 피폐해져 간다.

병원으로 긴급 이송되어 치료를 받긴 했지만 증상은 더욱 악화되고 급기야 악령에게 완전히 빙의가 되고 마는 에밀리. 보다 못한 가족들은 그녀를 무어 신부에게 맡기고, 신부는 에밀리 안에 내재된 악마와 온갖 사투를 벌이며 퇴마 의식을 하지만 끝내 에밀리는 숨을 거두고 만다. 법원에서는 병든 소녀를 숨지게 한 책임을 물어 무어 신부와 에밀리 가족을 재판에 회부하게 되는데, 여기에서 그동안 함구했던 놀라운 비밀이 공개되면서 에밀리가 왜 빙의에 걸릴 수밖에 없었는지 밝혀지게 된다.

1970년대에 독일에서 실제로 벌어졌던 사건을 소재로 하여 만들어진 이 영화는 종교와 인간, 그리고 신과 악마에 대한 주제 의식이 호러와 절묘하게 조화된 보기 드문 수작으로, 『엑소시스트』와는 또 다른 느낌으로 관객들의 가슴을 뭉클하게 만든다.

이슬람교의 이색적인 퇴마 영화 『세뭄』

『세뭄(2008)』

수많은 『엑소시스트』의 아류작이 있지만, 이슬람권인 터키에서도 퇴마 관련 영화가 나온 것이 있기에 소개한다. 하산 카라카닥(Hasan Karacadag) 감독의 『세뭄(Semum, 2008)』이라는 영화인데, 『엑소시스트』의 짝퉁이기에 작품성을 논할 수는 없지만 알라Allah를 외치며 악마를 내쫓는 이슬람교 성직자의 퇴마 의식은 매우 흥미롭다.

무엇 하나 부족한 것 없이 사는 여자 챠난은 남편 볼칸과 함께 궁전 같은 집으로 이사를 온다. 아름다운 외모의 친구 바눈은 축하한다며 집들이 선물로 그림 하나를 가져오는데, 이상하게도 그 날부터 기르던 고양이가 으르렁대거나 뭔가가 건드리는 느낌을 받기도 하는 등 기분 나쁜 일들이 연속으로 일어난다. 며칠 뒤 고양이가 차에 치어 죽은 뒤부터는 증세가 점점 심해져서 꿈인지 생시인지 구별 못할 정도가 되더니, 급기야는 정체 모를 무언가에 의해 빙의가 되고 만다.

칼을 들고 이웃집 사람을 찌르기도 하고 괴물처럼 으르렁대며 흉기를 들고 설치는 아내를 보다 못한 남편 볼칸은 정신과 의사를 불러 진료를 받게 하지만 한숨만 나올 뿐이었다. 볼칸의 친구 알리는 아마도 악령에 들린 것 같으니 자신이 소개하는 파키스탄 퇴마사에게 맡겨보자고 하는데, 퇴마사는 그녀를 보고는 세뭄에게 빙의된 것 같다고 얘기를 한다.

세뭄은 인간이 창조되기 전에 지구에 살았던 사악한 존재로, 인간의 영혼은 물론 살과 뼈, 혈액, 뇌까지 침투하여 괴롭히는 무시무시한 존재며, 인간을 괴롭히기 위해 곳곳에 숨어 있다. 하지만 자신의 의지만 가지고서는 인간의 육체를 지배하지 못하기 때문에 틀림없이 누군가가 저주를 건 것이라고 덧붙인다. 세뭄의 광기는 가까운 사람이 건 저주일수록 그 효과가 더욱 증대되는데, 알고 보니 챠난의 친구 바눈이 그런 못된 짓을 했던 것이다.

퇴마사는 코란을 읽으며 세뭄을 불러낸 뒤 지옥의 입구로 들어가 한판 대결을 펼친다. 악마들의 홈그라운드에서 펼쳐지는 세뭄 일족과의 혈투는 그야말로 생사를 건 도박이었다. 결국 퇴마사는 코란과 알라의 힘으로 겨우 세뭄을 퇴치하고는 인간 세계로 돌아와 더 이상의 후환을 막기 위해 바눈을 잡아와서 모든 사실을 실토 받고 저주를 풀게 된다.

바눈은 자신이 챠난보다 더 아름다운데도 불구하고 결혼도 못한 데다 가난하게 사는 것에 대한 질투와 원망으로 친구인 챠난을 세뭄에게 넘겼던 것이었다. 또한 더욱더 세뭄의 힘을 강화시키기 위해 악마의 눈을 그린 그림 뒤에 이상한 부적까지 그려서 선물을 했기 때문에 챠난은 세뭄의 손아귀에서 좀처럼 벗어날 수 없었던 것이다.

그러나 세뭄을 부린 사람은 성공하든지 아니든지 간에 지옥의 화염 속에서 영원히 불타는 저주를 받게 된다. 바눈 역시 지옥의 사자들에게 어딘가로 끌려가며 영화는 막을 내린다. 🎬

창작의 자유인가, 신성모독인가 『섹소시스트』

마리오 가리아쪼(Mario Gariazzo) 감독이 만든 『섹소시스트(Sexorcist L'ossessa, 1974)』라는 영화는, 그 제목만 봐도 알 수 있듯이 『엑소시스트』의 에로 버전 냄새를 노골적으로 풍기고 있다. 하지만 나름대로 역사적인 실화를 바탕으로 이야기를 꾸려나가고 있는데, 1647년 실제로 프랑스 수도원에서 있었던 집단 빙의 현상을 다룬 에로틱 호러물이다.

『섹소시스트(1974)』

그 당시 기록을 살펴보면, 수도원에 있던 수녀들 35명이 악마와 접촉한 후 전원 자살을 하는 끔찍한 일이 벌어져서 교황청에서 악령을 쫓기 위해 신부 네 명을 급파했으나, 결국 그들마저 악령에 홀려 세 명은 숨지고 한 명은 미쳐버리는 공포스러운 사건이었다고 한다. 『섹소시스트』는 그러한 사실史實을 영화로 옮기면서 에로틱한 장면을 첨가한 이태리 호러라고 할 수 있다.

이태리 호러는 보통 끔찍하고 잔인하고 구역질나는 장면들이 많이 나오지만, 이 영화에서는 그런 장면들을 별로 찾아볼 수 없다. 심지어 그 흔한 악마 분장의 괴물 같은 것도 나오지 않는다. 대신 '마리아'라는 매력적이고도 섹시한 수녀를 등장시켜 그녀가 어떻게 성녀에서 색골로 변해가는지를 보여주며, 곁다리로 주변 수녀들의 타락 과정까지 카메라에 담고 있다.

악마에게 빙의된 나체의 수녀들이 벌이는 질펀한 난장판은, 뭇 사내들이 수녀들에게 품었던 성적 환상을 대리 해소시켜주는 역할을 하고 있는데, 이것을 신성모독이라고 해야 할지, 영화의 예술적 창작 자유라고 해야 할지는 전적으로 관객의 몫인 것 같다.

지하 묘지에서 부활한 악령과의 대결 『카타콤』

데이빗 슈모엘러(David Schmoeller) 감독의 『카타콤(Catacombs, Curse IV : The Ultimate Sacrifice, 1993)』 역시 신부와 악마의 대결 구도를 가진 전형적인 엑소시즘 영화이다. '카타콤'이란 원래 그리스어 '카타콤베'에서 나온 말로, '낮은 지대의 모퉁이'라는 뜻이었지만, 나중에는 로마의 기독교 박해를 피해 지하에 몰래 만든 무덤을 통칭하는 것으로 변형되었다. 영화『카타콤』은 이 지하 무덤에 갇힌 악마가 부활하여 수도원을 파국으로 몰고 간다는 내용인데, 줄거리를 간단히 보자면 다음과 같다.

『카타콤(1993)』

16세기 초 성 피에트로 수도원에서 악마와 신부의 퇴마 대결 끝에 악마는 카타콤에 봉인되고 신부는 목숨을 잃는 사건이 발생한다. 그 후 이 사건은 점차 사람들의 뇌리에서 잊히게 되지만, 20세기에 들어 다시금 악마의 그림자가 서서히 고개를 들기 시작한다. 미술교사인 엘리자벳이 수도원을 방문하면서부터 불길한 기운이 싹트기 시작하더니, 수도원 내부에서도 악마를 둘러싼 내분이 심화되어간다.

이 와중에 악마는 서서히 힘을 되찾아 드디어 카타콤에서 부활하고, 신부들을 하나씩 처치한다. 살아남은 마리너스 신부는 악마와 일전을 벌이기 위해 엑소시즘을 준비하게 되고, 악마는 수도원 전체를 장악하며 마수의 손길을 뻗친다.

2007년에 나온 똑같은 제목의 영화가 있으나, 그 영화는 엑소시즘과는 전혀 상관없는 살인마 영화이므로 혼동하지 마시기 바란다.

신의 선물과 악마의 경고 사이 『스티그마타』

『스티그마타(1999)』

루퍼트 웨인라이트(Rupert Wainwright) 감독의 『스티그마타(Stigmata, 1999)』는 엑소시즘을 소재로 하여 추리극과 음모론을 적절히 배합한 명품 호러물이라고 할 수 있는데, 영화를 보기 전에 먼저 '스티그마타'가 무엇인지부터 알고 관람하는 것이 더 재미있을 것이다.

신에게 가까이 갈수록 악마의 유혹과 시험이 증가되며 극심한 심적·육체적 고통을 겪게 되는데, 그때 예수가 십자가에서 돌아가실 때 입었던 상처 부위에 똑같은 상처가 나는 현상을 성흔聖痕, 즉 '스티그마타'라고 한다. 예수는 십자가에 못 박힐 때 다섯 군데에 상처를 입고 돌아가셨는데, 손과 발의 못 박힘, 가시 면류관으로 찢긴 이마, 채찍질 그리고 옆구리에 난 창의 상처였으며, 원인은 알 수 없지만 예수의 상처와 똑같은 부분에 성흔이 종종 나타나게 되는 것으로 알려져 있다.

성흔은 일반적인 상처와 구분되는 특이한 점이 있는데, 상처에서 꽃향기가 풍긴다는 것이다. 또한 한두 번 정도의 성흔이면 모를까, 계속되는 성흔으로 인해 죽는 사람도 있는데, 특히 옆구리에 찍힌 창의 상처는 과다 출혈로 이어져 사망하기도 한다.

스티그마타의 기록은 사도 바울Paulus에게서 처음 찾아볼 수 있는데, 그 뒤에도 13세기의 수도자 아시시의 성 프란체스코 San Francesco를 비롯하여 역사적으로 여러 명의 신앙심 깊은 신자들에게서 발현되어지곤 했다. 그런데 영화 『스티그마타』에서는 전혀 신앙심이라고는 찾아볼 수 없는 여자에게 어느 날 갑자기 성흔이 생기면서 이야기가 시작된다.

미국 피츠버그에서 미용사로 일하고 있는 프랭키(Patricia Arquette)는, 수시로 남자들과 어울려 클럽에 가 춤을 추고 섹스도 하는 전형적인 20대 초반의 도시 아가씨다. 그러던 어느 날 욕조에서 목욕을 하던 도중 양 손목에 저절로 구멍이 뚫리는 끔찍한 일을 당하게 되어 병원에 실려 가는데, 그 후에도 지하철에서 갑자기 알 수 없는 힘에 의해 채찍질을 당하는 상처를 입는가 하면, 머리에서 가시에 찔린 듯이 피가 흘러내리는 기이한 일을 겪게 된다.

교황청 소속 기적 수사관인 앤드류 신부(Gabriel Byrne)는 그녀를 조사하던 중 이것이 스티그마타, 즉 성흔과 관련된 사건임을 알게 된다. 그리고 거기에는 교회 당국의 무서운 음모가 도사리고 있음을 직감한다.

앤드류 신부가 밝혀낸 바에 의하면, 예수가 직접 쓰신 성서가 몇 해 전에 발견되었으며 그것을 일러 '예수 복음서' 라고 하는데, 거기에는 최후의 만찬 때 예수님이 제자들에게 자신의 사후에 교회를 만들지 말 것을 지시하는 내용이 들어 있었다는 것이다. 바티칸 교황청에서는 아무리 예수가 썼다고는 하지만 교회 권위를 실추시킬 것이라는 판단 하에 그 문서를 폐기토록 지시한 후, 복음서 번역을 하던 신부들 중 명령을 따르지 않은 두 명을 파문에 처한다.

그중 알라메이아 신부는 예수 복음서를 가지고 브라질로 아예 잠적을 한 후 죽을 때까지 성서 연구를 했는데, 죽은 후에는 생전에 못다 이룬 성서 연구에 한이 맺혀 구천을 떠도는 원귀가 되고 만다. 그러던 차에 알라메이아 신부의 묵주가 우연히 미국에서 미용사를 하고 있는 프랭키의 손에 들어가면서 그 묵주에 붙어 있던 알라메이아 신부의 원귀가 프랭키에게로 빙의된 것이었다.

생전에 신심이 깊었던 알라메이아 신부에게는 종종 스티그마타 현상이 일어났었는데, 이것은 그대로 프랭키에게까지 이어져 극심한 고통을 안겨주고, 교회 당국에서는 프랭키를 돌보고 있던 앤드류 신부에게서 프랭키를 **뺏어온** 후 추기경이 직접 나서서 퇴마 의식을 벌인다. 하지만 워낙 강력한 사념체의 영혼인지라 쉽사리 물러나지 않자 추기경은 프랭키의 목을 졸라 죽이려 들고, 서둘러 프랭키가 있는 곳으로 달려온 앤드류 신부는 추기경을 쫓아내고 자신이 직접 엑소시즘을 행하게 된다. 그리고 상대가 사탄이 아닌지라 퇴마가 아닌 위령제의 형식으로 물러나게 하는 데 성공한 그는 브라질로 건너가 예수 복음서를 손에 넣는다.

긴박함이 시종일관 유지되는 감독의 연출력도 좋았을 뿐더러 진실을 파헤치고자 노력하는 연기파 배우 가브리엘 번의 앤드류 신부 역할 또한 흡인력이 대단하다.

과연 종교의 본질이 무엇이며 누구를 위한 종교인가에 대한 내적 성찰을 할 수 있는 매력적인 영화가 아닐 수 없다.

한국에서도 『엑소시스트』 붐을 타고 퇴마 영화가 만들어졌었는데, 1980년대 한국 최고의 흥행 감독이었던 이장호 감독이 만든 영화 『너 또한 별이 되어(1975)』가 바로 그 작품이다. 영화의 설정이나 장면 등이 노골적으로 『엑소시스트』와 유사하지만, 한국 영화의 다양한 장르 확

『너 또한 별이 되어(1975)』

장이라는 측면에서 볼 때 그것은 그리 큰 흠이 되지 않는다.

오히려 기존의 머리 풀고 피 흘리는 원귀 영화의 구습을 탈피하여, 한국에서는 좀처럼 보기 드문 정통 오컬트 영화를 시도했다는 점에 높은 점수를 주고 싶은 작품이다.

한국 공포 영화를 총망라하여 한 작품 속에서 강령회降靈會, 공개 신내림, 유체 이탈遺體離脫, 사후 세계死後世界, 빙의憑依, 엑토플라즘ectoplasm, 유령화 물질, 지박령地縛靈, 터 귀신, 배후령背後靈, 수호신, 구명시식救命施食, 천도제 등 심령학에서 다루는 주제들을 이토록 폭넓게 다룬 작품은 아마도 이 작품이 유일하지 않을까 싶다.

영화 속 주인공 상규(신성일)는 주택복권 1등에 당첨되어 판잣집 신세를 벗어나 가족과 함께 교외의 어느 저택으로 보금자리를 옮겨 가게 된다. 그러나 그것이 그 가족에게 일어나는 비극의 시작이 될 줄은 그때까지 아

무도 모르고 있었다.

　어느 날 상규는 친구들과의 회식이 끝나고 집으로 귀가하던 중 통금에 걸리게 되고, 길거리에서 방황하던 '미우(이영옥)'라는 여자와 어쩔 수 없이 호텔에 들게 된다. 그런데 그런 일이 있고 얼마 뒤부터 상규의 어린 딸(윤유선)은 빙의 증세를 보이고, 알고 보니 미우는 상규가 이사 간 집에서 살다가 한을 품고 죽은 여자의 혼령이며, 그 한을 풀기 위해 다른 귀신들까지 끌어들여 상규 딸의 몸속에 들어갔던 것이다.

　상규 딸의 주치의였던 박사(이순재)는 평소에도 강령회를 비롯해 심령학 연구를 겸하고 있던 명망 있는 학자였기에, 이러한 빙의 현상을 보다 못해 영국에 있는 심령학자와 수녀 등을 한국으로 초청하여 연합군을 형성, 본격적인 퇴마 작업에 들어가게 된다(이때부터 영화는 『엑소시스트』와 비슷해진다).

　영국 심령학자가 퇴마 의식을 하며 알아낸 사실은, 미우가 사실은 굉장히 착한 여자였으며 남자에게 버림받은 후 그 남자의 친구에게 겁탈을 당했다는 것, 그리고 모든 것을 자포자기한 채 돌아다니다가 산에서 여러 남자들에게 윤간을 당한 후 임신까지 했다는 끔찍한 과거였다. 미우는 결국 손목을 긋고 자살하지만 너무나 한이 깊어 이승을 떠나지 못하고 상규의 딸에게 들어와 한을 풀려고 했던 것이다.

　이 영화는 그 당시로서는 초호화 캐스팅을 자랑하는 블록버스터 급 영화였다. 최고의 톱스타 신성일을 비롯하여 백만 불짜리 각선미로 유명했던 우연정이 신성일의 아내로 출연하였으며, 이순재는 주치의로서 카리스마 넘치는 연기를 보여준다.

　또한 시니컬한 입담의 대가인 신구가 껄렁껄렁한 콜롬보 형사 같은 역할을 맡았으며, 『바보들의 행진』 같은 1970년대 청춘물의 대명사 이영옥이 한恨 많은 여주인공 미우로 나와 애련하면서도 귀여운 연기를 펼친다. 신성일의 딸로 나와 빙의 환자 역할을 훌륭히 소화해낸 윤유선의 깜찍한 어린 시절 모습도 재미있는 눈요깃감이다.

이 영화의 주제가 「슬픈 노래는 싫어요」는 1970년대 통기타 가수로 또 한 명의 톱스타였던 김세환 씨가 불러 아련한 향수를 더하게 한다. 영화 평론가 협회장을 역임했던 고故 이영일 선생은 생전에 이 영화를 거론하면서 "오컬트 영화로 손색이 없고, 감독 이장호의 폭넓은 연출 역량을 다시 한 번 보증한 영화"라고 평하기도 했다.

엑소시스트의 실제 모델 사건

영화 『엑소시스트』의 모티브가 된 사건들이 몇 개 있는데, 그중에서 가장 잘 알려진 사건은 1949년 미국 메릴랜드 주의 레이니어Rainier 산 근처에서 벌어진 일로, 교황청에 의해 '20세기 최악의 사탄 출현 사건'으로 규정되기도 했다. 실제로는 여자 아이가 아니라 남자 아이였다고 한다.

당시 13살의 소년이었던 로비(Robbie)는 어느 날 갑자기 영화에서처럼 밤마다 악몽을 꾸고 침대가 혼자 움직이며, 짐승의 소리와 같은 이상한 울음소리가 들리는 현상을 겪은 후 부모에게 이 사실을 알리게 된다. 처음에는 어린아이가 장난을 치는 줄로만 알았던 부모는 사태의 심각성을 인식하고 목사인 루더란 슐츠(Lutheran Schulze)에게 이 사실을 알리고, 자신의 힘으로는 역부족이라는 것을 알게 된 루더란 목사는 로비를 메릴랜드 대학 정신과에 입원을 시키고는 성 제임스 성당의 휴즈(Hughes) 신부를 소개해준다. 그리고 이때부터 신부와 악마 간의 처절한 사투가 벌어졌다고 한다.

휴즈 신부는 즉각 아이를 성당으로 데려갔고, 보던(Bowdern) 신부 등

서너 명의 다른 신부들이 보조로 엑소시즘을 돕게 됐는데, 아이의 가슴과 배에 'Help me' 라는 말이 저절로 새겨진다든지, 냄새 나는 이물질 섞인 위액을 뿜어낸다든지 하는 영화 속 상황과 비슷한 일들이 실제로 일어났다고 한다. 약 5개월간 엑소시즘을 행한 결과 다행히 악마의 항복을 받아낼 수 있었고, 아이는 다시 정상적인 생활로 돌아갈 수 있었다.

영화 『엑소시스트』와 실제 사건을 오컬트적으로 분석해보자면, 일단 레건과 로비는 악마에게 몸을 내어준 상태, 즉 신들림의 상태와 유사하다 할 수 있다. 이런 현상을 심령학계의 용어로 '빙의憑依'라고 하는데, 이 뜻을 풀이해보면 빙憑은 얼음氷 위에 있는 말馬의 마음心을 나타내는 글자로서, 얼음 위에 서서 미끄러지지 않을까 안절부절 못한다는 뜻이고, 의依는 의지하고 기댄다는 의미다. 결국 빙의 현상은 마음이 어수선하여 어쩔 줄 몰라 하는 사람이 어딘가에 기대고 있다는 뜻이 된다. 물론 그 의지 대상은 대부분 귀신이나 악령들이다.

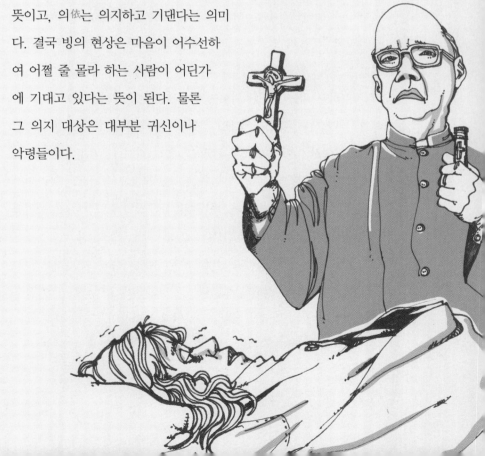

이러한 빙의를 해결하는 방안으로는 동서양을 막론하고 빙의된 귀신보다 더 강력한 힘이나 신적 존재를 들이대 쫓아내는 방법을 취하고 있는데, 이것을 일컬어 '퇴마' 또는 '엑소시즘Exorcism, 귀신 추방, 푸닥거리, 액막이 등'이라고 하는 것이다.

퇴마사의 기원과 다양한 형태

인류가 존재한 이래로 수많은 직업이 나타났다가 사라졌다. 지금의 시각으로는 잘 이해할 수 없는 직업도 있었으며, 초창기부터 현재까지 외형과 내용이 거의 변하지 않은 채 장구한 세월 동안 이어지는 직업도 존재한다. 그리고 그 두 가지 경우를 모두 충족시키는 직업도 있다. 지금 얘기하려는 '퇴마사退魔師'라는 직업도 그중 하나이다.

우리가 '퇴마'라는 단어를 그다지 낯설지 않게 느끼는 것은 이우혁 씨의 소설 『퇴마록』의 영향이 지대할 것이며, 1980~1990년대에 엄청난 인기를 누렸던 일본 만화 『공작왕』의 영향도 있을 것이다. 그런 소설이나 만화 속에서 퇴마사는 늘 카리스마 넘치는 멋진 모습으로 귀신을 물리치기도 하고, 때로는 유령보다 더 음산한 눈빛으로 빙의 걸린 환자를 무섭게 다그치는 모습으로 등장하기도 한다.

하지만 퇴마는 그처럼 멋이나 낭만으로 치부할 수 없는 현실의 문제다. 특히나 귀신 등 영적인 질환에 시달리는 환자들에게 있어서는, 마지막으로 기댈 수밖에 없는 절박한 상황 외에 어떠한 미사여구도 통하지 않는 영역의 문제이기도 하다.

어떻게 보면 퇴마의 기원은 종교보다도 더 오래됐다. 교리나 의식儀式이 생겨나기 전부터 이러한 퇴마 의식은 존재했었으며, 인류의 삶 속에서 그런 것이 오랜 세월 동안 이어지며 종교적인 형태로 자리 잡았기 때문이다. 영화 『엑소시스트』처럼 퇴마 의식을 하는 신부님도 실제로 볼 수 있고, 신교에도 안수기도를 통해 퇴마를 하는 목사님들이 있다. 또한 불교역시 천도제 같은 고유한 구마식을 면면이 이어 내려오고 있으며, 우리나라를 포함한 동북아 일대에서는 무당巫堂, 몽고에서는 Utagan들이 이러한 엑소시즘을 고대로부터 현재까지 해오고 있다.

사실 따지고 보면 그리스신화에 등장하여 여러 괴물들을 물리치는 헤라클레스나 오디세우스 같은 영웅들도 퇴마사라고 볼 수 있다. 또한 혼인식장에서 신랑 행세를 하던 귀신을 내쫓았던 강감찬 장군, 권람 대감의딸에게 붙은 귀신을 떼어준 남이 장군 역시 큰 관점에서 보면 그 시대의퇴마사였다. 지금이야 퇴마라는 개념이 너무나 생소하게 비춰지지만 이러한 역사적 사실들을 미루어보면, 오히려 과거로 거슬러 올라갈수록 퇴마가 민중의 삶과 밀착되어 돌아가던 생활의 한 부분이었다는 것을 짐작할 수 있다.

'퇴마' 하면 일본 역시 빼놓을 수 없는 나라다. 오랜 옛날부터 황궁에서 직접 관리로 채용하여 퇴마를 담당하게 했던 온묘지陰陽師, 음양사의 전통이 남아 있어서 현재에도 신문, 잡지 광고를 통해 퇴마업을 하는 사람들이 상당수 있는데, 한국에 비해서 퇴마 비용도 비싸고 사실 퇴마사들의파워는 한국이 더 강하기 때문에 먼 거리임에도 불구하고 원정 퇴마가 점점 증가하고 있다.

일반인들이 잘 몰라서 그러는데 이 조선 땅덩어리가 물과 흙이 신묘한

지라, 영적인 면에서는 세계 최고의 명당이다. 같은 인삼 씨를 심어도 한국에서는 영약이 되고 중국에서는 풀뿌리가 되는 것도 다 그러한 이치 때문이다. 하물며 기氣라든가 명상, 퇴마 등은 더 말해서 무엇하겠는가.

이러한 퇴마는 크게 세 가지 형태로 살펴볼 수 있다. 첫째는 가톨릭의 신부님들처럼 그 스스로가 자체적으로 퇴마 능력을 가지고 있지는 않지만, 오랜 수도 생활을 통해 영적으로 맑아진 후 전통적인 의식으로 귀신을 물리치는 경우다. 이 경우에는 자체적인 방어 능력이 없기 때문에 영화 『엑소시스트』처럼 퇴마 의식을 행하는 분이 오히려 위험에 처할 수도 있다는 위험 요소를 안고 있다.

두 번째는 우리가 알지 못하는 어떤 경로를 통해 신을 받았거나 영적인 능력을 소유한 분들이 하는 경우이다. 무속업을 하시는 분들에게 많이 나타나는 퇴마 방법인데, 이 경우에는 모시던 신이 떠나거나 약해져서 퇴마 능력이 소진되거나 사라지는 경우도 있다. 또한 그때그때 상황에 따라서 치료 효과의 기복이 있기도 하다.

세 번째는 우주의 기를 통해 직접 귀신을 다스리는 경우다. 어차피 귀신이라는 것도 기의 덩어리이기 때문에 더 강한 기로 잠재울 수 있다는 이론이다. 이런 분들은 신을 받거나 영적인 능력을 얻어 행하는 것이 아니라 태양과 우주에 가득한 기를 직접 받아 행하는 것이기 때문에, 치료 효과의 기복이 별로 없고 능력이 쇠퇴하지도 않는다. 그래서 특별히 이런 경우에 해당하는 분들을 일컬어 '퇴마기공사退魔氣功師'라 한다.

빙의가 되는 원인과 예방법

필자 역시 이러한 퇴마나 엑소시즘에 관심이 많아서 평소에도 민간신앙이나 도교 관련 문서에 전해져 내려오는 퇴마 의식을 연구하고 있었는데, 몇 해 전 우연히 기공 연구가로 잘 알려진 일송一松 주종석 님을 뵙게 되어서 곁에서 관찰할 기회가 생겼다.

이 분의 퇴마 경험담에 의하면, 퇴마는 귀신을 '쫓는 것'이 아니라 '달래는 것'이라고 한다. 사람이건 귀신이건 일단 말로 풀어나가야지 폭력부터 쓰면 안 된다는 것인데, 억지로 내쫓았다간 더 큰 반항심만 일으키게 되기 때문이란다.

빙의가 되는 가장 큰 원인은 귀신과 사람의 주파수가 일치되기 때문인데, 질 낮은 귀신들은 낮은 진동수를 가지고 있기에 내 자신이 안 좋은 생각 등으로 우울하거나 불쾌한 상태가 지속되면 귀신이 붙을 조건이 형성된다고 한다. 대개 그러한 귀신들은 집착이 많은 귀신인데, 살아생전 몸에 밴 습성을 떨치지 못하는 경우가 대부분이다.

예를 들어 탐욕스러운 진동수를 가진 사람에게는 굶어 죽은 귀신이 잘 붙는데, 이런 경우에는 아무리 먹어도 배가 고프고 육체적으로도 배가 나오질 않게 된다. 같은 주파수끼리 맞아 떨어진 결과이다. 하루 종일 잠만 자는 환자도 있는데, 그런 환자들은 고생하다 죽은 귀신들이 들러붙은 경우가 많다고 한다. 살아생전 고생했으니 '실컷 편하게 잠이나 자야겠다'는 심보라는 것이다. 아무튼 온갖 핑계를 대고는 사람 몸에 달라붙어서 죽기 전의 한을 풀려고 하는데, 그게 바로 빙의의 주된 이유라고 하니 참으로 무서운 병이 아닐 수 없다.

그렇다면 일반 사람들이 빙의에 걸리지 않기 위해서는 어떻게 해야 할까? 주종석 님의 오랜 퇴마 경험에 비추어보면 부적을 쓰거나 경문을 외우거나 하는 것은 일시적인 효과밖에는 없다고 한다. 그런 것에 의지하기보다는 일단 마음을 잘 써야 한다. 너무나 평범하지 않냐고 하는 사람들도 있겠지만, 기본적인 것을 도외시하면 언제나 끝은 지지부진한 법이다.

빙의에 걸려서 찾아오는 수많은 환자들을 살펴보면 시기심 많고 남의 말을 그냥 못 넘기고 예민하게 반응하고 짜증내는 부류의 사람들이 많다고 한다. 안 좋은 것은 결국 안 좋은 그 무엇인가를 불러오게 되어 있는데 그것이 유유상종이며 우주의 법칙이라는 것이다.

또한 머리로 판단하는 것보다는 영혼의 떨림이 몸으로 전해져 오는 느낌을 중시해야 한다. 예를 들어 꺼림칙한 곳이나 느낌이 이상한 곳은 뭔가가 있으니 가지 말라고 자신의 무의식이 보내주는 신호이다. 음습하거나 어두운 데도 피해야 하지만, 겉보기에 번듯한 집인데도 왠지 한기가 돌고 서늘한 느낌이 든다면 그런 데도 가지 말아야 한다. 음식점 같은 데를 가면 사람들은 구석진 자리를 좋아하는데, 될 수 있으면 중앙에 훤한 곳으로 앉는 것이 좋다고 한다. 구석진 곳은 귀신들도 좋아하는 곳이라 피해야 한다는 것이다.

조상들의 지혜 역시 무시하면 안 된다. 상갓집을 갔다 올 때는 꼭 몸에 소금을 뿌리거나 변소를 갔다 오는 풍습이 있는데, 이것은 우리 조상들의 기가 막힌 지혜가 숨 쉬는 퇴마 방법이다. 소금이란 음습한 것을 빨아들이는 성질이 있으므로, 음습한 것을 좋아하는 귀신을 빨아들이는 역할을 바로 소금이 하는 것이다.

또한 변소를 갔다 오라는 얘기도 꽤나 과학적이다. 세상에서 제일 음습하고 어두운 곳이 변소라서 귀신이 가장 좋아하는 장소 중 하나라고 할 수 있는데, 상갓집 갔다가 오면서 변소를 들르라는 것은 변소에다가 귀신을 털어버리고 오라는 소리다.

여러 가지 빙의 예방법을 살펴봤는데, 역시 제일 중요한 건 마음가짐이다. 뭔가 조금만 꺼림칙해도 거기에 자꾸 신경을 쓰고 걱정을 하게 되면 그 상념이 커져서 귀신들이 그걸 잡고 늘어지게 된다. 귀신들도 영악해서 만만한 사람들한테나 들어가지, 의지력 강한 사람들한테는 재미없어서 들어가 놀지도 않는다고 한다.

'무심無心하면 귀신도 붙지 않는다' 는 것이 오래도록 퇴마를 해온 전문가의 결론이었다.

의학과 종교의 접목으로 새로운 퇴마 필요

영화 『엑소시스트』에서는 정신과 의사들이 온갖 치료법을 동원해서 고쳐보려고 했으나, 결국은 손을 들고 종교의 힘을 빌려보라는 말을 한다. 의학적 치료의 한계를 인정하는 장면이다. 하지만 그렇다고 해서 실제로 모든 정신과적 치료의 종착역이 종교라는 의미는 아니다. 귀신들림 현상인 줄 알고 있는 돈 없는 돈 써가며 무속적 치료를 해오다 뒤늦게 정신과적 치료로 안정을 찾은 사례 또한 많다.

현대의 정신 분석학에서는 빙의 현상을 다중 인격 장애Multiple Personality Disorder로 보고 있는데, 이것은 한 사람이 둘 이상의 인격을 가지고 있는 정신 질환의 총칭이다. 의사들은 이 증상을 심한 학대나 정신적 외상의 충격으로부터 자신을 보호하기 위해, 또는 대면하고 싶지 않은 현실을 피하기 위해 새로운 인격을 만들어내는 것으로 보고 있는데, 그래서 그런지 이 환자들의 가장 도드라진 특징은 분노가 많다는 것이다.

영화 『엑소시스트』를 보면 악마에게 빙의된 소녀 레건이 항상 분노에 찬 표정과 목소리로 일관하는 것을 볼 수 있는데, 바로 이런 증상과 일맥상통하는 부분이라고 할 수 있겠다.

한 가지 주목해야 할 부분은 이 질환자의 절대 다수가 여성이라는 점이다. 또한 그 여성 환자들의 90퍼센트 정도가 어린 시절에 근친상간이나 강간 등 성적 학대에 대한 기억을 가지고 있다고 한다. 사회적 약자인 여성이기에 혼자의 힘으로 감당해낼 수 없는 일들이 많아 그런 상태로 자신을 몰아갔던 것으로 풀이된다.

영화 『엑소시스트』 속에서의 그녀의 증상을 정신병리학적으로 본다면 부모의 이혼에 대한 충격이 작용하지 않았을까 싶다. 이혼의 가장 큰 피해자는 부부 당사자가 아닌 아이들이라는 말도 있듯이, 어린 그녀에게는 감내할 수 없는 고통으로 다가왔을 것이다.

이런 환자들 중에는 종종 그 자신이 전혀 모르는 언어를 사용하는 경우도 있는데, 이것이 '다중 인격 장애'와 '빙의'를 쉽게 구별하지 못하게 하는 요인이기도 하다. 영화 속 소녀 레건처럼 자신도 모르는 낯선 외국의 말이나 고대의 언어를 유창하게 구사하는 것은 의학적으로 설명이 안 되기 때문이다. 따라서 종교인과 무속인들은 이것을 빙의의 증거로 삼고 있다.

하지만 이 모든 것이 절대적인 것은 아니다. 빙의인지, 정신병인지 그 어느 것 하나 제대로 규명된 것은 없다. 양쪽 모두 그저 자신들의 입장에서 아전인수 격으로 해석하고 있을 뿐이다. 통계에 의하면 다중 인격 장애를 가진 사람들의 30퍼센트 정도가 스스로를 악마라고 주장하는 다른 인격을 내면에 가지고 있다. 의학계와 종교계의 접점이 필요한 수치라 할 수 있다.

원래 가톨릭은 귀신이나 사탄에 대해 엑소시즘을 인정하므로 의학과 인문학 쪽의 장점을 많이 수용하는 추세인데, 최근에는 일반 신학교에서도 엑소시즘 강의가 개설해 전문 엑소시스트를 양성하고 있다. 2005년 2월 17일에 방송된 영국 BBC 뉴스에 의하면, 로마의 수녀 양성 대학으로 유명한 '사도들의 모후 대학UPRA'이 신학 전공 대학생들을 상대로 퇴마학 강의를 개설하였으며, 여기에서 악마주의의 역사와 주술 행위 등에 관한 심리학 및 법학 등의 이론과 실제가 체계적으로 전수되고 있다고 한다.

이처럼 퇴마라는 분야가 이제는 음지를 벗어나 양지로 향하는 듯한데, 이와 같은 퇴마의 양성화 바람은 수많은 퇴마 희생자들의 무덤을 발판으로 생겨난 결과이다. 영화 『엑소시즘 오브 에밀리 로즈』에서는 퇴마 의식을 하다 환자가 죽는 사건이 발생하고, 그 신부는 구속되는 장면이 나온다. 한국의 경우에는 무속인들에 의해 그런 사건이 빈번하게 발생하고 있는데, 주로 귀신을 잡는다는 명목으로 구타를 하다가 사망하는 경우가 많다.

진정한 퇴마 능력자는 별다른 접촉을 하지 않아도 퇴마가 가능하다. 쇼맨십에 입각한 퇴마가 이런 비극을 부른 것이니, 그야말로 선무당이 사람 잡는 셈이다. 독일에서는 이런 폐해를 막고자 1978년 주교 평의회에서 의사가 배석하지 않은 엑소시즘은 허가하지 않는다는 발표를 하기도 했다. 한국에서도 자체 정화가 필요할 때인 듯싶다.

참고 문헌 및 사이트

『세계의 무당』 | 홀거 칼바이트, 문원, 1994

『퇴마록 해설집』 | 이우혁, 들녘, 1995

『타락천사』 | 마노 다카야, 들녘, 2000

『판타지의 마족들』 | 다케루베 노부아키, 들녘, 2000.

『해리장애』 | 도상금, 학지사, 2000

『정신분석학 개요』 | 지그문트 프로이트, 열린책들, 2001

『영혼의 최면 치료』 | 김영우, 나무심는사람, 2002

「Adolf Rodewyk possessed by satan」 | 뉴욕타임스, 1976. 08. 08

「伊신학교, 귀신 잡는 신부님」 | 이동준 기자, 한국일보, 2005. 02. 17

http://www.northern-ghost-investigations.com

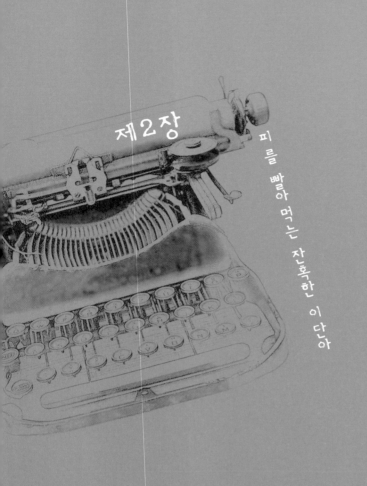

제2장

피를 빨아 먹는 잔혹한 이단아

흡혈귀 1

최초의 흡혈귀 영화 『노스페라투』

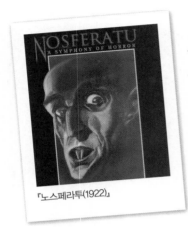

『노스페라투(1922)』

IMDB The Internet Movie Database 같은 외국 영화 관련 사이트나 아마존닷컴 같은 외국 포털사이트에서 독자 분들이 직접 검색을 해보면, 흡혈귀에 대한 영화가 상상 외로 많다는 것을 발견할 수 있을 것이다.

일단 영화 역사에 있어서 최초의 흡혈귀 영화에 대해 논해보기로 하자. 공포 영화에 대해 어느 정도 일가견 있는 분들은 아시겠지만, 이제는 그 이름만으로도 전설이 되어버린 『노스페라투(Nosferatu, 1922)』라는 영화가 바로 그것이다.

43세라는 젊은 나이로 세상을 하직한 무르나우(Friedrich Wilheim Murnau) 감독이 만든 이 흑백 무성영화는 브람 스토커(Bram Stoker)의 원작 소설 『드라큘라(Dracula)』를 모티브로 삼아 제작되었다. 그런데 왜 제목이 '드라큘라'가 아니라 '노스페라투'인가? 제목뿐만이 아니라 등장인물들의 이름까지 모두 바뀐 데에는 그만한 사연이 있다.

원작자 브람 스토커가 죽자 그 책의 저작권을 가지고 있던 부인은 영화에 대해 딴죽을 걸었다. 저작권료가 많지 않아서였는지, 미망인의 히스테리였는지는 모르겠지만, 남편의 작품이 훼손될 우려가 있다고 해서 영화 제작을 못 하게 소송을 건 것이다. 물론 무르나우 감독은 열을 받았을 테고, 원조 족발집 옆에 시조 족발집을 내듯 드라큘라 간판을 버리고 '노스페라투'라고 이름 붙였던 것이다.

그럼에도 불구하고 영화가 다 완성되고 나서까지 시비는 끊이지 않았는데, 결국 영화 제작사는 부도가 났고 법원에선 영화 필름 자체에 대한 소각 명령이 떨어져 모두 불에 태웠다고 하니, 무슨 원한을 가졌는지는 모르지만 브람 스토커 미망인의 저주가 가히 흡혈귀를 능가한다고 할 수 있을 것이다.

그렇다면 영화 필름을 모두 태웠는데 지금 시중에 떠돌고 있는 『노스페라투』 영화는 무엇이냐고 반문을 하시는 분들이 계실 것이다. 다행히도 각 극장에 배부했던 복사 판본이 몇 개 남아 있었던 것이었는데, 정말로 불행 중 다행이 아닐 수 없다.

여기서 꿈틀거리는 또 하나의 의문. 그럼 노스페라투는 무엇이며 드라큘라와 뭐가 틀린가? 우선은 진도가 급하니 자세한 것은 '영화 속 오컬트 분석'에서 다시 얘기하기로 하고, 일단은 뱀파이어Vampire, 흡혈귀의 여러 종족 중 하나라고만 알아두시면 되겠다.

앞에서도 말씀드렸듯이 노스페라투는 흑백 무성영화인지라 현대인이 보기에는 갑갑하고 짜증스러울 수도 있을 것이다. 하지만 그것을 꾹 참고 조금만 견뎌보면 마치 꿈을 꾸는 듯한, 언젠가 한 번쯤 꿈속에서 봤을 법한 화면들이 안개처럼 관객을 엄습해온다. 특히나 특수 효과 없이 순도 100퍼센트의 분장만으로 만들어내는 흡혈귀 노스페라투의 모습은 흡혈귀 영화 역사 전체를 놓고 보더라도 가히 최고라 할 정도로 기괴함의 극치를 달린다.

시골구석에서 파리만 날리고 있던 흡혈귀 노스페라투 올랙 백작(Max

Schreck)은 아무래도 인구가 많은 도시로 와서 혈액 사업을 하는 게 낫다 싶었는지, 부동산 중개업소를 통해 적당한 집을 물색해달라고 부탁을 한다. 그 부동산 중개업소의 직원이었던 주인공 후터(Gustav V. Wongenheim)는 귀신이 나올 것 같은 산길을 거쳐서 노스페라투의 성에 도착을 하고 계약을 하게 되는데, 노스페라투가 무시무시한 흡혈귀라는 사실을 알고서는 간신히 성을 탈출하여 도망을 치지만, 이미 노스페라투는 자신의 관을 싣고 새집으로 길을 떠난 지 오래였다.

이 영화에서 공포 영화 팬들이 주목할 점은 노스페라투의 성에 갔다가 간신히 살아나온 주인공 후터가 가지고 다니는 이상한 책이다. 그 책은 『흡혈귀, 무서운 유령, 마법 그리고 일곱 가지 죽음의 죄악(Vampires, Terrible Ghosts, Magic and Seven deadly sins)』이라는 아주 긴 제목인데, 저자가 누구인지도 모르고 두툼한 전체 책의 내용이 어떤 것인지도 확실하지 않지만, 중간 중간 영화를 통해 제공되는 정보는 의미심장하게 다가온다. 이 책에서 노스페라투의 습성에 대해 언급한 부분을 잠깐 살펴보자.

'노스페라투는 자신이 묻혔던 저주 받은 흙에서 암흑의 힘을 얻을 수 있다. 인간의 피를 마셔야 살 수 있으며, 무시무시한 동굴이나 무덤, 관 속에서 살고 그 안은 흑사병으로 죽은 시체들이 누워 있던 저주 받은 흙으로 가득하다. 노스페라투는 희생자들을 가두어놓고 천천히 피를 빨아 먹는다.'

흑사병으로 죽은 시체들이 누워 있던 흙이라! 이 한 줄에 묘사된 표현만 봐도 읽는 이로 하여금 충분한 공포감을 느끼게 한다.

한편 도시에서, 그것도 후터의 바로 앞집에 새 사업장을 차린 노스페라투는 본격적으로 헌혈 사업을 시작하게 되고, 온 도시에는 죽음의 그림자가 드리워지며 희생자들의 관이 줄줄이 나가는 사태가 벌어지게 된다. 정치가와 의사, 경찰, 학자들이 연구를 하지만 탁상공론에 그칠 뿐 도무지 사태 해결을 위한 뾰족한 수가 나타나지 않고 있을 때, 구원의 손길은 가녀린 한 여자에게서 피어난다. 바로 후터의 부인 엘렌이었다. 그녀는 남편이 가지고 있던 이상한 책을 들춰보다가 다음과 같은 구절을 읽게 된다.

'노스페라투가 악몽으로 그대를 괴롭히지 못하게 하라. 순결한 여자가 흡혈귀에게 아무런 저항 없이 자신의 피를 빨게 하고 첫닭이 우는 시간을 잊게 만들면 그를 죽일 수 있다.'

그녀는 본능적으로 노스페라투가 자신을 원하고 있다는 사실을 알아차리고는, 자신을 미끼로 던져 이 파국의 사태를 막아보자는 모진 결심을 하게 된다. 동트기 직전에 잠든 남편을 깨워 아프다고 핑계를 대고는 의사를 불러오라 시킨 엘렌은 창문을 열어 노스페라투를 순순히 받아들인다. '이게 웬 떡이냐' 하며 해가 뜨는 것도 모른 채 희희낙락 피를 빨던 노스페라투는 창문으로 새어 들어오는 햇빛에 소금 뿌린 달팽이 녹듯 흰 연기를 날리며 사라져버리고, 그 사이에 남편 후터가 의사와 함께 당도하지만 이미 엘렌은 마지막 숨을 헐떡이며 남편의 품 안에서 죽음을 맞이하게 된다.

브람 스토커의 원작과는 상당한 차이를 보이는 결말이지만, 그것은 아마도 시간상의 제약 때문이었을 것으로 보인다. 지금까지 설명한 내용만 해도 거의 1시간 30분 정도가 걸렸는데, 작품 전체를 모두 표현해내려면 그 당시의 영화적 노하우로는 감당하기 힘들었을 것이다. 게다가 지긋지긋한 저작권 시비를 피하기 위한 고육지책도 작용했을 것으로 보인다. 한 편의 명작이 탄생한다는 것은 이처럼 어려운 법이다.

현대적으로 각색된 노스페라투 『이자벨 아자니의 뱀파이어』

『이자벨 아자니의 뱀파이어(1979)』

무르나우 감독이 만든 『노스페라투』의 정신을 이어 받아 베르너 헤어조크(Werner Herzog) 감독은 흡혈귀 영화 한 편을 만들게 되는데, 이 작품은 한국에서 『이자벨 아자니의 뱀파이어(Nosferatu The Vampire, 1979)』라고 이름 붙여져 출시된다. 브람 스토커의 원작 스토리에 충실하기보다는 1922년작 『노스페라투』를 기본으로 한 이 영화는 드라큘라 백작, 하커, 루시 등 세 주인공의 관계를 부각시키면서 새로운 스타일로 각색되었다.

헤어조크 감독은 이 작품을 통해 무르나우 감독에게 오마주^{homage, 경의}를 표했는데, 원작에 대해 너무 경의를 표한 나머지 무르나우 감독이 촬영한 것과 똑같은 장소에서 영화를 찍었다고 전해진다. 원작에서 배경으로 쓰였던 성을 찾기 위해 독일 고성과 성벽 등을 추적해 찾아내어 동일한 장소에서 찍고, 영화 속에 등장하는 광장 역시 현실감을 살리기 위해 세트 촬영을 피하고 직접 헌팅을 하러 다녔다. 그래서 찾은 곳이 헝가리의 어느 시가지 광장이라 하는데, 상인들의 양해를 얻어 간판만 떼거나 가리고 전기 가로등만 제거하여 있는 그대로의 풍경을 찍었다고 한다.

영화의 내용은 마지막 장면만 다를 뿐 『노스페라투』와 대동소이하다. 대신 헤어조크 감독 특유의 기괴한 스타일이 곳곳에서 빛을 발한다. 시체가 들어 있는 관을 도시 광장에 쌓아놓고는 사람들이 춤을 추는 장면이라든지, 페스트를 퍼뜨리는 쥐들이 우글대는 곳에서 주민들이 우아하게 차려 입고 근사한 식사를 하는 장면 등 패닉 상태에 빠진 사람들의 묘사를 실감 나게 연출하고 있다. 또한 흡혈귀가 루시의 피를 빨아 먹는 장면은 가히 역대 흡혈귀 영화 중 가장 에로틱한 장면이라 해도 손색이 없을 정도이다. 마치 정사를 나누듯 루시의 속치마를 천천히 걷어 올리고 가슴을 주무르며 하얀 목에 이빨을 꽂는데, 누가 봐도 영락없는 남녀의 베드신이다.

영화에서 루시 역할을 맡은 이자벨 아자니(Isabelle Adjani)는 설명이 따로 필요 없는 세기의 미녀 배우이며, 흡혈귀 역할을 했던 배우는 독일의 성격파 배우 클라우스 킨스키(Klaus Kinski)였는데, 브룩 쉴즈, 소피 마르소, 피비 케이츠와 함께 1980년대 남성들의 가슴을 불타게 했던 여배우 나스타샤 킨스키의 아버지로 더 유명한 양반이다. 아버지의 영향을 받아서인지 나스타샤 킨스키 역시 훗날 공포 영화로 세상에 이름을 떨치게 되는데, 그녀의 요염한 매력을 마음껏 세상에 드러낸 고양이 인간을 소재로 한 공포 영화 『캣피플』이 대표적이다.

이 영화는 무르나우 감독의 원작 『노스페라투』의 무성영화적 특징을 살리려 했기 때문에, 유럽 영화에 익숙지 않은 관객들에게는 다소 지루할수 있다. 마치 헤어조크 감독의 전작인 『아귀레 신의 분노(Aguirre, Der Zom Gottes, 1972)』를 보듯 잠깐 대사가 나온 후 다시 조용한 공백 시간이이어지는 로드 무비의 성격을 지니고 있다.

대신 독일 프로그레시브 음악 그룹인 포폴 부(Popol Vuh)의 음산하고기괴한 음악으로 그 공백을 메우고 있으며, 보기만 해도 스산하고 건조한배경들은 공포감을 더해준다. 그러나 그 공포는 3류 공포 영화에서 흔히보는 호들갑스러운 공포가 아니라 관객들을 조금씩 늪에 빠뜨리는 아주고급스러운 공포이다.

흡혈귀의 치명적 음모 『뱀파이어의 그림자』

노스페라투를 소재로 한 영화 중에서가장 설정이 기발하고 멋진 영화는 아마도 『뱀파이어의 그림자(Shadow Of The Vampire, 2000)』일 것이다. 이 영화는 '영화 속의 영화'를이야기한다. 무슨 말인고 하니, 무르나우 감독이 1922년에 『노스페라투』를 찍을 때의 상황을 영화로 재현해 만들었다는 소리다. 그러므로 이 영화를 보기 전에 반드시, 필수적으로, 예외 없이 오리지널 『노스페라투』를관람하여야 한다. 그러지 않고 곧바로 이 영화를 보는 건 마치 생 삼겹살을 굽지도 않고 그냥 먹는 것과 같다고 할 수 있다. 먹을 수야 있겠지만 영맛이 안 난다는 얘기다.

극중 설정에서 영화 『노스페라투』를 찍고 있던 영화감독 무르나우(John Malkovich)는 영화 스태프들을 데리고 체코슬로바키아의 고성으로 촬영을 떠난다. 그곳에서 주인공 올록 백작을 연기할 막스 슈렉(William Dafoe)을 사람들에게 소개하는데 그의 기괴한 외모와 말투, 그리고 불투명한 과거는 모

『뱀파이어의 그림자(2000)』

두를 공포에 떨게 만든다. 알고 보니 막스 슈렉은 배우가 아니라 무르나우 감독이 최고의 흡혈귀 영화를 만들기 위해 기용한 진짜 흡혈귀였으며, 아름다운 여주인공인 그레타(Catherine McCormack)를 넘겨준다는 조건으로 영화에 출연하게 된 것이다. 그러나 슈렉은 영화를 찍으면서 너무나 피에 굶주린 나머지 무르나우의 통제를 벗어나게 되고 급기야는 촬영장 곳곳에서 살인을 저지른다.

대강의 줄거리만 들어도 대단한 스토리 아닌가? 공포 영화 팬으로서는 엄청나게 흥분되는 작품이라고 할 수 있다. 어떤 상황에서도 침착성을 잃지 않는 제작자 역할의 우도 키에르는 물론이고 명배우 존 말코비치와 윌리엄 데포의 연기 대결을 지켜보는 것도 매우 흥미진진하다.

영화에 대한 열정이라고는 하지만, 자신의 욕망을 위해 흡혈귀마저 가차 없이 이용하는 인간이 오히려 흡혈귀보다 더 무서운 존재일 수 있다는 메시지가 간담을 서늘케 한다.

외계인이 만들어낸 괴물 『흡혈귀 고케미도로』

『흡혈귀 고케미도로(1968)』

영화 역사상 가장 독특한 흡혈귀가 일본에서 탄생되었다. 이름하야 『흡혈귀 고케미도로(吸血鬼 ゴケミドロ, 1968)』인데, 대부분의 흡혈귀들은 피를 빨리는 과정에서 흡혈귀로 변하지만, 이 작품에서는 지구에 침공한 외계인들에 의해 강제적으로 흡혈귀가 되는 설정이 등장한다.

영화가 시작되면 온통 빨간 하늘을 배경으로 비행기가 유유히 나는 장면이 그로테스크하게 펼쳐진다. 아름답다는 느낌보다는 무섭다는 느낌이 강한 붉은색 하늘은 뭉크의 『절규』보다 강렬하고 고흐의 『별 헤는 밤』보다 현란하다. 영화감독 쿠엔틴 타란티노(Quentin Tarantino)가 이 붉은 하늘에 경배를 표하며 자신의 영화 『킬빌(Kill Bill Vol. 1, 2003)』에 비슷한 장면을 삽입했을 정도로 대단한 장면이 아닐 수 없다.

비행기 안에는 거만한 정부 고위 관리, 그 밑에서 아양을 떨며 자신의 부인까지 성상납하는 기업인, 냉소적인 정신과 의사, 뭐든지 과학적으로 분석하려는 우주공학 박사, 월남전에서 죽은 남편의 유품을 소중히 간직한 외국인, 반골 기질 가득한 건달 등이 타고 있었는데, 몰래 숨어 들어온 테러범이 난동을 부려 강직한 남자 승무원과 몸싸움이 벌어지게 된다. 테러범은 총을 가지고 조종실에 난입하여 기수를 돌리라고 협박하지만, 그

때 하늘에서 이상한 물체가 나타나더니 비행기가 중심을 잃고 황량한 암벽 지대로 추락하고 만다.

살아남은 승객들은 테러범을 잡으려고 하지만 오히려 테러범은 스튜어디스를 인질로 잡고 도망치게 되는데, 하필 도망을 친 곳이 비행기를 추락시킨 외계인의 UFO였다. 해삼처럼 물컹거리는 외계 존재는 테러범의 머리를 반으로 가른 후 뇌 속에 자리를 잡고서 테러범을 조종하기 시작하고, 흡혈 괴물로 변한 테러범은 살아남은 승객들의 피를 빨아먹기 위해 다시 공격을 시도한다.

하지만 힘을 합쳐도 살아남을까 말까 한 상황임에도 불구하고, 승객들은 서로 살겠다고 배신에 배신을 거듭하며 자중지란 自中之亂을 당하게 된다. 그리고 오직 냉철한 이성으로 무장한 남자 승무원만이 헝클어진 사태를 바로 잡기 위해 고군분투하며 흡혈귀와 최후의 일전을 치른다.

사토 하지메(Hajime Sato) 감독은 이 작품에서 굉장한 사회적 메시지와 평화 담론을 피력하고 있다. 외계인들이 침공한 이유는 인간들이 서로 싸우기 때문이며, 더 이상 생존 가치가 없다고 판단하여 머나먼 은하 저편인 고케미도로 별에서 건너왔다는 것이다. 또한 하지메 감독은 영화 중간 중간 베트남 전쟁의 참상을 보여주며 인간의 미친 짓거리를 신랄하게 비난한다. 각 승객들의 관계 속에서 그 당시 만연했던 성공지향주의적 일본 사고관을 흠씬 비판하기도 한다.

이성을 잃은 승객들은 산 사람을 미끼로 던져 흡혈귀를 유인하고자 하는데, 이때 외국인 여자를 제물로 바치려는 장면이 나온다. 평소에 일본인들이 외국인에게 품고 있는 배타의식을 우회적으로 자아 비판하는 장면이라 할 수 있는데, 특히 온 세상이 외계인들에게 점령당한 뒤 흘러나

오는 무서운 메시지는 평화와 공존의 소중함을 일깨우는 경종 역할을 하기에 충분하다.

『흡혈귀 고케미도로』는 외계인과 흡혈귀의 결합이라는 특이한 발상을 내세운 일본 SF 공포물의 최고봉으로 일컬어지는 영화로서, 기회가 되면 반드시 봐야 할 필수 호러물이라 할 수 있을 것이다. 🎞

마을을 점령하는 흡혈귀 일당 『공포의 별장』

현대 공포 소설의 대부로 일컬어지는 스티븐 킹(Stephen King)이 흡혈귀를 다루지 않고 지나가는 것은, 이소룡이 쌍절곤 없이 싸우는 것처럼 허전한 느낌을 준다. 그래서 찾아봤더니 역시 대단한 물건 하나가 눈에 띈다. 토브 후퍼(Tobe Hooper) 감독의 『공포의 별장(Salem's Lot, 1979)』.

토브 후퍼가 누구던가? 『텍사스 전기톱 학살(The Texas Chain Saw Massacre, 1974)』로 유명한 공포 영화의 거장 아니던가? 그런 양반이 공포 소설의 지존인 스티븐 킹을 만났다니 꽤 군침 당기는 모양새가 아닐 수 없다.

사실 이 작품은 극장용 영화가 아니라 러닝타임 3시간짜리 TV용 영화로 제작되었다. 그래서 어떤 이들은 영화가 지루하다느니, 늘어진다느니 얘기를 하지만, 그것은 엄연히 태생이 다른 당나귀를 자꾸 말馬에 비교하면서 느리게 뛴다느니 불평하는 것과 마찬가지 얘기다. 대신 당나귀는 말보다 지구력이 강하지 않은가? TV용 영화는 극장용 영화가 표현해낼 수 없는 아기자기한 맛을 다양하게 보여줄 수 있다는 장점을 가지고 있기에, 단순 비교 대상이 될 수는 없는 법이다.

소설가 벤(David Soul)은 어느 정도 성공한 뒤 자신의 고향인 Salem's Lot으로 오게 되지만, 세월이 많이 흘러 그를 알아보는 사람은 거의 없다. 부동산 중개업자를 통해 그가 사려고 했던 낡은 저택은 이미 다른 사람의 수중에 떨어져 있었는데, 그 저택을 산 사람은 다름 아닌 흡혈귀와 그의 하수인이었다. 그 저택을 중심으로 마을에는 점점 어두운 그림자가 퍼지게 되고 급기야 한 소년이 흡혈귀의 희생양이 되고 만다. 그 소년은 자신역시 흡혈귀가 되어 형을 물고, 그 형은 또 다른 사람들을 물면서 마을은 순식간에 죽음의 도시로 변한다.

벤은 그 지역 의사의 딸인 수잔(Bonnie Bedelia)과 연인 사이로 발전하게 되어 그녀의 도움으로 사람들을 규합한 후 흡혈귀들의 본거지인 저택으로 쳐들어가고, 흡혈귀들 역시 사람들을 도륙 내며 승자도 패자도 없는 최후의 결전을 치르게 된다.

역대 흡혈귀 영화 중 가장 소름 끼치는 캐릭터를 꼽으라면 필자는 『후라이트 나이트(Fright Night, 1985)』를 추천하는데, 그에 못지않게 끔찍한 캐릭터가 바로 이 영화 속의 소년 흡혈귀들이다. 공중부양을 하여 창가에 다가와 "Open the door"라고 속삭이며 손톱으로 유리창을 긁는 모습은 관객들에게 지금까지 경험해보지 못했던 상상을 초월하는 공포감을 선사한다.

또한 시체실에서 주인공 벤이 혼자 있을 때 시체를 덮은 하얀 시트가

『후라이트 나이트(1985)』

후라이트 나이트
FRIGHT NIGHT

"FRIGHT NIGHT" 주연 CHRIS SARADON · WILLIAM RAGSDALE
· AMANDA BEARSE · STEPHEN GEOFFREYS and RODDY McDOWALL
VISUAL EFFECTS BY RICHARD EDLUND, A.S.C. MUSIC BY BRAD FIEDEL
PRODUCED BY HERB JAFFE 감독 TOM HOLLAND

움찔거리며 천천히 흡혈귀가 일어서는 장면 역시 밤잠을 설치게 할 정도로 음산함을 던져준다. 2004년도에 리메이크 작품이 만들어졌으나 원작을 따라가기에는 한참 힘이 모자라 보인다. [Movie]

흡혈귀를 죽이는 방법

인류 역사상 가장 성공한 공포 캐릭터가 있다면 단연 흡혈귀일 것이다. 일단 보는 것만으로도 기분 나쁘다. 피하고 싶은 건 계속 생각나듯 흡혈귀 역시 한 번 각인되면 좀처럼 머릿속에서 지울 수 없는 캐릭터이다. 게다가 타협 자체가 불가능한 꼰대 기질을 가지고 있다.

구천을 떠도는 원귀라도 좋은 말로 잘 달래면 승천하기도 하는데, 어떻게 된 게 이 녀석들은 별반 원한도 없이 그저 배고프다는 이유만으로 길 가는 사람들한테 짐승처럼 달려들어 목에 구멍을 뚫으니 환장할 노릇이다. 그래서 사람들 역시 흡혈귀를 대할 때는 무조건 죽여야 한다는 의식을 갖게 되었으며, 이러저러한 비방법이 등장하기에 이르렀다.

흔히들 흡혈귀는 태양 빛을 받으면 죽는다고 알려져 있지만, 1897년에 간행된 브람 스토커의 원작 소설에는 그러한 내용이 담겨 있지 않다. 물론 밤처럼 활발한 활동을 하지는 못하지만, 대낮에도 간간히 활동하는 드라큘라 백작의 모습이 등장하기까지 한다. 반 헬싱 교수가 설명하는 흡혈귀 완벽 퇴치법은 칼로 목을 자르거나 심장에 말뚝을 박아 넣는 것이고,

마늘이나 십자가는 단지 흡혈귀의 활동을 방해할 정도라는 설명이 있을 뿐이다.

유럽에 전해져오는 여러 가지 흡혈귀 퇴치법에도 태양과 관련된 부분은 좀처럼 발견할 수 없다. 흡혈귀를 단숨에 영원히 제거할 수 있는 유일한 길은 역시 나무 말뚝을 심장에 박는 것인데, 러시아인들은 예수의 십자가에 쓰였던 미루나무를 사용한 데 반해 다른 나라는 예수의 면류관을 참고해 산사나무를 선호했다. 아드리아 해 연안 달마티아 지역과 알바니아 지역에서는 성직자에게 세례를 받은 단검을 심장에 꽂아 흡혈귀를 죽였다고 하며, 루마니아에서는 새벽 동틀 무렵에 흡혈귀가 다시는 살아나지 못하도록 심장에 말뚝을 박는 방법을 썼다고 한다. 하지만 만약 그 시체가 재로 변하지 않으면 사토장이(무덤 파는 일꾼)가 쓰는 삽으로 머리를 자르고 나머지 몸은 불태워 그 재를 바람에 날려 보내거나 사거리에 묻었다고 했으니, 여간 번거로운 일이 아니었던 것 같다.

그렇다면 흡혈귀가 햇빛을 받으면 죽는다는 얘기는 언제부터 시작되었던 것일까? 바로 무르나우 감독의 『노스페라투』부터였다는 설이 지배적이다.

앞에서도 잠깐 언급했듯이 무르나우 감독은 브람 스토커의 미망인과 저작권 시비가 붙어 고생을 했기 때문에 완전한 차별화를 시도했을 것이며, 제목은 물론 극중 주인공 이름까지 바꾼 것도 모자라 흡혈귀의 약점까지도 변용시켰다. 노스페라투에는 마늘이나 십자가 공격은 나오지 않으며 심지어 흡혈귀를 죽이는 데 가장 필요한 칼이나 말뚝조차 등장하지 않는다. 그렇다면 어떻게 흡혈귀를 죽여야 할까?

아마도 무르나우 감독 역시 이 부분을 고민했을 것이다. 그리고 그 대

안으로 햇빛을 등장시켰다. 그 전략은 적중하여 이제는 원작에도 없던 흡혈귀의 태양 공포증이 대다수 사람들의 뇌리에 깊이 각인되기에 이르렀다. 결과적으로 후속작이 원작을 먹어버리게 된 것이다.

뱀파이어와 드라큘라 그리고 노스페라투

원작과의 차별화 얘기가 나온 김에 이쯤에서 흡혈귀의 명칭에 대한 이야기를 짚고 넘어가야 할 것 같다. 대체 드라큘라면 드라큘라고 뱀파이어면 뱀파이어지, 노스페라투는 또 뭐란 말인가?

많이 알려져 있다시피, 드라큘라는 '흡혈귀'라는 뜻이 아니라 유럽에서 전해져오던 인물의 이름을 브람 스토커가 자신의 소설에 차용했을 뿐이다. 드라큘라Dracula는 'Dracul'에 접미사 'a'가 붙어서 '드라큘의 아들'이란 뜻을 갖고 있는데, 드라큘은 '사악한 용'이라는 뜻인 동시에 실제로 존재했던 루마니아 발라히아Valahia 왕국의 국왕 이름이기도 하다.

이 왕에게는 1427년에 태어난 '블라드 쩨뻬쉬Vlad Tepes'라는 아들이 있었는데, 어린 시절에 터키와 헝가리에 연달아 볼모로 잡혀갔던 적이 있었다. 그리고 훗날 그가 왕이 되어 두 나라와 싸울 때 그 적개심은 너무나 끔찍하게 폭발을 해버리고 만다. 적들을 포로로 잡아 굵은 가시가 박힌 큰 바퀴를 몸 위로 지나가게 해 온몸에 구멍을 내기도 하였고, 장대를 깎아 만든 창으로 항문과 질을 찔러 입으로 나오게 해서 서서히 죽어가게 하는 잔인한 처형도 서슴지 않았다. 그의 이름 'Tepes'는 루마니아어로 '가시', 또는 '꼬챙이'라는 뜻인데, 그가 행한 잔인한 처형 방법에서 훗날 붙여진 이름이라고 하며, 그렇게 해서 '드라쿨의 아들' 즉 드라큘라는 잔인한 악귀의 대명사로 자리 잡게 되었다.

하지만 드라큘라의 모델이 비단 남자만 있었던 것도 아니었다. 헝가리에 16세기경 실존했던 여자 귀족 엘리자베스 바토리 Elizabeth Bathory 또한 블라드 쩨뻬쉬 못지않은 '피의 여왕'이었다.

기록에 의하면 그녀는 놀라운 미모의 소유자였는데 그녀의 남편이 전쟁터에 나가 죽게 되자, 늙음과 죽음에 대한 공포를 견디다 못하여 성에서 시어머니를 내쫓은 후 흑마법에 열중했다고 한다. 그녀는 흑마법을 통해 젊은 여성들의 피가 자신의 젊음과 아름다움을 되찾게 해줄 유일한 길이라 믿게 되었고, 그 믿음을 실천하기 위해 여자들을 잡아 죽이는 등 온갖 사악한 짓을 행했다고 한다.

바토리 사건을 조사한 문서의 기록에 따르면 그녀에 의해 살해된 젊은 여성의 수는 모두 600여 명에 육박한다고 하는데, 일설에 따르면 수천 명이라는 기록도 있다. 그리고 그중에는 귀족 여성들도 다수 포함되어 있었다고 한다.

바토리는 잡아온 여자들을 결코 쉽게 죽이지 않았다. 가위로 자르고, 핀으로 찌르고, 날카로운 가시가 달린 상자에 가두어 서서히 죽였다고 한다. 그리고는 그들이 갓 흘린 피로 목욕을 즐기는가 하면 뿜어져 나오는 핏줄기 아래 서서 샤워를 하며 피를 마셨다고 한다.

이런 좋은 소재가 있으니 영화인들이 가만히 있었을 리 만무하다. 바토리 부인을 소재로 한 영화도 여러 편 만들어졌는데, 이탈리아에서 만들어진 최초의 호러 영화라 일컬어지는 『이 밤피리(I VAMPIRI, 1956)』, 바토리 이야기를 현대적으로 재해석하여 만든 벨기에 영화 『어둠의 딸들

(Daughters Of Darkness, 원제는 Les Levres Rouges, 1971)』, 우연한 사고로 얼굴에 피가 묻은 부인이 그 부분만 젊어진다는 것을 알아채고는 여자들을 죽여 젊음을 되찾게 된다는 스토리의 『드라큘라 백작 부인(Countess Dracula, 1971)』 등이 있으며, 최근에는 『비포 선라이즈(Before Sunrise, 1995)』로 유명한 프랑스 여배우 줄리 델피(Julie Delpy)를 주인공으로 한 『백작 부인(The Countess, 2008)』이 만들어지기도 했다.

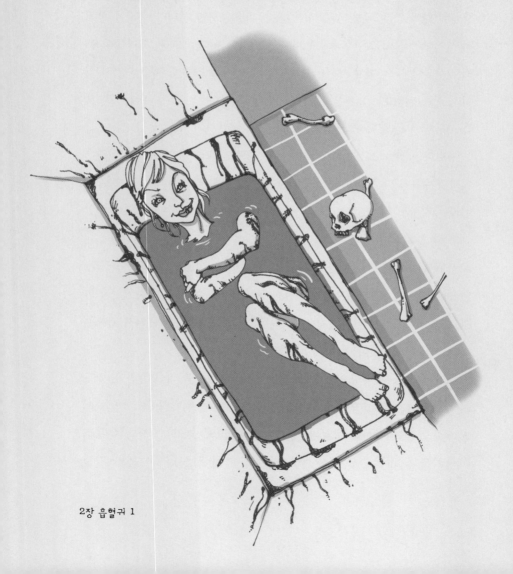

이런 역사적 사실을 잘 알고 있었기에 『노스페라투』를 만든 무르나우 감독은 굳이 드라큘라란 이름에 목을 맬 필요가 없었다. '흡혈귀'라는 뜻만 전달되면 되었기에 다른 이름을 붙여도 그만이었다. 그래서 저작권 문제로 시비가 벌어지자 '드라큘라'라는 이름 대신 노스페라투를 가져다 붙였던 것이다.

노스페라투는 '죽지 않는 시체' 또는 '흡혈귀'를 뜻하는 루마니아 말인데, '병에 걸린 사람'이라는 뜻의 그리스어 'Nosforos'에서 왔다는 설이 유력하다. 아마도 저작권 시비가 귀찮아진 무르나우 감독이 이 꼴 저 꼴 보기 싫어서 드라큘라의 고향인 루마니아 지방의 말을 차용하여 제목으로 쓴 것이 아니었을까 짐작해볼 수 있다.

다양한 종류의 흡혈귀 족속들

그 후 노스페라투라는 이름은 드라큘라 또는 뱀파이어란 이름이 식상해질 만하면 그 대용품으로 종종 사용되어지곤 했는데, 게임과 소설로 인기를 끌고 있는 흡혈귀 콘텐츠「흡혈귀 가장무도회(Vampire : the Masquerade)」에는 노스페라투와 관련된 재미난 내용이 나온다.

여기선 흡혈귀들의 여러 종족을 통칭하여 '뱀파이어 Vampire'라고 하는데, 이러한 뱀파이어 종족은 총 13종류로 분류되며 노스페라투도 이중 하나로 포함되어 있다. 그러나 노스페라투 종족은 인간은 물론이고 뱀파이어 사회에서조차 천대받는 괴물 집단으로 그려지고 있다.

그들은 신에게서 끔찍한 저주를 받았기에 모든 뱀파이어 종족 중에서도 가장 흉측한 외형을 가지고 있는 것으로 묘사된다. 다른 뱀파이어들은 여전히 인간으로 보이고 인간의 사회 속에 섞여 살아가지만, 노스페라투는 일그러진 괴물 같은 모습으로 인해 하수도나 지하 납골당 같이 아무도 눈에 띄지 않을 장소에 숨어 살며 그들만의 유대를 결속시켰다.

그러나 그런 폐쇄성 속에서 피어난 유대감은 마치 하이에나처럼 그들의 생존력을 강화시켰다(신기하게도 무르나우 감독의 『노스페라투』에도 늑대 대신 하이에나가 등장한다). 인간은 물론이고 심지어는 같은 뱀파이어 족속들 중에서도 그들만큼 도시의 어두운 이면에 대해서 잘 아는 종족은 없으며, 정보를 염탐하고 모으는 데 있어서도 타의 추종을 불허하는 것으로 묘사되고 있다. 만일 다른 뱀파이어 종족이 노스페라투를 한 명이라도 건드린다면 그것은 곧 대규모 전면전으로 이어지기 때문에, 그들은 웬만하면 서로 교류를 하지 않으려고 한다.

그들은 여기저기서 천대를 받다 보니 자연스럽게 은둔하는 기술을 익히게 되었다. 자신들의 몸을 숨기기 위해 신비로운 은폐 기술을 계속 발전시킨 결과, 어떤 때는 사람들이 분명히 보고 있는 앞에서도 몸을 숨길수 있을 정도가 되었다고 한다.

노스페라투 외에도 다른 흡혈귀 종족들 역시 흥미로운 특징들을 가지고 있는데, 그중 가장 주도적인 역할을 하는 그룹이 '벤트루Ventrue'라고하는 녀석들이다. 그들은 조상 대대로 귀족이나 재벌, 정치인들을 물색하여 흡혈귀로 만들었기에 우아하고 고상하다. 다른 종족들을 이끄는 지도자 또는 참모 역할을 주로 한다고 알려져 있다.

비슷한 품위를 지닌 라좀브라Lasombra 종족들은 그림자 같은 뱀파이어들이다. 어떤 일을 하더라도 자신들이 전면에 드러나기를 원치 않기 때문이다. 우아하기 그지없지만 내면에는 배후 조종자로서의 사악함이 깃들어 있는 무서운 종족이다.

벤트루와 라좀브라 못지않은 엘리트 흡혈귀 집단이 또 있는데, '지오반니 Giovanni'라고 하는 종족들이다. 이들은 천부적으로 사업가적인 기질이 강하여 세계적인 금융 거래를 주도하며 부를 쌓는 종족이다. 다른 종족과 피를 섞지 않고 오직 자신들의 종족으로만 혈연을 유지하는 씨족 집단으로 알려져 있다.

트레미어 Tremere 종족 역시 엘리트 집단이긴 하지만 지향하는 바가 확연히 차이가 난다. 인간이었을 때 그들은 주로 마법사로 활동하던 흡혈귀들인지라 뱀파이어들의 비술을 개발하고 연구하는 일을 담당한다. 비밀도 많고 배신에 능한지라 그리 신뢰할 만한 종족은 아닌 듯하다.

악귀에게 어울리지 않게 예술에 대한 열정으로 가득 찬 흡혈귀들도 있다. 토레도 Toreador 종족들은 자신들의 뱀파이어적 감각을 예술로 승화시키는 존재이다. 그것이 너무 지나쳐 퇴폐와 방탕에 종종 물들기도 한다는 약점을 지니고 있긴 하지만 말이다.

'미친 흡혈귀'라는 별명을 가진 말카비안 Malkavian 역시 토레도 못지않은 광기를 지니고 있는 존재들이다. 그들은 마약에 취한 듯한 광기로 고통 받고 있으며 그로 인해 환각 속에서 사는 흡혈귀들이다. 하지만 그 광기 뒤에는 높은 식견과 지혜가 숨어 있는 아이러니한 종족이다.

매우 난폭한 종족 중에 '브루하 Brujah'라는 녀석들이 있다. 이 종족은 예전에는 철학자인 동시에 전사의 성격을 지니고 있었지만 지금은 폭도의 이미지가 강하다. 철저한 반골 기질을 가지고 권위와 억압에 항거하는 이들은 쉽게 흥분하여 다른 종족과 종종 싸움을 벌인다.

'강그렐Gangrel'이라는 흡혈귀 집단 역시 싸움을 좋아하는데, 주로 늑대 인간들과 혈전을 벌인다. 이들은 도시보다는 자연 속에 머물고자 하는 야수의 본능을 가진 종족들인데, 늑대 인간들과 사이가 좋지 않기 때문에 맘 놓고 자연 속에 머물 수도 없는 처지이다. 야수성을 존중하기 때문에 곧잘 박쥐나 늑대로 변신하기도 한다.

흉포하기로 치자면 브루하와 강그렐을 능가하는 녀석들이 있는데, 찌미쉬Tzimisce가 바로 그들이다. 살고 있는 땅이나 소유물에 대한 집착이 강하여 그것을 지키기 위해 극도로 흉포해지고 잔인하게 변모한 종족으로, 너무나 잔인하기에 뱀파이어 종족들 사이에서조차 악명이 높은 뱀파이어들이다.

난폭한 종족들은 나름대로 순수한 면이라도 있지만, 비열함으로 가득한 추악한 종족들에게서는 최소한의 예의도 발견할 수 없다. 대표적인 녀석들이 바로 아사마이트Assamite이다. 이들의 계보는 특이하게도 고대 아랍에서부터 출발한다. 십자군을 벌벌 떨게 만들었던 아랍의 암살 특공대 역시 이 종족과 연관이 있는 듯 보이며, 이들은 특이하게도 같은 뱀파이어 종족들을 암살하기도 한다, 그리고 그렇게 해서 얻은 뱀파이어 피를 마시고는 더 높은 능력을 추구한다고 한다.

'라브노스Ravnos'라는 흡혈귀들은 여기저기 도둑질을 하며 흘러 다니는 집시풍 뱀파이어 종족인데, 환영과 환각을 만들어내는 능력이 탁월하여 다른 종족들을 골탕 먹이고 괴롭힌다. 그런 연유로 인해 여타 뱀파이어 종족들로부터 박해와 멸시를 받고 있다고 한다. 하지만 이들보다 한 술 더 뜨는 녀석들도 있는데, 가장 추악한 기질을 가진 흡혈귀 종족으로 알려진 세트신 추종파Follower of Set이다. 다른 어떤 흡혈귀들도 따라올 수 없는 암흑과 타락의 1인자로서, 고대 이집트로부터 내려오는 악신 '세트 Set'를 추종하며 세계를 타락으로 물들인다. 그래서 다른 뱀파이어들도 이들과는 동맹을 맺지 않으려 한다.

흡혈귀와의 무서운 거래

지금까지 흡혈귀의 역사와 죽이는 방법, 다양한 흡혈귀 종족들을 살펴봤는데, 우리는 흡혈귀 종족들이 나오는 영화나 소설을 보면서 사실은 굉장히 무서운 거래를 목격하고 있다는 것을 알아야 한다. 이것은 어떻게 보면 종교의 근원과도 연관되어 있는데, 그것은 바로 '죽음을 극복할 수 있는 불멸의 존재가 되겠는가'를 묻는 거래인 것이다.

신앙심으로 죽음에 대한 두려움을 극복하는 종교와는 다르게, 이 거래에서는 불멸의 존재가 되기 위해 흡혈귀로 살아가야 한다는 조건이 붙는다. 언뜻 생각하면 손해 볼 것 없는 거래라고 여겨지겠지만, 내용을 따지고 들어가자면 그렇게 쉽사리 받아들일 거래는 결코 아니다. 영화 『이자벨 아자니의 뱀파이어』에서 노스페라투는 자신의 처지에 대해 이렇게 말한다.

　"늙지 못하는 것은 끔찍하오. 죽음이 최악은 아니오. 죽음보다 더 끔찍한 게 있소. 상상할 수 있겠소? 매일 똑같은 날들을 수세기 동안 살아야 함을…"

　흡혈귀 자신조차 영원히 산다는 것에 대한 막막한 두려움을 호소하고 있는 장면이 아닐 수 없다.

　그러므로 흡혈귀와 인간 사이에 맺어지는 불사不死에 대한 계약은 서로 상반된 입장에서 해석되어져야 한다. 인간의 입장에서 보면 드라큘라는 표현하기 어려운 범죄를 저지르고 있는 셈이지만, 드라큘라의 관점에서 보면 표현하기 어려운 선물을 선사하고 있기 때문이다.

　그러나 이것이 비단 흡혈귀에 관한 문제뿐이겠는가. 하루에도 수많은 관점 속에서 서로 다른 거래를 하며 살아가야 하는 우리 인간들은, 어떻게 보면 흡혈귀의 또 다른 종족일지도 모른다. 흡혈귀의 14번째 종족의 이름, 그것이 어쩌면 바로 우리 '인간'일 수도 있는 것이다.

참고 문헌 및 사이트

『전율의 괴기인간』 ｜ 다니엘 피아슨, 우주문명사, 1983

『퇴마록 해설집』 ｜ 이우혁, 들녘, 1995

『흡혈귀-잠들지 않는 전설』 ｜ 장 마리니, 시공사, 1996

『신비동물원』 ｜ 이인식, 김영사, 2001

『뱀파이어의 역사』 ｜ 클로드 르쿠퇴, 푸른미디어, 2002

『위대한 영화』 ｜ 로저 애버트, 을유문화사, 2003

『이성은 신화다 ｜ 계몽의 변증법』, 권용선, 그린비, 2003

『뱀파이어 연대기』 ｜ 한혜원, 살림출판사, 2004

『Vampire the Masquerade』 ｜ Nieves, Rafael, Moonstone Press, 2003

http://www.draculas.info

http://www.rowthree.com

http://www.white-wolf.com

http://www.bathory.org

http://www.moviewallpapers.net

http://kr.youtube.com/watch?v=8bP9aHxDvf8

http://www.donlinke.com/drakula/vlad.htm

제3장

여자의 판타지를 채워주는 드라큘라의 우아한 가운

흡혈귀 2

『드라큘라(1931)』

필자가 어린 시절, 누군가에게 책 한 권을 선물 받았다. 제목은 『브람 스토커의 흡혈귀 드라큘라』. '소년소녀 명작소설'이라는 문구가 무색할 정도로 부담스러우리만치 두꺼웠던 책이었다.

초등학교 3학년짜리 꼬마는 그 두툼하고 시커먼 표지의 무시무시한 소설을 겁도 없이 펼쳐 들었고, 한없이 그 탐미적인 공포에 빠져들었다. 꼬마에게 있어서 그 괴기소설의 중독성은 너무나 대단했기에, 마치 뽕 떨어진 중독자가 본드를 찾듯 버스에서건 화장실에서건 수십 번도 더 읽었던 것으로 기억된다. 그러나 그 당시에는 그 소설이 그렇게 유명한 고딕 호러의 명작인 줄 몰랐으며, 중학생이 되어서야 브람 스토커의 유명세를 알게 되었다.

어쨌건 그 뒤부터 브람 스토커의 드라큘라에 빠져 TV나 영화를 통해 흡혈귀 관련 영화를 꾸준히 접하며 비릿한 피 맛을 음미하긴 했으나, 어찌된 일인지 원작 소설을 그대로 옮긴 드라큘라 영화를 접할 수가 없었다. 다른 영화들은 말할 것도 없고 드라큘라 영화의 본격적인 효시라 불리는 벨라 루고시(Bela Lugosi) 주연의 『드라큘라(Dracula, 1931)』는 영화 전체를 통틀어 피 한 방울 볼 수 없었던 아주 건전한(?) 공포 영화였으며, 드라큘라의 대명사로 자리 잡은 크리스토퍼 리(Christopher Lee) 주연의 『드

라큘라(Horror of Dracula, 1958)』역시
원작의 스토리와는 다른 변칙 스토리
였기에, 그만큼 오리지널에 대한 갈증
은 심해져만 갔었다.

『드라큘라(1958)』

그런데 드디어 1992년에 제대로 된
드라큘라 영화 한 편이 전 세계를 강
타한다. 영화 『대부(God Father)』시
리즈를 만들었던 프란시스 포드 코
폴라(Francis Ford Coppola) 감독이
아예 대놓고 『브람 스토커의 드라큘라(Bram Stocker's Dracula, 1992)』라는
제목으로 영화를 내놓았던 것이다. 원작과 조금 차이가 있다면 드라큘라
백작을 좀 더 낭만적으로 묘사했다는 것인데, 간단하게 줄거리를 살펴보
면 다음과 같다.

순애보적인 흡혈귀 이야기 『브람 스토커의 드라큘라』

때는 중세, 트란실바니아의 전쟁 영웅
이었던 드라큘라 백작(Gary Oldman)은 적국의 침공을 막아내고
나라를 지켰지만, 승전 소식이 잘못 전해져 전사했다는 얘기가 나돌게
된다. 이를 들은 드라큘라의 아내 엘리자베타는 그만 성급하게 자살을 하

『드라큘라(1992) 』

고, 뒤늦게 돌아온 드라큘라 백작은 사랑하는 아내의 시신을 교회에 묻고자 했으나, 자살한 사람은 교회에 묻힐 수 없다고 문전박대당하고 만다. 이에 화가 난 백작은 신을 저주하며 숨을 거두고 급기야는 흡혈귀로 재탄생하게 되었으니, 사랑 때문에 악마가 된다는 설정이 이보다 더 로맨틱할 순 없을 것이다.

그러나 그의 로맨스는 여기서 끝이 아니었다. 수백 년을 루마니아 시골구석에서 살던 백작은 좀 더 넓은 곳에서 흡혈 사업을 벌이기 위해 변호사 조나단 하커(Keanu Reeves)를 불러들여 영국에 집을 사려고 한다. 그런데 그 과정에서 조나단의 부인 미나(Winona Ryder)가 자신의 아내 엘리자베타의 환생이라는 것을 알게 되고, 못다 이룬 전생의 사랑을 이루기 위해 미나에게 접근을 한다.

하지만 사람이건 귀신이건 남자들이란 여자에게 한 번 빠지게 되면 자신에게 어떤 위험이 다가오는지 모르는 법. 조나단은 아내를 지키기 위해, 드라큘라 백작은 전생의 아내를 다시 되찾기 위해, 저 죽을 줄 모르고 사지死地를 향해 달려가고 있었으니, 악마와 인간의 슬픈 삼각관계는 급기야 파국으로 치닫게 된다.

이 영화는 코폴라 감독이 의상의 고증에 가장 많이 신경을 썼다고 하는데, 그 결과 제 62회 아카데미 의상상과 분장상을 수상하기도 했다. 특히 죽은 루시(Sadie Frost)가 차려 입은 하얀 장례식 드레스는 환상과 공포를 절묘하게 결합시킨 예술 그 자체라고 할 수 있다.

중간에 루시가 그 드레스를 입고 어린 아이를 잡아 와 피를 빨기 직전에 반 헬싱 교수(Anthony Hopkins) 일행이 덮치는 장면이 나오는데, 십자가를 피하며 슬금슬금 뒷걸음질 치던 루시가 관 속으로 들어간 후 갑자기 얼굴을 들고 피를 내뿜는 장면은 기괴스럽다 못해 눈물이 찔끔 날 정도로 아름다운 최고의 명장면이라 할 수 있다.

흡혈귀 소녀의 가슴 아픈 사랑 『렛미인』

할리우드 대작은 아니지만 소개하지 않고 넘어가면 도저히 안 되는 작품이 2008년도에 혜성처럼 등장한다. 황순원의 『소나기』에 흡혈귀 이야기를 접목시킨 듯한 작품 『렛미인(Let Me In, 2008)』이 바로 그 영화다.

왕따 소년과 흡혈귀 소녀의 아름답고도 순수한 사랑을 그린 이 작품은 관객과 평단으로부터 금세기 최고의

『렛미인(2008)』

흡혈귀 영화로 평가받고 있는데, 이렇게 한 줄로 평가하기조차 죄스러운 마음이 들 정도니 부디 독자 여러분들도 직접 구해 한 번 보시기 바란다. 직접 보지 않는 이상 구구절절한 설명은 아무 도움이 되지 않을 것이나,

"도대체 어떤 영화인데 그렇게 입에 침이 마르도록 칭찬을 하느냐"고 조바심을 내실 독자 분들을 위해 간단히 소개를 하겠다.

계집아이처럼 야리야리하게 생긴 금발의 소년 오스칼(Kare Hedebrant)은 학교에서 아이들에게 왕따를 당하는 소심한 학생인데, 어느 날 밤 자신이 사는 바로 옆집에 중년 남자가 '이엘리(Lina Leandersson)'라는 소녀를 데리고 이사를 온다. 서로 친구가 없던 두 아이는 집 앞 놀이터에서 자주 만나게 되면서 친해지고, 급기야는 한 이불 속에서 잠을 자는 사이가 된다(오해하지 마시라. 그냥 잠만 잔다).

그런데 이상한 건 이엘리가 이사 온 후부터 그 동네에서 피가 쪽쪽 빨린 채 죽은 시체들이 늘어난다는 것이었다. 몸은 허약하지만 눈치 하나는 빠른 오스칼은 곧 그녀가 흡혈귀라는 사실을 눈치 채게 되고, 이로 인해 두 사람의 사랑이 흔들리면서 사건은 예기치 못한 방향으로 흘러간다.

새하얀 북유럽의 설원 마을을 배경으로 펼쳐지는 렛미인은, 설원 못지않게 투명하고 순수한 두 아역 배우의 연기가 일품인 동시에 토마스 알프레드슨(Tomas Alfredson) 감독의 섬세하면서도 절제된 연출이 시종일관 관객의 감성을 자극한다. 특히 이 영화의 여주인공인 흡혈귀 이엘리는 어린 나이임에도 불구하고 성인 연기자 뺨치는 관능미를 내뿜으며 스크린을 붉게 물들이는 일등 공신 역할을 톡톡히 해내고 있으니, 영화가 재미없으면 그게 오히려 이상할 것이다.

제목 '렛미인'은 한국에서 붙인 제목이고, 원제는 동명의 소설 제목으로 스웨덴어인 'Lat Den Ratte Komma In'이다. 한국말로 하면 "들어가게 허락해줘"라는 뜻인 셈인데, 이 제목의 의미를 알려면 다시 브람 스토커의 『드라큘라』소설로 돌아가야 한다.

소설 속에는 '흡혈귀는 집주인의 허락을 받아야 그 집에 들어갈 수 있고 그래야만 피를 빨 수 있다'고 묘사되어 있다. 사람들이 알고 있는 것처럼 흡혈귀가 그렇게 무례한 종자들이 아닌 것이다. 『렛미인』에서도 이러한 흡혈귀의 특성을 본뜬 듯, 이엘리가 오스칼의 집에 들어가기 전에 "들어가게 허락해줘"라고 얘기를 하는 장면이 나오는데, 들어가게 해달라는 것은 비단 흡혈의 허가뿐만이 아니라 사랑을 갈구하는 외로운 마음까지 포함됐을 것이다. 그러나 이엘리가 흡혈귀라는 사실을 안 오스칼이 그녀를 싸늘하게 대하자 이엘리는 이렇게 말한다.

"나에게 왜 이러니? 너는 마음속으로 사람을 죽여본 적 없니? 그것도 죽인 건 죽인 거야. 나도 그러긴 싫지만 살기 위해 어쩔 수가 없었어."

영화를 보고 난 관객들은 한동안 이 대사로 인해 금세 울음이 터질 듯 먹먹한 가슴의 여운을 느끼게 될 것이다. 절대 후회하지 않을 금세기 최고의 흡혈귀 영화 되겠다.

흡혈귀가 된 성직자 『박쥐』

인간에게 있어 선악의 구분이란 과연 존재하는 것일까? 선악이라는 것이 있긴 있는 것일까? 박찬욱 감독의 영화 『박쥐(Thirst, 2009)』는 상영 시간 내내 관객에게 불편한 질문을 계속 던지는 괴작怪作이다.

「박쥐(2009)」

가톨릭 신부인 상현(송강호)은 병원에서 임종을 지키며 세례를 해주는 일을 하면서 죽어가는 사람들의 고통을 가슴 깊이 느끼게 된다. 그러다 급기야 해외의 한 연구소에서 시행되고 있는 백신 실험에 자신의 몸을 실험 대상으로 기꺼이 내놓게 되는데, 그 와중에 바이러스 감염으로 피를 쏟으며 죽고 만다. 그런데 이게 웬일인가? 의료진들이 마지막으로 수혈을 했던 피가 몸에 돌자 상현은 다시 기적적으로 소생하게 된 것이다. 하지만 6개월 후, 상현은 자신이 사람의 피를 먹지 않으면 온몸에 다시 바이러스가 발병해 죽을 거라는 사실을 알게 된다.

주변에서는 상현이 죽었다 살아난 예수 같은 존재라 하여 여기저기서 안수 기도를 받으러 오는데, 그 와중에 암에 걸린 옛날 친구인 강우(신하균)와 그의 어머니 라 여사(김해숙), 그리고 강우의 부인인 태주(김옥빈)를 만나게 된다. 그러나 이 만남으로 인해 이들 모두가 엄청난 시련과 파국을 겪게 되리라는 것을 그때까지는 아무도 눈치 채지 못하고 있었다.

태주는 어렸을 때 버림받은 고아인데, 라 여사가 자신의 멍청한 아들 강우의 노리갯감으로 이용하기 위해 거두어 길렀으며 성인이 되자 강제로 결혼을 시킨 상태이다. 인간 이하의 취급을 받으며 바보 남편과 표독한 시어머니의 틈바구니에 사는 태주는, 뱀파이어 신부인 상현의 마력에 점점 빨려 들게 되고, 급기야 두 사람은 상현이 임종 세례를 하는 병원 입원실에서 몸을 섞는 사이로 발전한다.

둘 사이의 사랑은 더욱 깊어가고, 결국 태주는 상현의 힘을 이용해 남편을 죽이게 되는데, 성직자의 윤리와 태주에 대한 사랑, 뱀파이어의 살인 본능 사이에서 갈등하는 상현의 고통은 점점 심해져만 간다. 설상가상으로 태주 또한 상현의 피를 먹고 흡혈귀가 되자 사태는 더욱 악화된다. 상현은 그나마 살인을 피하고 피를 구할 방법을 찾지만, 태주는 난생 처음 느껴보는 힘과 자유에 고삐 풀린 망아지처럼 뛰어다니며 곳곳에서 살인을 저지르고 다닌다.

상현은 태주가 자신의 통제를 벗어나 더 이상 제어가 불가능해지자, 모든 걸 포기하고 극단적인 결심을 하게 된다. 그리고 자신을 하늘 같이 따르던 신도 여성을 겁탈하는데, 이때 그 유명한 '송강호 노출'이 나오게 된다.

다른 신도들에게 발각되어 끌려 나오는 와중에 옷을 제대로 챙겨 입지 못해 하반신을 그대로 노출해버렸던 이 장면에 대해 송강호는 시사회 직후 인터뷰에서 "감독이나 나나 많이 고민했고, 꼭 필요한 장면이라고 생각했다. 잘못된 구원과 신앙을 가진 사람들에게 본인의 모습을 일종의 순교 의식처럼 보여준 것이다. 종말을 맞이하는 상현의 모습은 좀 자극적일 수도 있지만, 굉장히 숭고한 느낌이 들었다"고 말했다. 사람들이 하늘같이 떠받드는 성직자도 결국은 선악 속에서 갈등하는 별 볼일 없는 존재라는 무언의 외침이었던 것이다.

프랑스의 문호 에밀 졸라(Emile Zola)의 소설 『테레즈 라캥(Thrse Raquin)』을 원작으로 삼은 『박쥐』는, 원작 속에 등장하는 주인공들에게 흡혈귀라는 옷을 한 겹 입혀 보다 은밀하고 파괴적인 작품으로 재탄생했다. 상영 시간 내내 스크린 전체가 피로 물드는 광경이 속출하지만, 박찬욱 감독과 송강호의 촌철살인 같은 유머가 그 메스꺼움을 덮고도 남으며, 태주 역을 맡은 김옥빈은 청순함과 사악함을 동시에 내달리며 기억에 남을 만한 명연기를 관객에게 선사한다.

엽색 행각을 벌이는 흡혈귀 『블러드 포 드라큘라』

『블러드 포 드라큘라(1974)』

아름다운 사랑 이야기를 다룬 흡혈귀 영화 세 편을 소개했지만, 사실 흡혈귀 장르는 그 어떤 영화 장르보다도 성적인 요소가 깊숙이 스며든 장르라고 할 수 있다. 관 뚜껑이 열리면서 드라큘라가 수직으로 벌떡 일어나는 장면은 남성의 발기 장면을 노골적으로 묘사한 것이며, 목구멍에 송곳니를 박아 넣는 것 역시 섹스의 성기 삽입을 그럴싸하게 그려낸 것이라고 보면 된다. 최초의 흡혈귀 영화로 일컬어지는 『노스페라투』에서조차 이런 장면이 등장하는가 하면, 꼭 동트기 직전에 야릇한 흡혈 장면을 보여줌으로써 은유적으로 관객들에게 섹슈얼한 메시지를 던지고 있다.

아무리 아름다운 사랑 이야기를 밑바탕에 깔고 등장한 흡혈귀 영화라 할지라도 정도의 차이만 있을 뿐이지 영화에서 섹스 코드 자체가 없어진 것은 아니다. 이러한 성적 표현은 후대로 가면서 동성애와 근친상간으로까지 발전하며 그 강도가 높아지게 되는데, 그러한 영화 중 대표적인 작품이 지금 소개하는 폴 모리세이(Paul Morrissey) 감독의 『블러드 포 드라큘라(Blood for Dracula, 1974)』이다.

알록달록한 마릴린 먼로(Norma Jean Mortensen) 그림으로 유명한 팝아트의 선구적 예술가 앤디 워홀(Andrew Warhola)이 제작한 이 영화는 이러한 성적 이미지를 최고조로 강화시킨 작품이라 할 수 있다. 영화 스토리 자체가 아예 대놓고 섹스를 보여주기 위해 구성되었다고 할 수 있을 정도인데, 간단하게 말해서 보통의 평민 남자와 귀족 드라큘라가 벌이는 수컷의 자존심을 건 섹스 대결이라고 보면 된다.

때는 20세기 초, 오직 처녀의 피만 빨아야 생존할 수 있는 루마니아의 드라큘라 백작(Udo Kier)은 그 근방의 처녀들이 모두 동이 나자 이탈리아로 이사를 가게 된다. 독실한 가톨릭 국가이니 처녀들이 많을 것 같다는 계산에서였다.

그는 우여곡절 끝에 이탈리아의 한 시골 마을에 정착했으나 처녀 구하기는 그리 쉽지 않았다. 경제적 어려움을 겪고 있는 귀족 집안의 딸들을 만나긴 하지만, 그 자매들은 자기들이 처녀라는 주장과는 달리 남자 머슴들과 밤마다 섹스를 벌이는 방탕한 여자들이었다. 게다가 금발의 잘생긴 마을 청년 한 명이 탁월한 정력을 내세우며 괘씸하게도 마을의 여자란 여자는 모두 건드리고 다니는 게 아닌가?

반면 청년 입장에서 보자면 돈 많고 고상한 드라큘라 백작이 갑자기 등장하여 순진한 농촌 처자들의 시선을 한 몸에 받게 되니, 터줏대감으로서 여간 눈에 거슬리는 것이 아니었다. 결국 둘 사이에는 미묘한 대립의 기운이 흐르고 처녀들에 대한 주도권을 잡기 위한 혈투가 벌어지는데, 그 설정이 참으로 코믹스럽기 그지없다.

일단 이 영화에 등장하는 드라큘라 백작은 흡혈귀 영화 역사상 가장 파워가 약한 녀석으로 설정되어 있다. 박쥐나 늑대로 변신도 못 하고 괴력을 가지고 있지도 않다. 오직 여자들의 목에 이빨을 꽂고 피를 빠는 능력밖에는 없는데, 설상가상으로 '한 번도 성경험을 안 한 숫처녀'가 아닌 여자의 피를 빨면 구역질을 하며 오바이트까지 한다. 안 그래도 드라큘라의 행실이 눈에 밟히는 판에 이런 약점투성이인 흡혈귀와 못 싸울 이유가 어디 있겠는가.

청년은 정의의 도끼질 몇 방으로 드라큘라를 산산조각 내버리고는 아직까지 드라큘라가 건드리지 않은 단 한 명의 처녀를 구출하면서 영화는 막을 내린다. 정통 흡혈귀 영화와는 완전히 맥을 달리하는 에로틱 변칙 영화인 셈이다.

한국 여자 꼬시다 스님에게 혼나는 『관 속의 드라큘라』

그런데 정말 신기하게도 이런 에로틱 변칙 흡혈귀 영화가 한국에서도 만들어진 적이 있었으니, 이형표 감독이 찍은 『관 속의 드라큘라(Dracula In A Coffin, 1982)』가 바로 그 작품이다. 물론 검열로 인해 외국에서 만들어진 영화처럼 노골적인 성애 장면은 별로 없지만, 서양의 드라큘라가 입국하여 한국의 처녀들을 꼬신다는 상황 설정이 황당하면서도 재밌다.

영화는 미국으로 유학을 떠났던 여자 주인공 성혜(박양례)가 갑작스럽게 학업을 중

『관 속의 드라큘라(1982)』

단하고 무엇인가에 쫓기듯 귀국을 하는 장면으로 시작된다. 그녀에게는 의사 약혼자인 장중한(박지훈)이 있었는데, 그와의 결혼도 파기한 채 집 안에 틀어박혀 기이한 환영에 시달리게 된다.

그런 모습을 이상하게 여긴 장중한은 자신의 친구이자 성직자인 박철환(강용석) 신부를 불러들여 그녀를 관찰하게 하는데, 박 신부는 직감적으로 그녀에게 악령이 씌었다는 것을 알아차리게 된다. 그녀에게 씐 악령은 다름 아닌 드라큘라 백작(Ken Christopher)이었다.

드라큘라는 몇 백 년 동안 먹어온 양식洋食이 질렸는지 미국 생활을 청산하고 한국 여인네들의 신선한 피로 만든 선짓국을 맛보기 위해 입국했으나, 한국에 도착한 직후 피를 구할 수 없어 혈액은행에서 빼돌린 수혈주머니를 관 위에 앉아 처량하게 쪽쪽 빨아 먹기도 하고, 여자를 꼬시기 위해 나이트클럽을 출입하는 등 전혀 흡혈귀답지 않은 코믹스러운 모습을 보여준다.

이 영화의 또 다른 재미는 서양 드라큘라와 한국의 스님(박암) 간에 펼쳐지는 대결이다. 생각해보라. 염주를 든 승려와 망토를 펄럭이는 드라큘

라의 대결 장면을 말이다. 퓨전도 이런 퓨전이 없다. 유구한 세월 동안 이 땅의 정신적인 치안을 담당하던 해결사 스님들도 이제는 새로운 국면에 접어드신 듯하다. 스님들의 퇴마 대상도 국제화 물결을 탔다고나 할까. 처녀귀신이나 구미호 등만 상대하다가 이제는 서양의 대표적인 귀신 드라큘라까지 상대하게 됐으니 말이다.

비록 이 작품에서 승려의 퇴마 장면이 짧긴 하지만 그 여운은 굉장히 길다. 드라큘라가 교회 성직자의 십자가를 날려버리고 이빨을 드러내며 달려드는 순간, 어디선가 스님이 혜성처럼 나타나서 염주로 드라큘라의 목을 누르는 장면은 가히 이 영화의 압권이라 할 정도로 관객들에게 대단한 임팩트를 던져준다. 서양에서 건너온 드라큘라마저 제압하는 한국 승려의 당당한 모습이 이전에는 맛보지 못했던 문화적 충돌의 신선함을 느끼게 하는 이색적인 작품이라 할 수 있다.

여담으로 황당한 이야기를 한마디 하자면, 이 영화에서 드라큘라 역할을 맡은 사람은 정식 배우가 아니라 주한 미군부대에서 2주간 휴가를 얻은 미군이었으며, 제작사는 이 사람을 드라큘라 역 전문으로 이름을 떨친 미국의 명배우 '크리스토퍼 리(Christopher Lee)'라고 사기극을 펼쳐 세인들의 도마에 오르기도 했다. [이미지]

소개한 영화 외에도 성적인 코
드를 듬뿍 담은 흡혈귀 영화는 여
러 편이 있는데, 그걸 모두 다루자
면 책 한 권 분량으로도 모자르는지라
다음 기회에 살펴보기로 하고, 이번
에는 에로틱한 흡혈귀를 좀 더 특화
시켜 동성애적인 성향을 다룬 영화
를 살펴보도록 하겠다.

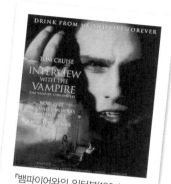

『뱀파이어와의 인터뷰(1994)』

대중에게 익히 알려진 동성애 코
드 흡혈귀 영화는 물어보나마나 『뱀파이어와의 인터뷰(Interview With The
Vampire, 1994)』일 것이다. 톰 크루즈(Tom Cruise)와 브래드 피트(Brad
Pitt), 안토니오 반데라스(Antonio Banderas) 등 할리우드에서 가장 잘생긴
남자 배우들을 등장시켜 그들 사이의 미묘한 사랑과 앙금을 표현해낸 이
영화는, 원래 '앤 라이스(Anne Rice)'라는 작가의 연작 소설 『뱀파이어 연
대기(Vampire Chronicle)』중 1974년에 펴낸 제1부 『Interview With The
Vampire』를 화면으로 옮긴 작품이다.

이 소설은 한국에는 그리 잘 알려져 있지 않지만 외국에서는 열성적인
중독자 팬을 상당수 보유하고 있는 대표적인 뱀파이어 소설인데, 2003년까
지 10권의 시리즈와 외전 성격의 2권 등 총 12권이 출판되어 꾸준히 사랑
받고 있다. 2002년에는 연작 소설 두 번째인 『The Vampire Lestat』가 『퀸

오브 뱀파이어(The Queen Of The Damned, 2002)」라는 영화로 만들어지기도 했다.

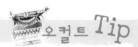

뱀파이어 연대기(Vampire Chronicle)

『Interview With The Vampire(1974)』

『The Vampire Lestat(1985)』

『The Queen Of The Damned(1988)』

『The Tale of the Body Thief(1992)』

『Memnoch The Devil(1995)』

『The Vampire Armand(1998)』

『Merrick(2000)』

『Bloody and Gold(2001)』

『Blackwood Farm(2002)』

『Blood Canticle(2003)』

『Pandora(1998)』 - 외전

『Vittorio, the Vampire(1999)』 - 외전

그러나 문학적으로나 영화적으로나 이렇게 남성 동성애적인 흡혈귀 영화는 그리 흔하지 않다. 지금까지 나온 동성애 성향의 흡혈귀 영화를 보면, 동성애라고는 하지만 게이(남성 동성애) 성향은 거의 없고 대부분이 레즈비언(여성 동성애) 관련 흡혈귀 영화들이다.

이러한 경향은 아마도 여성들 간의 섹스가 남성들 간의 섹스보다 덜 혐

오스럽다는 관념이 작용했기 때문으로 보인다. 성적 소수자에게 있어서는 또 하나의 불평등 요소일 수도 있겠지만, 『뱀파이어와의 인터뷰』처럼 격조 높은 동성애가 아닌 이상 카리스마 있어야 할 드라큘라 백작이 옷을 벗고 양말만 신은 채 다른 남자와 뒹구는 장면을 영화화한다면, 십중팔구 개봉도 하기 전에 평단의 비평과 함께 조용히 창고 속으로 직행하고 말 것이다. 제작자와 극장주는 입장료 수입 때문에라도 극구 반대할 것이며, 관객들 역시 그 영화 한 편 보려면 주위의 따가운 시선을 고스란히 감내해야 할 것이기 때문에 어쩔 수 없는 상황이었을 것으로 본다.

레즈비언 흡혈귀 영화의 흐름

흡혈귀 영화들 중에서 여성 흡혈귀를 다룬 영화는 태생부터 독특한 위치를 점하고 있었다. 남자 흡혈귀의 들러리 역할 정도에만 머물던 그녀들은 1970년대 성적 개방 풍조를 타고 자신들만의 독자적인 영역을 구축하게 되는데, 그 당시 영화 산업 전반의 분위기와 잘 맞아 떨어진 결과였다.

『뱀파이어 연인(1970)』

일단 영화 산업 전체에서 남성 비율이 절대 다수이기에, 여성 흡혈귀의 알몸을 꺼려할 리 만무했다. 극장을 찾는 관객들 역시 남성은 남성대로 성적 호기심을 충족시킬 수 있었고, 여성은 여성대로 화면 속의 아름다운 여성을 자신에게 투영시켜 대리만족을 가져올 수 있으므로 게이 영화에 비해 불평 요소는 현저히 줄어든다. 게다가 '실비아 크리스텔(Sylvia Kristel)'이라는 걸출하고도 육덕진 프랑스 여배우 주연의 『엠마뉴엘(Emmanuelle)』시리즈가 여성 동성애 시장을 확대시켜놓았기에 보다 안전한 선택이었을 것이다.

아무튼 이런 연유로 해서 레즈비언 흡혈귀를 소재로 한 여러 작품들이 탄생했는데, 대부분은 평가하기조차 애매모호한 3류 세미 포르노의 성격을 띠고 있으나 몇몇 영화들은 컬트 팬들에게 소중한 작품으로 추앙받고 있기도 하다.

사실 흡혈귀 문학에 있어선 두 가지 중요한 흐름이 있는데, 하나는 익히 알다시피 브람 스토커의 드라큘라 백작이고 또 하나는 놀랍게도 브람 스토커보다 더 먼저 흡혈귀 소재를 개발한, 그것도 여자 흡혈귀를 다룬 르 파뉴(J.Sheridan Le Fanu)의 『카밀라(Camilla)』라는 작품이다.

드라큘라가 남성 흡혈귀 모델을 써서 성공했다면, 카밀라는 후대에 등장한 여성 흡혈귀의 원조라고 할 수 있다. 이 작품은 문학적으로 동성애를 최초로 다룬 흡혈귀 소설로 평가 받고 있는데, 한국에서는 한때 여학생들의 필독 만화였던 『유리가면』에서 주인공 아유미가 연극할 때 맡았던 역할로 더 잘 알려져 있다.

이 카밀라를 영화로 옮긴 작품이 바로 로이 워드 베이커(Roy Ward Baker) 감독의 『뱀파이어 연인(The Vampire Lovers, 1970)』이다. 이 영화는 1970년대 이후로 쏟아져 나오는 수많은 레즈비언 흡혈귀 영화의 시조격이라고 할 수 있는 작품이다.

　19세기 중엽 빅토리아 시대를 배경으로 여자 흡혈귀와 그 희생자인 미소녀들의 레즈비언적인 관계를 부각시킨 이 영화는, 여자 출연진들이 나신으로 애정 행위를 벌이고 속이 비치는 드레스를 입고 활보하는 등 고품격 에로틱 호러를 지향한다. 그 후 레즈비언 흡혈귀 영화는 『Lust for a Vampire(1971)』, 『Twins of Evil(1971)』, 『Pink Dahlia(1977)』, 『Nadja(1994)』 등으로 그 명맥이 이어지게 된다.

여성 흡혈귀의 사랑 『레즈비언 뱀파이어』

　레즈비언 흡혈귀 영화 중에서 가장 대표적인 작품은, 그 이름도 노골적인 『레즈비언 뱀파이어(Vampyros Lesbos, 1970)』이다. 이 영화에서는 남자 드라큘라 백작 대신 외딴 섬에 사는 부유한 여자 흡혈귀가 등장하는데, 나딘(Soledad Miranda)이라고 불리는 이 여자 흡혈귀는 대단한 무용수이기도 한지라 자신의 춤을 보여주며 사람들을

『레즈비언 뱀파이어(1970)』

곧잘 유혹한다. 게다가 자신이 점찍은 여자들의 꿈속에 나타나 유혹의 메

시지를 보내고 자신에게 끌어오는데, 변호사인 린다(Ewa Stromberg)가 그 마수에 걸려들어 섬으로 가게 되고, 거기서 여자 흡혈귀에게 피가 빨린 후 질편한 동성애가 펼쳐진다는 내용이다.

지중해의 이국적 풍광을 배경으로 나른하고 관능적인 장면이 이어지며, 재즈와 인도 음악을 섞어놓은 듯한 배경 음악이 관객을 몽환적인 세계로 몰아간다. 음악만 듣고 있으면 명상하기에 딱 좋은 분위기다.

호러horror 성향은 희미해지고 대신 에로틱erotic 성향이 강해진 이런 류의 영화를 '호로티카 horrotica' 라고 한다. 감독은 '제스 프랑코(Jesus Franco)' 라는 양반인데, 한국에는 잘 알려져 있지 않지만 공포와 엽기 영화만 200여 편 넘게 찍은 B급 영화의 베테랑이다.

애정에 목말라 하는 흡혈귀의 비애 『악마의 키스』

수많은 흡혈귀 영화들이 있지만, 장르의 특성상 거의 대부분은 역겹고 살벌한 화면으로 점철되어지는 데 반해, 지금 소개하는 『악마의 키스(The Hunger, 1983)』는 흡혈귀 영화 역사상 가장 우아하고 세련된 작품이라 칭해도 과언이 아닐 정도로 아름다움의 극치를 달리고 있다. 심지어는 사람의 피를 빨아 먹을 때에도 게걸스럽게 송곳니를 박아대는 것이 아니라, 늘 목에 걸고 다니는 작고 귀여운 이집트 액세서리 칼을 이용하여 격조 있게 피를 받아먹을 정도이다.

영화 내내 펼쳐지는 수채화처럼 투명한 화면은 꿈결을 헤매듯 관객을 유혹하며, 슈베르트의 피아노 3중주나 바흐의 무반주 첼로곡 등 귀에 익숙한 클래식 음악의 향연은 관객들을 귀족이 된 듯한 느낌에 빠지게 만든다.

특히 들리브(Delibes)의 오페라 『라크메(Lakme)』가 흐르는 가운데 여주인공 두 명이 정사를 벌이는 장면은 이 영화의 백미라 할 수 있다.

수천 년 동안 생존해온 여자 흡혈귀 미리엄(Catherine Deneuve)과 그녀에 의해 흡혈귀가 되어 수백 년 동안 삶을 이어온 존(David Bowie)은 일주일에 한 번씩 사람을 죽여 피를 먹어야 하는 존재들이다. 그러나 영원히 늙지 않을 줄 알았던 존은 어느 날부터 서서히 노화가 시작되고, 점점 다가오는 죽음에 번민의 나날을 보내게 된다.

그러던 중 노화의 비밀을 밝혀내고자 연구하는 의사인 사라(Susan Sarandon)가 TV에 나온 것을 본 존은 그녀를 찾아가 자신의 증세를 호소한다. 하지만 그녀는 미친 사람 취급을 하며 무시를 하고, 결국 존은 사랑하는 아내인 미리엄의 품 안에서 숨을 거두게 된다. 외로움을 견디지 못한 미리엄은 존의 대타로 사라를 점찍고 급기야는 그녀를 유혹하여 흡혈귀로 만들고는 자신의 곁에 두려 하는데, 사라는 자신을 흡혈귀로 만든 미리엄을 거부하며 처절한 절규를 내뱉는다.

누가 했는지는 모르지만 영화의 캐스팅은 그야말로 환상의 조합이요, 드림팀이다. 『쉘부르의 우산(Les Parapluies De Cherbourg, 1964)』으로 너무나 잘 알려진 프랑스 여배우 까뜨린느 드뇌브(Catherine Deneuve)가 수천 년의 삶을 이어온 흡혈귀 대모 역할을 맡아 절제된 고독을 훌륭히 연기하고 있으며, 『데드맨 워킹(Dead Man Walking, 1995)』으로 아카데미 여

『악마의 키스(1983)』

우주연상을 수상한 관록의 여배우 수잔 서랜든(Susan Sarandon)이 냉철하면서도 이지적인 의사 사라를 연기해 팽팽한 긴장감을 조성하고 있다. 또한 늙어가는 흡혈귀의 비애를 사실적으로 연기한 데이빗 보위(David Bowie)는 영국이 낳은 세계적인 팝 스타로 더 유명한데, 노래 못지않게 빼어난 연기 실력을 보이며 종합 아티스트로서의 면모를 유감없이 과시하고 있다.

영화의 원제목인 'Hunger'의 뜻 그대로 이 작품의 주제는 배고픔이다. 토니 스코트(Tony Scott) 감독은 영화를 통해 불사의 존재인 흡혈귀들도 피에 굶주려 있고, 애정에 굶주려 있는 존재라는 것을 사실적으로 묘사하고 있으며, 결국은 인간이나 흡혈귀나 신이 만든 피조물로서의 한계는 똑같다고 얘기한다. 잔인한 흡혈귀 영화를 싫어하는 분이라도 부담 없이 볼 수 있는 걸작 에로틱 호러다. 🎬

여자들은 왜 흡혈귀에게 약한 것일까

흡혈귀 영화를 볼 때면 언제나 떠오르는 의문점 한 가지! 왜 저 여자들은 저항 한 번 안하고 마치 스스로 몸을 바치듯이 드라큘라에게 순순히 목을 내주는 것일까.

대부분의 흡혈귀 영화에서 여자들은 언제나 드라큘라를 거부하지 못하고 피를 빨리는 모습으로 등장한다. 영화 『드라큘라』와 브람 스토커의 원작 소설을 보면 피를 빨린 여인들이 드라큘라 백작 곁에서 시중을 드는 모습이 묘사되고 있는데, 심지어 영화 『반헬싱(Van Helsing, 2004)』에서는 드라큘라의 신부라 불리는 여자 흡혈귀들이 백작과 교접을

『반헬싱(2004)』

하여 흡혈귀 아기들을 대량 생산(?)해내는 역할까지 맡고 있다. 드라큘라 백작이 남자로서 그렇게 잘해주는 것도 아니고, 게다가 정실부인이 아니라 후처일 수밖에 없는데도 비위를 맞춰가며 여자들이 그토록 목을 매는 이유는 무엇일까?

풀리처상을 수상한 미국의 저명한 영화 평론가 로저 애버트(Roger Ebert)는 영화 속에 등장하는 드라큘라의 흡혈 장면을 보며 이런 말을 하였다.

"희생자의 피를 빨아먹는 행동은 슬로모션으로 행해지는 '우아한 강간'이며, 자신의 매력으로 상대를 굴복시킨 존재가 할 수 있는 예의 바른 행동이다."

문학적 상징으로 볼 때 드라큘라는 불로장생의 환상이며 무한의 권력을 소유하고 싶다는 사람들의 잠재의식적 표현으로 볼 수 있는데, 이것이 어떻게 우아한 강간으로 연결될 수 있는지, 그리고 여성을 무참히 망가뜨리는데도 어떻게 '예의 바른 행동'으로 인식될 수 있는지 파헤쳐보지 않을 수 없다.

흡혈귀는 모든 여성들이 바라는 백마 탄 왕자

영화나 소설 그리고 전설 속에서의 흡혈귀는 항상 돈 많은 성주이며 지체 높은 귀족으로 등장한다. 게다가 기묘하고도 음침한 행위를 거침없이 할 수 있는 똑똑한 두뇌를 가졌고 거기에 따르는 체력 역시 출중하다.

만일 악마적인 존재가 아니라면 속세에서 이런 조건의 남자를 만나기도 힘들 것이다. 돈 잘 벌겠다, 똑똑하겠다, 정력 또한 출중하겠다, 뭐 하나 남부러울 것이 없지 않은가! 한마디로 드라큘라는 그런 조건과 능력을 바탕으로 여자의 마음을 두근거리게 하는 성적 매력이 충만한 슈퍼맨적 우상이며, 많은 남자들 역시 자신도 그렇게 되고 싶다고 원하는 모델이기도 하다. 즉, 여자에게 있어 드라큘라는 남성적 매력의 최고 정점을 상징하고 있다는 얘기다.

서양 풍습에서는 드라큘라를 찾아내려면 젊은 처녀를 흰색의 어린 암말 등에 태워 무덤을 가로지르게 한다는 얘기가 전해져 오는데, 이것 또한 드라큘라같이 모든 것을 다 갖춘 남자에게 처녀성을 바치고픈 여자들의 성적 판타지임을 미루어 짐작할 수 있다. 재미있는 것은 이러한 드라큘라의 이미지가 우리네 도깨비에게도 그대로 적용된다는 사실이다.

지금도 연세 드신 어른들은 흡혈귀를 '드라큘라'라고 하지 않고 '서양도깨비'라고 칭한다. '드라큘라'라는 단어가 어렵고 입에 잘 붙지 않아서 그런 것일 수도 있지만, 어른들의 이런 표현은 일견 그럴 듯한 타당성을 가지고 있다. 둘 사이의 유사성이 그만큼 많다는 소리다.

어른들 말씀이나 설화를 보면 대개 도깨비는 부지깽이, 몽당비, 빨래방망이, 절구대 등에 피가 묻어서 변한다고 알려져 있다. 이러한 물건들의 공통점은 일단 여자들이 사용하는 물건들이라는 점이다. 게다가 모두 길고 굵직해서 남자의 생식기와 매우 유사하게 생겼다. 또한 도깨비들이 들고 다니는 우툴두툴한 방망이는 그 자체의 이미지만 봐도 영락없는 '대물大物 남근男根'이다.

그런데 이런 것들이 변해서 힘도 세고 금은보화도 척척 가져다주는 도깨비가 된다는 것은 무엇을 뜻하는 것일까? 그것은 바로 여자들의 이상

형, 바로 백마 탄 왕자의 변형인 것이다.

　생각해보라. 대개의 남자들이 어디 도깨비의 발가락이라도 따라갈 재주를 지녔는가? 몽당비를 쓸며 내뱉는 아내의 푸념, 아궁이에 불을 지피며 부지깽이를 놀리는 아내의 넋두리, 허리가 휘도록 절구질을 하며 한숨짓는 남편의 무능, 바로 이러한 우리네 여인들의 한과 눈물의 결합체가 도깨비로 태어났던 것이다.

드라큘라 전설의 무서운 경고

　동서양 가릴 것 없이 세상의 모든 여자들은 무의식적으로 자신들의 무능한 남편이 돈도 잘 벌어다주고 밤일도 잘 해주는 남자로 변신하길 바랐던 것은 아닐까. 이것은 현대에도 그대로 적용되는 현상인데, 슈퍼맨 콤플렉스가 바로 그러한 예가 될 것이다. 남자들이 점점 위축되고 힘을 쓰지 못하는 세상이 온다면, 드라큘라와 도깨비만 더 신나게 될지도 모를 일이다.

　영화 속에 등장하는 여자 주인공들도 사실은 남자들의 성적인 무능력이나 지나친 도덕적 결벽 같은 것에 싫증을 느껴 일부러 드라큘라를 찾아간 것이었을지도 모른다. 그런 관점으로 본다면 드라큘라 전설은 '남자인 너희들이 여자들의 마음을 알아주지 않고 무능하게 군다면 언제든 드라큘라 같은 존재를 찾아 떠날 것이다'라는 여인들의 무서운 경고라고 볼 수 있는 것이다.

참고 문헌 및 사이트

『전율의 괴기인간』 | 다니엘 피아슨, 우주문명사, 1983
『학원별곡』 | 서정범, 범조사, 1986
『사랑을 꿈꾸는 흡혈귀 카밀라』 | J.S. 르 파뉴, 지경사, 1993
『퇴마록 해설집』 | 이우혁, 들녘, 1995
『흡혈귀-잠들지 않는 전설』 | 장 마리니, 시공사, 1996
『신비동물원』 | 이인식, 김영사, 2001
『뱀파이어의 역사』 | 클로드 르쿠퇴, 푸른미디어, 2002
『성의 페르소나』 | 케밀 파야, 예경, 2003
『위대한 영화』 | 로저 애버트, 을유문화사, 2003
『이성은 신화다 | 계몽의 변증법』, 권용선, 그린비, 2003
『경험의 지도』 | 데이비드 워너 · 루이서 판 스와예이 · 얀 클라러, 화니북스, 2004
http://www.draculas.info
http://www.rowthree.com
http://www.online-literature.com/stoker
http://www.thespinningimage.co.uk
http://www.veritablevirgo.net
http://www.esplatter.com/reviewsatog/bloodfordracula.htm

제4장

악귀의 오명을 뒤집어 쓴 한국형 요괴

구미호(九尾狐)

구미호에게 빙의 당한 여인의 비극 『천년호』

　　　　　모르긴 몰라도 우리나라 여름용 납량 특집에 등장했던 귀신들 중 최다 출연자를 꼽으라면 여우가 아닐까 싶다. 여우는 영화와 TV를 넘나들며 지금까지도 꾸준히 '구미호'라는 캐릭터로 대표되는 한국의 스타급 요괴라고 할 수 있는데, 구미호 영화의 선구자적 작품이라고 할 수 있는 신상옥 감독의 『천년호(1969)』는 1960년대 영화라고는 믿기지 않을 정도로 짜임새와 흡인력이 대단한 작품이다.

　때는 통일신라 말기, 진성여왕(김혜정)은 북방의 영토 전쟁에서 승리를 하고 당도한 김원랑 장군(신영균)을 위로하면서 은근슬쩍 유혹을 한다. 그러나 김원랑의 아내인 여화(김지수)로 인해 자신에게 마음을 주지 않는다는 사실을 안 여왕은 수하들을 시켜 여화를 도성 밖으로 내쫓는다.

　갓난아이를 안고 쫓겨난 여화는 산속에서 산적을 만나게 되어 도망치는데, 그 와중에 산적이 아기를 밟아 죽이고는 여화를 겁탈하려 하자 호수로 뛰어들어 죽고 만다. 뒤늦게 소식을 접한 김원랑은 호수에 달려오지만 이미 여화는 물에 둥둥 떠 있는 시체일 뿐이었다.

　그러나 이게 어떻게 된 일인가? 건져 올린 여화의 몸에 온기가 남아 있는 것이 아닌가? 그런 여화를 집으로 데려온 원랑에게 한 노인이 호수의 천 년 묵은 여우에 대해 설명하며 여화에게 여우의 혼이 들렸을지도 모른다고 말하지만 원랑은 믿지 않는다.

　한편 잠에서 깬 여화는 귀신에 홀린 듯 집을 나선다. 여화는 산적들을 찾아내 죽이고 자신의 원한을 풀어달라는 천 년 묵은 구미호, 즉 천년호의 계시를 듣게 되는데, 그 원한이란 무령왕이 자신을 죽이고 불에 태워 호숫가에 뿌린 사건이었다. 그래서 신라 왕실의 피를 이어 받은 진성여왕

『천년호(1969)』

에게 복수를 하고자 여화의 몸을 빌렸던 것이다.

밤이 되면 여화는 자신도 모르게 여왕의 처소로 침입해 여왕을 죽이려 하지만 날이 밝으면 아무것도 기억하지 못한 채 매일 밤 여왕을 위협하러 가는 상황이 반복된다. 원랑은 구미호에게서 여왕을 지키려다 자신의 아내에게 여우의 혼이 씌었다는 것을 알게 되고, 절에 있는 대사를 찾아가 여화 안의 요물을 없애달라고 부탁한다. 그러나 요물의 정체가 여화라는 것을 알게 된 여왕은 여화를 죽이고 원랑을 잡아들이라 명하고, 그 와중에 원랑은 자신의 칼로 구미호에게 빙의된 아내를 죽이게 된다는 슬프고도 비장미 넘치는 스토리다.

필자는 한국영화진흥원 시사실에서 2004년도에 처음 이 작품을 접했는데, 궁중의 화려한 의상과 등장인물들의 특이한 복색 그리고 심금을 울리는 음악으로 인해 영화 보는 내내 작은 행복감을 느꼈던 기억이 난다. 그만큼 신상옥 감독의 영화적 감각이 시대를 초월했다는 얘기다. 다만 무령왕이 천 년 묵은 여우를 잡는 과정이 삭제된 채 편집된 것이 못내 아쉬운 점이다.

여우와 인간의 돌고 도는 복수의 인연 『춘색호곡』

「춘색호곡(1981)」

박윤교 감독의 『춘색호곡 (春色狐哭, 1981)』이란 영화 또한 '봄날의 여우 울음소리' 라는 제목에서 알 수 있듯이 구미호를 등장시켜 여인의 한 을 풀어내려 한 대표적 '여우 공포물' 이라 할 수 있다.

박윤교 감독은 『백골령의 마검(1969)』, 『옥녀 의 한(1971)』, 『망령의 웨딩드레스(1981)』, 『월하의 사미인곡(1985)』등을 연 출한 우리나라 B급 호러의 대표적 감독으로서, 이 영화 『춘색호곡』은 신 상옥 감독의 『천년호』를 리메이크한 작품이다.

자신의 호위별장扈衛別將인 김무영 장군(유영국)에게 뜨거운 연심을 품 고 있는 금성옹주(박양례)는 타오르는 욕정을 참지 못해 그의 가정을 파괴 할 악심을 품게 된다. 금성옹주는 김무영 장군의 하인을 매수하여 그의 아내 보옥(이미지)을 음탕한 여자로 몰아 쫓아내고, 그것도 모자라서 애들 까지 독살시키는 간악한 짓을 저지른다.

그러나 악연은 이렇게 돌고 도는 것이란 말인가? 이런 끔찍한 일이 있 기 몇 해 전에 금성옹주가 궁궐의 병사들을 이끌고 여우 사냥을 나선 적 이 있었는데, 그때 옹주의 화살을 맞은 여우가 급하게 피해 간 곳이 바로 김무영의 아내 보옥이 치성을 드리는 장소였다. 비록 여우지만 상처 입은 모습을 가엾게 여긴 보옥은 여우를 숨겨주고, 옹주가 산을 떠나자 여우는 반드시 은혜를 갚겠다는 말을 남기고 다시 산으로 돌아간다. 은혜를 갚겠다고 약속한 여우는 자신의 은인이 딱한 처지에 놓이게 되자, 금성옹주에게 복수도 할 겸 밤마다 보옥의 몸으로 들어와 원수들을 처치하게 된다는 것이 이 영화의 주된 줄거리다.

예고편에 나오는 "정염의 불꽃은 영원히 불타야 하는 것이기에"라든지 "그녀는 과연 요부인가, 탕녀인가?"라는 당시 포스터 문구에서 볼 수 있듯이, 지방에서는 공포물이 에로물로 둔갑하여 상영되기도 했다. 주인을 배신한 두 종년과 종놈이 큰 항아리 속에서 벌이는 정사 장면만 놓고 본다면 이색적인 토속 에로물이라고 해도 큰 하자는 없을 듯하다.

『전설의 고향』에서 절대 빠질 수 없는 구미호

우리나라 사람들은 '구미호' 하면 『전설의 고향』을, 『전설의 고향』 하면 구미호부터 떠올린다. 『전설의 고향』에는 구미호 말고도 수많은 요물들이 나왔었다. 쥐 귀신, 고양이 요귀, 호랑이 신령, 늑대 인간, 뱀 여인 등 많은 요괴들을 다뤘지만 유독 구미호가 사람들의 뇌리에 남는 이유는 무엇일까. 그것은 이야기의 밑바탕에 깔려 있는 서러움과 안타까움 그리고 구미호의 요염함이 있었기 때문일 것으로 생각된다.

『전설의 고향(2008)』

구미호 이야기의 기본 패턴은 구미호가 인간이 되고 싶어 하는 욕망으로 인해 살아 있는 사람의 간을 천 년 동안 먹어야 비로소 인간이 되는데, 그 전에 자신의 모습을 들키면 수포로 돌아간다는 것이다. 지금까지 나온 모든 구미호 이야기는 이러한 기본 플롯을 바탕으로 진행이 되었고, 모든 결말 역시 인간의 배신이나 우매함으로 인해 사람이 되지 못한 구미호의 회한으로 끝을 맺는다.

시청자들은 구미호 얘기를 접할 때마다 등장하는 인간들보다는 뜻을 이루지 못하고 떠나버리는 구미호에게 자신의 감정을 이입시키는데, 이 것은 자신들 역시 인생을 살아오면서 이루지 못한 여러 가지 소망을 떠올리며 대리 연민을 느끼기 때문이라고 봐야 할 것이다.

그러나 계속되는 이러한 패턴은 어느 순간부터 식상하다는 인식을 주게 되었고, 결국 『전설의 고향』의 시청률 하락으로 이어진다. 그 결과 1977년부터 방송된 『전설의 고향』이 1989년에 막을 내리고 한동안 구미호 역시 사람들의 뇌리에서 잊히게 된다. 1996년에 다시 부활하긴 했으나 구미호에 대한 기본적인 패턴은 변하지 않았기에 큰 호응을 얻지는 못했다. 그러다가 2008년에 다시 『전설의 고향』이 방송되면서 그 첫 회로 구미호 이야기가 전파를 탔는데, 지금까지와는 전혀 다른 내용과 구성으로 많은 사람들의 관심과 찬사를 받았다.

2008년의 구미호 이야기는 구미호가 한을 품고 인간에게 배신을 당한다는 기본 플롯은 그대로지만, 여우가 간을 **빼** 먹으려고 여기저기 인간 사냥을 한다든가, 배신으로 인해 사람이 못 된다든가 하는 개인사적 이야 기 구조는 다루지 않는다. 대신 구미호의 피가 흐르는 이 씨 집안을 등장 시켜 가문의 부귀영화를 지키려는 인간의 집요한 망상과 집착을 여실히 펼쳐 보인다.

이 씨 집안은 아주 오랜 옛날 구미호와의 거래를 통해 부귀영화를 얻었 지만 구미호를 배신하여 저주를 받게 된다. 그 저주는 다름 아닌 앞으로 태 어날 여자 아이 중에 구미호가 탄생해 집안을 파멸시킨다는 내용이었다.

이를 막기 위해 그 집안에서는 여자 아이가 초경을 하면 시집을 보낸다 고 하면서 몰래 죽이고는 그 간을 **빼내서** 집안의 제일 연장자에게 시식을 하게 한다. 구미호의 간은 불로장생의 명약이기 때문이다. 명옥과 서옥 두 자매 역시 이러한 운명에서 **빠져나올** 수 없었고, 언니인 서옥이 동생 을 지키려다 먼저 죽자 명옥은 분노가 극에 달하여 구미호로 변신해 집안 사람들을 도륙하기 시작한다.

평소에 두 자매를 보살펴주던 사촌 오빠 효문은 구미호로 변한 명옥에 게 용서해달라고 빌면서 자신이 집안의 못된 관습을 없애겠다고 약속을 한다. 그로부터 몇 십 년 뒤, 일본의 국권 침탈에도 명맥을 유지하는 이 씨 집안의 모습이 보이는데, 구미호와의 약속을 헌신짝처럼 버리고 집안의 여자 아이를 죽여서 간을 먹는 행위가 그대로 이어지고 있었다.

비록 여자이지만 어엿한 가문의 일원인 딸들을 집단의 안전과 행복을 위해서 가차 없이 죽여버리는 친족 살해 현장 속에서, 과연 인간에게는 욕 망을 통제할 제어 능력이 없는 것인가를 되새기게 하는 색다른 시도의 작 품이었다.

「구미호 외전(2004)」

이기호 감독이 만든 단편영화『신세기 구미호(2005)』는, 600년 전 조선에서 퇴마로 이름을 날렸던 도승 석천의 사리가 현대의 고고학자에게 발견되면서 이야기가 전개된다. 그러나 발견된 사리는 도승의 사리가 아니라 그 당시 도승과 함께 싸우다 죽은 구미호의 구슬이었다.

그 사실을 모르고 있던 연구원 경진은 사리라고 알고 있는 여우 구슬을 분석하기 시작하고, 시간이 흐르면서 그 구슬의 이상한 힘으로 조금씩 구미호가 되어간다. 결국 경진은 구미호로 변해 자신의 애인까지 노리게 되는데, 이러한 기운을 감지한 도승 석천의 퇴마승 후예들이 구미호가 된 경진을 추적하며 여우 구슬을 손에 넣으려고 한다.

30분 남짓한 단편 영화지만, 소재와 내용만 본다면 블록버스터를 연상케 할 정도로 시나리오의 스케일이 큰 작품이다. 케이블 TV XTM 채널에서 2007년 방송되었다.

2004년에 KBS 미니 시리즈로 방영된『구미호 외전』은 구미호족과 구미호족을 죽이려는 집단(SICS)이 등장하여 대립 구도를 이루면서, 인간과 구미호의 사랑, 배신 그리고 같은 구미호끼리의 질투와 연민 등을 그린 TV 판타지 드라마다.

구미호족으로 나오는 윤시연(김태희)과 신무영(전진) 그리고 SICS 단원인 강민우(조현재)가 삼각관계를 이루며 부모의 원수에 대한 복수와 첫사랑의 기억 사이에서 갈등을 겪고, 여기에 무영을 사랑하는 구미호족 헌터 채이(한예슬)와 그 채이를 마음에 두고 있는 랑(박준석)까지 가세하니 관계가 여간 복잡한 것이 아니다. 무서운 구미호들도 바쁜 시간을 쪼개서 짝짓기는 열심히 하나 보다.

인간을 사랑했으나 언제나 인간에게 배신당했던 구미호 전설을 기본으로 하여, 결코 공존할 수 없는 인간과 구미호족 간의 오랜 숙명을 비극적인 사랑으로 빚어낸 동시에 유전자 차별에 따른 윤리 문제의 발생 가능성, 수명 연장에 따른 사회·경제적 문제, 인간 복제 등의 부작용 등에 대해서도 다루는 등 나름대로 시사성을 보이기도 했다. 하지만 스타일리시한 화면에 비해 극적인 구성은 약했다는 평가를 받기도 하였다.

한국 컴퓨터 그래픽 영화의 효시 『구미호』

1994년 당시 신예 스타 고소영을 구미호로 내세워 만든 박헌수 감독의 『구미호(The Fox With Nine Tails, 1994)』는 한국 컴퓨터 그래픽(CG) 영화의 효시로 불리는 작품이다.

다소 머리가 부족한 저승사자 69호는 염라대왕의 특명으로 999년간 인간 세상을 떠돌고 있는 구미호를 잡기 위해 서울로 내려온다. 꼬리가 아

『구미호(1994)』

홉 개 달린 구미호는 이제 1년 안에 진정한 사랑을 나눌 수 있는 인간 남자를 만나면 완전한 사람이 되지만, 그럴 만한 남자는 좀처럼 발견되지 않고 있는 상태였다.

그러던 어느 날, 구미호를 잡으러 왔던 저승사자는 간첩으로 몰려 감옥에 갇히는 신세가 되어 무당을 통해 구미호의 소재 파악에 나서게 되는데, 구미호는 이미 꿈에도 그리던 남자를 만나 살림을 차린 상태였다. 구미호는 밤마다 그 남자와 알몸이 되어 여우 구슬을 주고받으며 사랑을 키워가지만, 욕망이 아닌 진정한 사랑을 통하여 완전한 인간으로 변신하기 위해 결코 섹스는 허락하지 않는다. 처음엔 단지 인간이 되기 위한 도구로 남자를 선택했지만 구미호는 점점 사랑에 빠져들게 되고, 무당을 앞세운 저승사자의 압박 역시 점점 강해진다.

『구미호』는 CG가 본격적으로 사용되기 시작한 최초의 한국 영화로 인정받고 있는데, 구미호가 변하는 장면과 차에 눌려서 납작해진 저승사자가 다시 부풀어 오르는 장면, 저승행 열차와 수천 명의 엑스트라가 등장하는 장면은 한국 SF 영화사에 한 획을 그었다는 평가를 받고 있다. [Movie Review]

숨겨진 뮤지컬 호러의 보석 『구미호 가족』

한국 최초로 시도된 뮤지컬 코믹 호러인 『구미호 가족(The Fox Family, 2006)』은 개봉 당시에는 별 주목을 받지 못한 숨겨진 명작이다. 동네마다 노래방 몇 개씩은 꼭 있을 정도로 노래와 춤을 좋아하는 민족임에도 불구하고, 정말 아이러니하게도 한국에서는 뮤지컬 영화가 실패한다는 어떤 징크스를 가지고 있다. 『구미호 가족』 역시 그 징크스의 희생양이었던 셈인데, 아마도 단락과 단락 사이에 배우들의 노래가 들어가기 때문에 영화 스토리 전개가 관객에게 불친절하게 느껴진다는 점이 단점으로 작용했을 것으로 생각된다.

하지만 그것은 뮤지컬 영화를 이해하기 위해 어느 정도 관객이 감수해야 하는 영화적 문법이다. 예외적으로 『맘마미아』가 흥행한 것은 관객들이 그러한 뮤지컬 영화의 문법을 이해했기 때문이 아니라, 귀에 익숙한 아바(ABBA)의 음악과 그 시절의 추억을 소비했다는 것이 더 적합한 이유가 될 것이다.

필자는 이러한 관객의 외면에도 불구하고 『구미호 가족』을 한국의 『록키호러픽쳐쇼(The Rocky Horror Picture Show, 1975)』라고 감히 말하고 싶을 정도로 그 실험 정신을 높이 산다. 황량한 사막을 배경으로 하는 웨스턴 무비를 연상케 하는 첫 장면부터 시작해서, 사람들을 홀릴 목적으로 만들어진 서커스 천막 내부 또한 굉장히 환상적이다.

천 년의 기다림 끝에 드디어 개기월식 날 사람의 간을 먹고 인간이 될 기회를 잡은 구미호 가족은 사람들이 많이 모이는 도시로 이주하여 서커

듣도 보도 못
놀라운 가족이 온

『구미호 가족(2006)』

당신의 간을 어설프게 노리는

구미호가족

엽기 뮤지컬 코미디

주헌 박준규 하정우 박시연 고주연

감독 이형곤 <공동경비구역JSA><태극기 휘날리며>의 MK픽처스 작품

스단을 꾸린다. 변신과 곡예에 능한 여우들에게 이보다 더 잘 어울리는 직업도 없다. 그러나 특유의 운동신경으로 칼을 던지고 무엇이든 변할 수 있는 능력으로 재주를 자랑한다지만 요즘 세상에 누가 서커스를 보러 가겠는가? 객석에는 대부분 코 흘리는 아이들뿐. 이래서는 안 되겠다는 위기감이 든 구미호 가족들은 각자의 특성을 발휘해 직접 인간 사냥에 나서게 된다.

그러던 와중에 섹시한 첫째 딸(박시연)에게 접근하여 몰카를 찍으려던 사기꾼(박준규)은 아버지(주현)와 아들(하정우)에게 걸려서 첫째 딸 방에 감금당하는 신세가 되고, 둘째 딸(고주연)은 그 도시에서 벌어지고 있는 살인 사건의 배후 용의자로 몰려 똘아이 기질의 형사(박철민)를 불러들이게 된다.

개기월식 날은 다가오고 일은 계속 꼬이자 가족들은 한 가지 아이디어를 내게 되는데, 헐벗고 굶주린 자들에게 다가가서 서커스 단원이 되면 먹여주고 재워주겠다며 꼬드기는 것이었다. 하지만 면접 당일 모여든 사람은 치매 할머니, 중증 폐병 환자, 상습 자살 시도자였으니, 그로 인해 한바탕 큰 소란이 일어나고 운명의 시간은 점점 다가온다. 과연 구미호들은 위기를 잘 넘기고 인간이 될 수 있을까?

흥겨운 음악과 춤을 곁들인 채 유쾌하고 재미난 결말이 관객을 기다린다. 한국의 척박한 뮤지컬 영화 시장에서 기적적으로 탄생한 보석 같은 호러물이니 꼭 한 번 보시라고 말하고 싶다. 🎬

구미호는 요괴가 아니라 신령스러운 존재

서양에 늑대 인간이 있다면 동양에는 구미호가 있었다. 아무래도 과격한 이미지의 늑대보다는 하늘거리는 자태의 여우가 동양인들에겐 더 매혹적이었으리라.

흔히들 '여우에게 홀렸다'고 하면 구미호九尾狐를 떠올리지만, 구미호는 우리들이 생각하는 것처럼 사악한 요괴가 아니다. 오히려 신神에 가까운 존재에 해당한다. 중국 육조六朝시대의 지괴志怪, 귀신과 요물을 다룬 중국의 문학 형식 중 하나인 『현중기(玄中記)』를 보면, 구미호는 다른 말로 '천호天狐'라고 하며 천 년 동안 도를 닦아 아홉 개의 꼬리와 금색 털을 얻은 후 하늘의 부름을 받고 옥황상제의 비서 노릇을 한다고 나와 있다. 거기서 더 나아가 '호조사狐祖師'라고 하는 여우는 아예 신선술을 완전히 익혀서 여우로서는 최초로 신이 되기도 했다.

재밌는 것은 이러한 여우를 전담 관리하는 하늘의 직책도 있었는데, 이름하야 '태산낭랑泰山娘娘 天仙娘娘'이라 했다. 태산낭랑은 여우들을 모아 놓고 1년에 한 번씩 과거 시험처럼 학업 우수자를 뽑았는데, 여기에서 발탁된 여우를 생원生員이라 하고 떨어진 여우는 야호野狐라 했다.

발탁된 생원들은 인간으로 변신하는 법을 필사적으로 배우려고 하는데, 그 이유는 일단 인간이 되면 신선으로 가는 천 년 동안의 수행 과정을 500년으로 줄일 수 있기 때문이다. 여기에 문장력까지 완벽하게 익히면 300년이 더 단축되었다고 한다. 여우는 50년이 되면 여자로 변신할 수 있고, 100년이 되면 미녀나 무녀로 변신할 수 있다는 얘기도 전해져 온다.

이렇게 위세가 당당한 여우들도 당나라 이전까지는 '살쾡이 요괴'들에게 눌려 지냈는데, 점점 천호나 호조사 같은 신적 존재들이 여우 무리에서 등장하자 살쾡이들의 지위를 능가하게 되었다고 한다. 때로는 천대받고 때로는 공포의 대상이 되었던 요괴들의 삶도 그들 나름대로는 인간 못지않게 치열했음을 알 수 있다.

중국인들이 조작한 구미호의 악마성

그런데 어느 때부터인가 구미호의 이런 신적인
분위기가 변모하여 악귀적인 이미지로 바뀌게
된다. 그 대표적인 경우가 중국 은殷나라 마
지막 왕인 주왕紂王을 파멸로 몰고 간
'달기(妲己)'라는 여자다.

주왕과 달기는 구리 기둥에 기
름을 발라 숯불 위에 걸쳐 놓고
죄인으로 하여금 그 위를 걷게

하여 미끄러져서 타 죽게 하는 형벌을 구경하면서 웃고 즐겼다고 기록되어 있는데, 이를 간하는 충신 비간(比干)이 죽음을 당한 일도 달기의 교사(敎唆) 때문이라고 한다. 주(周)나라의 무왕(武王)이 주왕을 토벌하였을 때 달기도 같이 죽였다 하나, 도술을 익힌 달기가 쉽사리 죽지 않았다는 것은 충분히 미루어 짐작할 만하다.

일본 에도 시대의 이야기집 『회본삼국요부전(繪本三國妖婦傳)』이라는 책을 보면, 은나라에서 도망친 구미호 달기는 세월이 흐른 후 주나라 마지막 왕인 유왕(幽王)의 첩 포사(褒似)로 다시 변하여 역시 나라를 멸망시키는 데 일조를 했으며, 그 후 인도를 거쳐 일본으로 들어가 '다마모노 마에(玉藻前)'라는 미녀로 변해 자신에게 푹 빠져 있던 그 당시의 천황 도바(鳥羽, 1107년 즉위)를 병에 걸리게 한 후 음양사(陰陽師, 일본의 도사)들에 의해 '살생석(殺生石)'이라는 바위로 변했다고 전해진다.

『전설의 고향』 같은 드라마를 보면 구미호를 도사나 승려가 내쫓는 장면이 나오는데, 사실 구미호 정도 되면 거의 신과 같은 존재이기 때문에 웬만한 능력의 도인이 아니면 퇴치할 수가 없다. 중국의 괴기 소설집인 『초당필기(草堂筆記)』에는 여우를 퇴치하러 갔던 도사가 자신이 상대할 여우가 천호임을 알고는 다시 돌아왔다는 얘기가 있으며, 여우 잡아내기로 유명한 도교 일파 정일교(正一敎)의 교주인 장천사(張天師)도 법력 높은 여우들에게 채찍으로 얻어맞고 도망갔다는 이야기가 전해져 온다.

이승휴의 『제왕운기(帝王韻紀)』는 고려 태조 왕건의 할아버지인 작제건(作帝建)을 당나라 숙종의 아들이라고 표현하고 있는데, 『제왕운기』 자체가 원래 중국에 대한 사대주의에 입각해서 써내려간 책인지라 족보의 진위는 명확히 알 수 없지만, 신기하게도 구미호와 관련된 얘기가 쓰여 있다.

　작제건은 자신의 아버지 당 숙종의 활과 화살로 무예를 연마하여 신궁으로 불리던 인물인데, 그가 아버지를 찾으러 배를 타고 가던 중 안개와 파도로 배가 가지 않는 상황에 처하게 된다. 용감무쌍한 작제건은 바다로 몸을 던져 서해 용왕을 만나는데, 그 용왕이 하는 말인즉 "자신의 자식들을 구미호가 계속 잡아먹으니 작제건의 신궁으로 구미호를 죽여달라 부탁하기 위해 배를 멈추게 했다"는 것이다. 구미호가 신묘하게 홀리는 재주로 피리를 불면서 용왕의 아들들을 물 위에 떠오르게 한 후 그 간을 빼앗고는 죽인다는 것이었다. 이에 작제건이 그 구미호를 죽이고는 용왕의 딸을 아내로 맞이한다는 내용이 있다.

　한국에서는 특히 중국과 밀접한 함경·황해·평안도 지방에 구미호 설화가 많이 전해 오지만 다른 지역에도 골고루 분포되어 있다. 설화들은 대개 비슷한 이야기 구조를 보이고 있는데, 서당에서 공부를 마치고 돌아가는 학동에게 구미호가 접근하여 입을 맞추면서 입 안에 있는 여우 구슬을 넣었다 빼었다 하며 기를 빼앗는데, 훈장의 도움으로 여의주를 삼키게 되어 총명한 지식을 얻게 된다는 얘기들이다.

　안동 지방에서는 이황(李滉)의 제자인 조목(趙穆)이 구미호에게 홀린 적이 있으며, 양평 지방에서는 조선 중기의 문신인 이식(李植), 충청도에서는 풍수지리설의 대가인 도선(道詵), 해남 지방에서는 조선 중기의 문신이자 시인인 윤선도(尹善道) 등이 구미호와 관련된 비슷한 에피소드를 가지고 있다.

일본에 전해져 오는 다양한 여우 요괴들

일본에는 중국과 한국보다 더 많은 구미호의 변형 요괴들이 등장하는데, 헤이안 시대에 쓰인 『일본영이기(日本靈異記)』는 이러한 여우 요괴에 대한 이야기를 많이 다루고 있다.

그중 '구다키쓰네くだ狐'라는 여우 요괴는 된장을 아주 좋아해서, 이 여우에게 홀린 사람은 여우를 구다筬, 대나무로 만든 관에 넣고 다니며 된장국 같은 걸 많이 먹게 되고 식욕이 왕성해진다고 한다. 집 전체가 홀린 경우에는 잘만 돌보면 큰 부자가 되기도 하지만, 관리를 잘못 하면 패가망신을 시키는 존재이다.

'오사키 키쓰네おさき狐'라는 녀석은 꼬리 끝이 몇 가닥으로 갈라진 여우 요괴인데, 몸이 희게 빛나며 무리를 지어 다니는 습성이 있다. 이것에게 빙의되면 미치게 되며, 집안에 이 요괴가 들어앉으면 처음엔 부자가 되지만 차차 오사키 키쓰네의 수가 늘어나면서 쫄딱 망하게 된다고 전해진다.

사람에게 빙의되는 여우 요괴 중에 '오토라 키쓰네おとら狐'라는 종류도 있다. 주로 몸이 병약한 사람을 홀리는 것으로 알려져 있는데 횡설수설하는 것이 특징이다. 이 여우 요괴는 한쪽 눈이 멀고 다리를 저는 녀석인지라, 빙의된 환자 역시 한쪽 눈에 눈곱이 심하게 끼고 다리를 절게 된다고 한다.

히토키쓰네人狐 역시 사람에게 곧잘 빙의되는 여우 요괴로, 작은 고양이 정도의 크기로 나타나며 몸통이 가늘고 갈색을 띈다. 무리를 이루어

다니며 뒷발을 이용해 사람처럼 서서 주위를 둘러보는 습성으로 인해 '人狐'라는 이름이 붙게 되었다. 홀리게 되면 어디선가 금을 물어오는 경우가 많아서 부자가 되긴 하지만, 역시 다른 요괴들처럼 뒤끝은 좋지 않다고 한다.

『음양사(陰陽師, 2001)』라는 일본 영화를 보면 '아베노 세이메이(安倍晴明)'라는 음양사가 나온다. 음양사란 일본 황실이나 귀족들의 길흉을 점쳐주고 퇴마를 하는 일종의 무속인인데, 세이메이는 일본 역사상 가장 권능이 강했던 음양사로 일컬어진다. 그런데 그의 출생과 신비한 능력이 구미호와 연관되었다는 얘기가 전해져 온다.

어느 날 '아베노 야스나'라는 남자가 여우의 목숨을 구해줬는데 그 여우가 보답으로 몰래 인간이 되어 야스나와 결혼하게 되었고, 그렇게 해서생긴 아이가 바로 아베노 세이메이였다. 후에 이 여우는 아들에게 황금상자와 여우 구슬을 주었다고 전해지는데, 이것을 갖게 된 세이메이는 유명한 음양사가 될 수 있었다고 한다.

주변 어르신들의 말씀을 들어보면 반세기 전만 해도 묘지에 둥둥 떠다니는 불빛을 어렵지 않게 목격할 수 있었다고 한다. 한국에서는 이것을 '도깨비불'이라고 하지만 일본에서는 '기쓰네비狐火, 여우불'라고 한다. 여우가 입에서 내뿜는 숨결이 확 타오르는 현상이라고 하는데, 밤중에 길이 나 있지 않은 산등성이나 묘지 등지에서 행렬처럼 길게 이동을 하는것이 특징이다.

구미호가 사악하게 변모된 이유

지금까지 동양 삼국에 전해져 내려오는 구미호 전설에 관해 알아보았는데, 그렇다면 이쯤에서 궁금증이 하나 생기게 된다. 원래 지위가 높은 신적 존재인 구미호가 왜 이처럼 요괴나 악귀의 이미지로 전락하게 되었을까?

여기에는 두 가지 의미가 숨어 있다. 첫째는 동이東夷족에 대한 중국의 두려움 때문이다. 동이가 한국인을 지칭한다는 것은 다 알려진 사실인데, 동이는 다른 말로 '구이九夷', '구환九桓', '구려九黎' 라고도 했었다. 고구려高句麗 역시 여기에서 연유된 한자의 변형일 정도로 '9' 라는 숫자는 한민족과 밀접한 관계를 가지고 있는 숫자인데, 그것은 동이족의 원류인 환국의 1대 왕이 하늘에서 내려온 안파견(安巴堅)이며 안파견의 여덟 동생과 함께 다스렸던 부족 연맹체가 9연방이었기 때문이기도 하다. 한반도는 물론 중국 대륙과 유럽까지 넓게 분포되어 있던 환국 9연방은 그 당시의 중국 토착민들에게는 신과 같은 경외의 대상이었으며, 이를 다스리던 아홉 개의 연방으로 이루어진 동이족을 일러 '구미호' 라 칭했던 것이다.

신라 재상 박제상의 저작으로 알려져 있는 고대의 역사서 『부도지(符都誌)』에는 한민족의 근원을 만든 여신 마고(魔姑)가 등장하는데, 그 마고 여신을 그린 「마고삼신벽화」를 보면 우리들이 흔히 알고 있는 동서남북 사방신은 원래 청룡, 백호, 주작, 현무가 아니었다는 것을 알 수 있다. 고대의 동이한국 계열권 문화에서는 사방을 수호하는 신령스러운 네 가지 동물을 구미호九尾狐, 태양을 다스리는 여우, 삼족오三足烏, 세 발 달린 태양새, 옥섬玉蟾,

달에 있는 옥두꺼비, 은토銀兎, 달에 있는 은토끼라 칭하였는데, 중국인들이 동이 족에게 대항하기 위해 자신들의 입맛대로 사방신을 바꾸게 된다(구미호→ 청룡, 삼족오→주작, 은토→백호, 옥섬→현무).

「마고삼신벽화」를 포함해서 중국에 널리 분포되어 있는 고대의 구미호 벽화를 들여다보면, 꼬리가 아홉 개 달린 것이 아니라 하나의 꼬리가 아 홉 개로 나뉘어져 있음을 알 수 있다. 이것이 원래 구미호의 모습인데, 마 치 백제가 일본에게 하사했다는 칠지도七支刀와 그 형태가 유사하다. 필자 가 구미호 관련 연구를 하면서 고찰한 점은, 칠지도가 구미호와 모종의 관련이 있지 않을까 하는 점이었다. 제후국은 아홉 개의 가지를 가지고 있지만 신하국은 가지 몇 개를 빼고 하사했다는 가설인데, 역사학자가 아 닌지라 이 정도에서 그치기로 한다.

어쨌거나 구미호는 태양과 관련된 최고의 신성함 을 나타내는 신수神獸인지라 동이족의 상징으로 여겨졌으며, 그들의 입장에서는 당연히 동 이족의 강성한 힘을 두려워했기에 은연 중에 자신들을 해칠지도 모른다는 불 안감과 적대감의 표출로 오늘날 같 은 악귀의 이미지를 첨가하였던 것이다.

하나라의 우왕이 고조선의 부 루왕에게 신서神書를 받아 홍수 를 다스리는 데 성공하여 왕이 되는 기록을 보면, "꼬리 아홉 달린 흰 여우를 본 자는 누구든 국왕이 된다네"라고 표현하고 있다. 여기에서 꼬리 아홉 달린 흰 여우란 말할 것도 없이 고조선, 즉 동이족을 말하는 것이다. 동이족에게 인가를 받거나 도움을 얻어야 왕이 된다는 뜻의 비유적 표현이다.

중국의 고대 지리서인 『산해경(山海經)』에는 동이족의 제왕인 치우천왕(蚩尤天王)이 다스렸던 청구국靑丘國이 나오는데, 그곳의 여우는 꼬리가 아홉이라는 말을 하고 있다. 이것 역시 청구국이 동이족이라는 표현이다.

위에서 구미호가 변한 달기 이야기를 했는데, 그 이면의 진실을 파헤쳐 보면 또 다른 이야기가 전개된다.

달기가 구미호라는 얘기는 중국 육조六朝시대에 이라(李邏)가 주해한 『천자문(千字文)』에서 유래됐는데, '주벌은탕周伐殷湯'을 설명하면서 은殷나라의 마지막 왕인 주왕의 부인인 달기를 구미호라 칭하고 있다. 또한 『봉신연의(封神演義)』에서도 달기를 구미호정九尾狐精으로 묘사하고 있다. 하지만 달기를 구미호라 표현한 것은 달기가 요사스러웠던 것이 아니라 원래 달기가 동이족 출신이라는 것을 나타내고 있는 표현이다.

은나라 역시 단군 조선의 제후국으로서 동이족이 건설한 나라였는데, 세월이 흘러 점차 동이족으로서의 정체성이 흐려지자 주왕 같은 폭군이 등장하여 같은 종족 간의 피비린내 나는 전쟁을 도모하게 되었고, 동이족 여자인 달기는 동족상잔을 막고자 줄곧 반대를 했었던 것이다. 그러다가 중국 민족인 무왕이 동이족 국가인 은나라를 멸하고 주나라를 건국하면서 은나라의 정통성과 동이족을 말살하려 했던 정치적 음모로 인해 달기는 요사스런 여자가 되었으며, 구미호는 악귀의 이미지를 가지게 되었던 것이다. '여시 같은 년'이라는 말은 항상 동이족에게 당하는 중국인들의 입장에서 동이족을 비하하여 만들어낸 말로서, 후대에 변조되어 한국에서는 욕으로 쓰이고 있다.

이와 비슷한 것이 또 있는데, 어린아이들의 놀이인 '여우야' 술래잡기를 살펴보자. "여우야, 여우야, 뭐하니? 죽었니, 살았니?"라는 노래는 중국인들이 동이족의 눈치를 보는 모습을 풍자해서 만들어진 놀이 동요로, "살았다"라고 외치면 산지사방으로 도망치는 중국인의 모습을 그대로 녹여냈다고 할 수 있다.

원래 어린아이들의 놀이는 시대상을 가장 단순하고도 극명하게 반영하는 참요적讖謠的 성격을 띠고 있기에 학술적으로도 귀히 여기는 자료들인지라, 이 부분에 관해서 충분히 연구해볼 필요가 있다. 무심코 흘리는 우리 주변의 것들 중에도 새로운 의미로 밝혀질 것들이 무궁하리라 본다.

기득권층에게 죽임을 당한 구미호의 슬픔

구미호가 사악한 이미지로 바뀐 두 번째 이유는 주나라로부터 시작된 유교 이념 때문이었다. 유교적 봉건 신분 사회에서는 여자는 남자의 지위를 넘볼 수 없으며, 종놈들은 귀족이 될 수 없었기에 구미호 역시 인간이 되려고 몸부림치는 사악한 존재로 인식될 수밖에 없었다. 신분의 한계를 넘는 것은 곧 죽음을 뜻했으며 대부분의 구미호 전설 속에서 여우들은 악귀 같은 몸부림 끝에 인간에게 죽음을 당하게 된다. 이것은 신분 사회를 공고히 지켜내고 기득권을 지키려는 일종의 경고이자 살벌한 몸짓이었던 셈이다.

군대에 가면 '시범 케이스'라는 것이 있다. 어리바리한 신병들을 모두 일일이 손댈 수 없으니까 딱 한 놈만 골라다가 본때를 보이는 것이다. 구미호 역시 이러한 시범 케이스의 한 종류였다. 그리고 그것은 비단 상상 속의 동물인 구미호에게만 해당되는 것은 아니었다. 양반가의 규수를 넘보는 하인이나 가문의 권위를 가볍게 여기는 며느리 역시 구미호 같은 존재들이었다.

가진 자의 입장에서 보면 이들은 결코 용납할 수 없는 존재들이었다. 그러므로 해피엔딩이 되어서는 안 된다. 무조건 죽여야만 했다. 권위에 도전하거나 신분 질서를 교란시키는 자들에게는 처절한 징벌이 따랐으며, 이런 상황에서 탄생한 구미호 설화는 가지지 못한 자들의 극심한 절망감과 차별 의식 그리고 굴곡진 보상 심리의 반영이었던 것이다.

기득권자들은 후에 자신들이 직접 손대지 않고도 이러한 사회적 구미호들을 처단하는 방식을 고안해냈다. 그것이 바로 '이이제이以夷制夷'라는 것으로, 오랑캐는 오랑캐끼리 싸움을 붙인다는 소리인데, 일례로 며느리를 구박하는 것은 시아버지가 아니라 시어머니였고, 병사를 때리는 것은 장교가 아니라 같은 병사라는 점을 상기하면 쉽게 이해가 될 것이다. 사실 며느리와 시어머니는 여자로 태어난 죄로 구박을 받아온 같은 처지이며, 병사들 역시 군대라는 거대한 기계 속에서 부품 역할을 하는 동료들일 뿐이다. 이런 상황에서 누가 누구를 징벌한단 말인가?

더욱 무서운 것은 이러한 구미호식 차별 의식이 사회 전반으로 급속히 퍼지고 있다는 것이다. 최근 들어 가장 심각함을 보이는 것은 정규직과 비정규직의 문제이다. 이들 역시 고용주들의 입장에서 보면 별 차이가 없는 일개 노동자 구미호들일 뿐이다. 지금까지는 그저 '노동자'라는 이름으로 고용주가 직접 상대해왔지만, 그것이 귀찮아진 기득권 세력에서는 노동자들 자체를 분열시키고 대립하게끔 만들기 위해 형편이 좀 나은 노동자들에게 '정규직'이라는 허울 좋은 감투를 씌워 비정규직을 몰아내는 상황을 만들었다. 자신들의 처지도 모른 채 박 터지게 싸우고 나면 고용주들은 조용히 웃으며 살생부를 재정비한다. 그것이 작금의 현실이다.

　우리는 전설이나 공포물을 보면서도 그 이면에 어떤 의미가 숨어 있는지 간파해야 한다. 그러한 캐릭터나 이야기들이 괜히 나온 것이 아니라는 소리다. 더 이상 이 사회에서 억울한 구미호들이 울부짖지 않도록 서로가 서로를 보듬어야 할 때이다.

참고 문헌 및 사이트

『도교와 신선의 세계』 | 쿠보 노리타다, 법인문화사, 1993
『산해경』 | 정재서, 민음사, 1996
『중국 환상세계』 | 시노다 고이치, 들녘, 2000
『몬스터 퇴치』 | 즈카사 후미오 · 이즈노 히라나리, 들녘, 2001
『봉신전설』 | 이상각, 들녘, 2001
『부도지』 | 박제상, 한문화, 2002
『영화에서 만난 불가능의 과학』 | 이종호, 뜨인돌, 2003
「도교의 신관」 | 서강대 석사 논문, 양성정, 1995
「지괴(志怪)의 문학적 성격에 대한 고찰」 | 빈미정, 중국소설론총 제4집, 1995
「구미호 전설로 본 한국과 중국의 사회의식 원형」 | 김휘영, 인물과 사상, 2006년 1월호
http://www.gaonnuri.co.kr (가온누리)
http://www.coo2.net (우리 역사의 비밀)

제 5 장

변신하는 괴물 캐릭터들의 원조

늑대 이간

『울프맨(1941)』

조지 와그너(George Waggner) 감독의 『울프맨(The Wolf Man, 1941)』은 영화사적으로 아주 의미심장한 작품이다. 우리들이 알고 있는 늑대 인간의 기본 스토리는 물론 털북숭이의 늑대 특수 분장 모습 등이 이 영화에서부터 비롯되었기 때문이다. 드라큘라, 프랑켄슈타인, 미이라 등의 공포 캐릭터를 만들어낸 유니버설 스튜디오가 괴물 시리즈의 막내 격으로 탄생시킨 늑대 인간이었지만, 그 후 다른 어떤 공포 캐릭터보다도 많은 변종과 아류를 만들어낼 정도로 강력하고도 매력적인 캐릭터로 발전하게 된다.

주인공 래리(Lon Chaney Jr)는 그 비싼 천체망원경으로 이웃집 여인네의 방이나 엿보는 변태 취향의 귀족 한량 청년이다. 뻔뻔하기는 이루 말할 데 없어서 자신이 훔쳐본 여인 그웬(Evelyn Ankers)에게 찾아가 자신을 심령술사라 소개하고는 농담 따먹기를 하며 환심을 사게 된다.

골동품점을 하는 그웬의 점포에서 늑대 인간을 죽일 수 있다는 은장식 지팡이를 산 래리는 그날 밤 그웬과 그녀의 친구 제니를 따라 점을 치는 집시에게 가는데, 돌아오는 길에 늑대의 습격을 받게 된다. 제니는 그 자리에서 즉사하고 래리는 은장식 지팡이로 간신히 늑대를 죽이지만, 그 와중에 늑대에게 물려 정신을 잃고 만다. 그 후 래리는 집시 여자에게서 "늑대에게 물리면 물린 사람은 늑대 인간으로 변하며 당신 역시 늑대 인간으로 변하게 될 것이다"라는 저주를 듣고는 반신반의하는데, 결국 무시무시한 늑대 인간으로 변하여 마을을 돌아다니며 살인 행각을 저지르게 된다.

늑대 인간은 자신이 죽일 사람의 손에서 별 모양의 표식을 보게 되는데, 래리는 사랑하는 그웬의 손에서 그 별 표시를 본 후 아버지인 탈보트(Claude Rains) 백작에게 만일의 경우를 대비해 은 지팡이를 주며 자신을 의자에 묶어달라고 부탁한다. 하지만 이윽고 밤이 찾아오자 피에 굶주린 늑대의 본성을 따라 래리는 밖으로 탈출한다. 숲 속에서 그웬을 만나 습격하려는 찰나, 아버지인 탈보트 백작이 달려들어 아들을 은 지팡이로 때려죽이니, 비극도 이런 비극이 없다. 마치 그리스신화에 종종 등장하는 친족 살해를 보는 것처럼 관객들을 망연자실하게 만드는 설정이다.

비극의 주인공인 래리와 탈보트 백작은 부자지간이긴 하지만 사고방식이 서로 상반된 인물들이었다. 래리의 대사 중에 그의 합리적 물질주의를 극명하게 나타내는 부분을 먼저 살펴보자. "전기 기구나 진공관, 전선처럼 손으로 다룰 수 있는 거라면 이해가 쉬울 텐데 이건 도무지 손에 잡히지 않으니…."

반면 다음과 같은 대사를 읊조리는 탈보트 백작은 나름 영성적인 사고방식을 가진 사람이다.

"이 세상은 선과 악으로 구분할 수 없으며 모든 일은 인간의 마음에서 시작된다. 내세에 대한 믿음은 현세의 상치되는 논리들에 지친 인간의 정신에 균형을 찾아주는 평형추의 역할을 하지."

물질문명주의적인 아들은 오히려 늑대 인간이 되어버리고 영적인 성향의 아버지는 늑대 인간으로 변한 아들을 때려죽이게 되는 이 아이러니는,

반세기가 훨씬 지난 지금에도 이 영화를 두고두고 곱씹게 하는 묘한 매력으로 작용한다. [영화]

동화 속의 섬뜩한 공포 『늑대의 혈족』

『늑대의 혈족(1984)』

몽환적이면서도 아름다운 영상미를 선보이는 영화 『늑대의 혈족(The Company Of Wolves, 1984)』은 『뱀파이어와의 인터뷰』와 『크라잉게임(The Crying Game, 1992)』으로 잘 알려진 닐 조단(Neil Jordan) 감독의 초기작 중 하나로, 기존의 전형적인 늑대 인간 영화를 답습하지 않고 독창적인 기획을 선보인 이색 공포 영화이다. 이 영화는 어렸을 때 그림(Grimm) 형제 동화나 페로(Perrault) 동화로 누구나 한 번쯤 읽어봤을 빨간 망토와 늑대 이야기를 새로운 시각으로 각색한 작품인데, 유럽에 전해 내려오던 원래의 빨간 망토 이야기는 사실 그리 아름다운 동화가 아님을 순진한(?) 우리들에게 여실히 보여주고 있다.

이 작품은 시종일관 굉장히 환상적으로 전개되기 때문에 누가 보더라도 흥행과는 거리가 있어 보일 것이다. 현실과 꿈속을 오가며 이야기가 진행되는 형식인데, 그 꿈속에서조차 주인공의 할머니가 들려주는 각기 다른 4개의 늑대 인간 에피소드를 다루고 있어 무척 산만하다.

　주인공 로잘린은 이제 막 초경기에 들어선 10대 소녀로 그 나이대의 소녀들에게서 볼 수 있는 것처럼 감수성이 무척 예민하여 혼자 있기를 즐긴다. 로잘린은 어느 날 혼자 방에 처박혀 낮잠을 자게 되는데, 꿈속에서 중세 시대로 거슬러 올라가게 되고 늑대에게 희생당한 언니의 장례식장에 들어서면서 본격적으로 기이한 이야기가 펼쳐진다.

　장례식이 끝나고 할머니의 집에 가게 된 로잘린은 무시무시한 늑대 인간에 관한 이야기를 듣게 되는데, 이야기 속의 늑대 인간이 자신의 얼굴 가죽을 뜯으며 늑대로 변신하는 끔찍한 장면은(현란한 CG가 아닌지라 어설프긴 하지만) 이 영화의 압권이다.

　이 영화는 처음부터 끝까지 상징으로 일관되어 있어서 무심코 접하는 관객들에게는 매우 난해한 영화이다. 언니의 빨간 립스틱을 훔쳐 바르고 잠든 로잘린은 초경을 시작한 여성을 의미하며, 영화 속 꿈에서 자주 등장하는 숲 속의 오솔길은 소녀에서 성숙한 숙녀로 성장하는 과정을 나타내고 있다. 또한 로잘린이 입고 있는 흰색 옷들은 그녀의 순결함을 나타내며, 나중에 걸치게 되는 빨간 망토는 그녀가 점점 숙녀로 변해가고 있음을 넌지시 일러준다. 더불어 중간 중간 보이는 장난감이라든가 곰돌이 인형들은 그녀가 아직 완전한 어른으로는 성숙하지 못했다는 것을 함께 보여주고 있다. 이외에도 숲 속에 있는 붉은 딸기(세상의 유혹)나 황새 둥지 속에 새끼 대신 조그마한 사람 아기가 들어 있는 장면(임신할 수 있는 나이) 등도 닐 조단 감독이 교묘하게 삽입한 영화 속 장치라 할 수 있다.

　닐 조단 감독은 이 영화를 통해 사춘기 소녀의 성적 불안과 앞날에 대한 공포를 매우 섬세하게 묘사하고 있으며, 여자라면 누구나 겪게 되는 인생의 한 부분을 여자 못지않은 감수성으로 그려내어 제5회(1984) 런던 비평가협회 감독상을 수상했다.

현실에서 꿈으로 넘어가는 몽환적인 풍경과 중세 유럽의 촌구석 분위기가 물씬 풍기는 마을 정경, 축축하면서도 신선한 공기가 그대로 전해질 듯한 숲 속 묘사는 관객들에게 그로테스크한 느낌을 전해주는 동시에 닐 조단 감독이 대단한 스타일리스트임을 말해준다. 실내악 연주회장에 들어와 있는 듯한 착각을 일으키는 부드러운 영화 음악도 빼놓을 수 없는 관람 요소다. 『이상한 나라의 엘리스』 같은 느낌의 이야기를 좋아하는 관객이라면 반드시 봐야 할 아름다운 공포 영화다.

잊을 수 없는 반전의 미학 『하울링』

영화 『하울링(The Howling, 1980)』은 늑대 인간 영화사에 있어서 반드시 관람해야 하는 작품 중 하나일 정도로 임팩트가 굉장히 강한 영화다. 그러나 영화 전체가 반전의 연속이기 때문에 영화평을 쓰기에는 너무나 까다로운 작품이기도 하다. 줄거리를 공개하자니 스포일러spoiler가 될 것 같고 그렇다고 줄거리를 안 쓰자니 진도가 안 나가니, 진퇴양난이란 이런 경우를 두고 하는 말일 것이다.

미국 서부 지역 방송국의 아나운서 카렌(Dee Wallace Stone)은 연쇄 살인범 취재를 하다가 포르노 극장에 갇히게 되고, 살인범이 그녀를 덮치는 순간 경찰에 의해 사살되는 모습을 공포에 떨며 지켜보게 된다. 심한 정신적 충격을 받은 카렌은 남편과 함께 정신 요양 집단 거주지로 가게 되는데, 도착한 날부터 심상치 않은 기운을 감지한다.

『하울링(1980)』

숲 속에서 들려오는 늑대 소리와 짐승에게 물려 죽은 소들의 시체가 발견되는 등 점점 공포의 그림자가 드리워지는 가운데, 남편마저 숲 속에 들어갔다가 늑대의 습격을 받고 늑대 인간으로 변하자, 그녀는 절친한 친구 테리를 불러 그곳을 빠져나가려 한다. 하지만 두 사람 모두 늑대 인간의 습격을 받게 되고 그 와중에 테리가 죽고 만다. 연락을 받은 테리의 남편은 은으로 만든 총알을 가지고 복수를 하러 오는데, 이미 그 마을에는 예상하지 못했던 충격적인 상황이 펼쳐지고 있었다.

더 이상 얘기를 할 수 없지만 이 영화의 마지막 장면은 두고두고 사람들에게 회자될 정도로 놀라움을 안겨주고 있으며, 늑대 인간 영화사의 한 페이지를 장식하는 최고의 명장면 중 하나로 꼽힌다.

영화 『그렘린(Gremlins, 1984)』으로 유명한 죠 단테(Joe Dante) 감독은 이 영화에서도 발군의 특수 효과를 관객에게 선사한다. 달빛 아래에서 펼쳐지는 늑대 인간끼리의 환상적인 섹스신이라든지, 사람이 늑대 인간으로 변하는 디테일한 장면, 도끼로 잘린 늑대 인간의 팔이 점점 사람의 팔로 바뀌는 과정 등이 섬세하면서도 거친 질감으로 묘사되어진다. 1980년 대를 휩쓴 특수 효과의 원형을 만끽하고 싶은 관객이라면 꼭 한 번 봐야 할 늑대 인간 영화계의 명작이라 할 수 있다.

마이클 잭슨의 「스릴러」 뮤직비디오를 탄생시킨 『런던의 늑대 인간』

『런던의 늑대 인간(1981)』

『블루스 브라더스(The Blues Brothers, 1980)』를 만든 코미디 영화의 거장 존 랜디스(John Landis)는 그의 주특기인 코미디에 공포를 접목시켜 제대로 된 '물건' 하나를 내놓게 된다. 『런던의 늑대 인간(An American Werewolf in London, 1981)』이라는 작품이 바로 그 물건이다.

이 영화는 『하울링』과 더불어 늑대 인간 영화의 새로운 활로를 개척했다는 평을 듣고 있는데, 특히 음습하고 축축한 고전 호러물의 느낌을 탈피하고 늑대들을 대도시로 진출시켜 현대에 맞는 스토리로 재탄생시킨 공이 크다 할 수 있겠다.

영국으로 배낭여행을 온 미국 청년 데이빗(David Naughton)과 잭(Griffin Dunne)은 보름달이 뜬 밤에 어느 시골에서 길을 잃게 되는데, 갑자기 나타난 늑대의 공격으로 잭은 사망하고 데이빗은 병원에 실려 가게 된다. 오랫동안 의식을 차리지 못했던 데이빗이 깨어난 것은 그로부터 3주가 지난 뒤였다.

　병원에서 친해진 간호사 알렉스(Jenny Agutter)의 도움으로 차차 기력을 회복하던 어느 날, 죽은 친구 잭이 흉측한 몰골의 유령으로 나타나 그동안의 자초지종을 설명해준다. 자신들을 덮친 것은 늑대 인간이었으며 데이빗 역시 이빨에 물렸기 때문에 늑대 인간으로 변하게 될 것이라는 것이었다. 반신반의하던 데이빗은 퇴원 후 간호사 알렉스의 집에서 지내게 되는데, 보름달이 뜨자 잭의 말대로 점점 늑대 인간으로 변해 런던 시내로 달려 나가 사람들을 물어 죽인다.

　이 작품은 1970년대 후반부터 할리우드에 불기 시작한 특수 분장 열풍의 정점에 있는 영화라고 할 수 있는데, 요즘의 화려한 CG가 넘볼 수 없는 사실감과 섬세함을 안겨주며 관객들을 강력하게 빨아들인다. 특수 분장을 담당한 릭 베이커(Rick Baker)는 후에 『맨 인 블랙(Men In Black, 1997)』이나 『혹성탈출(Planet Of The Apes, 2001)』, 『헬보이(Hellboy, 2004)』 같은 영화의 괴물 분장을 담당한 양반인데, 마이클 잭슨이 이 영화를 보고 반하여 자신의 뮤직비디오 「스릴러(Thriller, 1982)」를 존 랜디스와 릭 베이커 콤비에게 맡겼다는 일화가 있을 정도로 특수 분장계의 장인이라 할 수 있다.

　어두운 그림자에 의존하지 않은 채 환한 백색광 밑에서 점점 늑대로 변하는 모습을 만든다는 것은 보통 힘든 일이 아닐 터인데, 이 영화에서는 너무나도 자연스럽게 그러한 장면들을 연출하고 있으며, 또한 유령의 등장이나 환상 장면들 역시 뛰어난 특수 효과 처리를 했기에 호러 영화 마니아들에게는 영화 보는 내내 행복의 엔도르핀이 솟아나는 작품임에 틀

림 없을 것이다. 늑대 인간 영화를 좋아하신다면 이 영화 역시 강력 추천
이다. [🎟️]

진짜 야수는 인간임을 일깨워주는 영화 『울프』

『울프(1994)』

특수 효과의 장인 릭 베이커가 탄생
시킨 또 하나의 늑대 인간 영화가 있
다. 마이크 니콜스(Mike Nichols) 감독이
만든 『울프(Wolf, 1994)』이다.

출판사에서 편집장을 하고 있는 윌 랜
달(Jack Nicholson)은 눈 오는 밤에 어느
시골길을 달리다가 무언가를 들이받고
교통사고를 내고 만다. 다행히 큰 부상
을 입지 않은 윌은 밖으로 나와 도로를 살펴보다가 늑대에게 물리게 되는
데, 그 사건 이후 윌에게는 육체적, 심리적으로 여러 가지 변화가 일어난
다. 늑대처럼 거칠어지고 날카로워진 성격으로 인해 직장에서의 위치도
흔들리고, 그를 눈에 가시로 여기던 욕심 많은 사장 아덴은 이참에 그를
해고하려고 기회를 노린다.

그러나 사장의 딸인 로라(Michelle Pfeiffer)는 오히려 윌을 불쌍히 여겨
그를 보호해주고 잠자리까지 하게 된다. 로라는 점점 늑대의 야수성을 가

진 월에게 마음을 빼앗기고 잠들어 있던 자신의 본성도 깨닫는다.

월은 로라에게 자신의 믿을 수 없는 상황을 이야기하고 로라 역시 그를 회복시키기 위해 많은 노력을 기울이지만, 점점 월을 지배해가는 야수의 본성은 급기야 그를 늑대 인간으로 변신시켜 사람들을 죽이게 만든다. 이를 눈치 챈 경찰의 포위망이 점점 좁혀져오는 가운데, 월과 로라의 안타까운 사랑이 이어진다.

이 영화는 관객들에게 오히려 진짜 야수성을 가진 것은 늑대 인간이 아닌 사람이라는 것을 시종일관 외치고 있다. 남을 짓밟고 올라가려는 행위, 타인을 배려하지 않는 이기심 등은 발톱을 드러내지 않았을 뿐, 이미 그 자체로 늑대 인간 이상의 괴물이라는 것이다. 인간에 대한 성찰을 담은 진지한 내용은 차치하고라도, 할리우드의 일급 배우들인 잭 니콜슨과 미셸 파이퍼의 농익은 연기를 보는 것만으로도 영화는 충분히 흥미롭다. 여기에 특수 효과의 귀재인 릭 베이커의 서비스까지 가해져 쏠쏠한 재미를 전해준다.

공포와 코믹의 절묘한 결합 『파리의 늑대 인간』

안소니 월러(Anthony Waller) 감독의
『파리의 늑대 인간(An American Werewolf In Paris, 1997)』은 제목만
보면 『런던의 늑대 인간』의 아류작쯤으로 보이지만, 그 영화에 대한 오마

『파리의 늑대 인간(1997)』

주를 넘어 나름대로 독특한 시각으로 영화를 풀어간 매력적인 작품이다. 특히 프랑스 여배우 줄리 델피(Julie Delpy)의 풋풋한 20대 시절을 보는 것만으로도 영화의 본전은 뽑고도 남는다.

주인공 앤디(Tom Everett Scott)와 그의 친구들인 브래드, 크리스는 프랑스 파리로 배낭여행을 온 전형적인 미국 대학생들이다. 이들은 에펠탑에서 밤을 보내기 위해 몰래 잠입하는데, 그때 마침 탑에서 떨어져 자살하려는 세라핀(Julie Delpy)을 앤디가 구하게 되고 그 인연으로 그녀의 집까지 찾아가게 된다. 그러나 "위험하니 어서 피하라"는 얘기만 듣고는 문전박대를 당하고 만다.

우여곡절 끝에 앤디는 겨우 세라핀과 데이트를 하지만, 연달아 실수를 하는 바람에 결국 퇴짜를 당한다. 그는 이에 굴복하지 않고 다시 세라핀의 집으로 찾아가지만, 그녀는 없고 험상궂게 생긴 남자 클로드가 나타나 클럽 파티에 초청을 한다. 세 사람은 파티장을 찾아 들어갔지만, 그곳은 여느 파티장이 아니라 파리 시내의 늑대 인간들이 인간을 가둬놓고 포식을 즐기는 살육의 현장이었다. 결국 브래드는 죽고 앤디는 세라핀의 도움을 받아 가까스로 탈출하지만 이미 늑대 인간에게 물린 후였다.

다음 날 아침이 되자 세라핀은 자신 역시 늑대 인간이며 앤디도 곧 늑대 인간으로 변할 것이라는 얘기를 한다. 앤디는 도저히 믿기지 않아 집을 나서 방황을 하는데, 이윽고 보름달이 뜨자 무시무시한 늑대 인간이 되어 사람들을 죽이게 된다.

늦대 인간 집단의 우두머리인 클로드는 자신과 한편이 되라고 협박을 하고. 그 제안을 거절하고 쫓기게 된 앤디와 세라핀, 그리고 앤디의 행적을 수상히 여긴 파리 경찰국까지 동원되어 사건은 긴박하게 돌아간다. 급기야 허물어져가는 교회당에서 늦대 인간들과 사람들 간의 대혈투가 벌어지게 되는데….

『런던의 늦대 인간』에 기원을 둔 영화인지라 공포와 뒤섞인 코믹 또한 이 영화의 주된 요소인데, 『런던의 늦대 인간』에서처럼 유령으로 나타나는 친구의 등장도 재미나고, 앤디의 첫 희생양인 프랑스 아가씨 유령의 귀여움도 영화 속 조미료로서 한몫을 톡톡히 해내고 있다. 특히 교회당에서 벌어지는 난투극 중간에 앤디의 친구 크리스가 십자가에 묶여 예수처럼 등장하는 장면은 뭐라고 설명할 수 없을 정도로 블랙코미디의 절정을 이루는 장면이다.

이 작품은 비극적으로 끝나는 여타 늦대 인간 작품들과 달리, 주인공 앤디와 세라핀의 해피엔딩으로 인해 더욱 진한 여운이 남는 경쾌한 호러 영화라고 할 수 있을 것이다.

하이틴 영화와 늦대 인간의 결합 『커스드』

도입부는 정말 참신했다. 늦대 인간과 스파이더맨을 합쳐놓은 듯한 주인공들의 신체 변화 역시 재미있었다. 『나이트메어(A Nightmare On Elm Street, 1984)』와 『스크림(Scream, 1996)』으로 유명한 웨스 크레이븐(Wesley Earl Craven) 감독의 『커스드(Cursed, 2005)』는 심각하지 않은 하이틴 늑대 인간 영화라는 신선함으로 관객들을 유혹하였으나, 탄탄한 이야기 구조 없이는 어떤 작품이건 용두사미가 된다는 것을 다시 한 번 일깨워줬

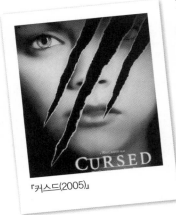

『커스드(2005)』

을 뿐이다.

남매인 엘리(Christina Ricci)와 지미(Jesse Eisenberg)는 집으로 돌아오는 길에 교통사고를 내게 되고, 사고 운전자를 구하려고 언덕을 내려가다가 두 사람 모두 늑대 인간에게 물리게 된다. 그런 사건이 있은 후 남매에겐 힘이 세지거나 섹시해지거나 하는 이상한 변화가 나타나고, 여기저기서 알 수 없는 짐승에 의한 피해 사례 역시 속출한다.

그러는 와중에 엘리의 남자 친구 제이크가 늑대 인간이었다는 것을 알게 되고, 엘리의 앙숙이자 제이크와 삼각관계를 이루던 죠애니 역시 늑대 인간이 되어 파티장을 난장판으로 만든다. 늑대 인간들의 살인 행각이 이어지는 가운데 남매는 이에 용감하게 맞서면서 자신들에게 내린 저주를 풀기 위해 최후의 결전을 치르게 된다.

이 영화를 보면 본론이라 할 수 있는 '늑대 인간의 등장'에 오히려 맥이 풀리는 이상 현상이 나타난다. 그전까지의 긴장감만 잘 살렸어도 새로운 공포물의 전형이 될 수 있었건만, 무성의한 시나리오와 세심하지 못한 연출로 인해 피지 못한 꽃이 되고 말았던 것이다. 어설픈 CG를 쓸 바엔

차라리 구식 특수 효과가 더 관객들에게 어필한다는 것 또한 이 영화의
실패에서 배워야 할 소중한 경험이다.

10대 소녀의 성장통을 보여주는 『진저 스냅』

존 포세트(John Fawcett) 감독의
캐나다산 공포 영화 『진저 스냅
(Ginger Snaps, 2000)』은 10대 소녀
들이 주인공인 독특한 늑대 인간 영
화이다.

동생 브리짓(Emily Perkins)과 언니
진저(Katharine Isabelle)는 미워하는
친구를 저주하기 위해 숲 속으로
들어가 의식을 치르는데, 갑자기

『진저 스냅(2000)』

나타난 괴물의 습격을 받고 언니 진저가 상처를 입게 된다. 신기하게도
진저의 상처는 금방 아물었지만 털이 자라고 꼬리가 나오는 등 이상한
신체 변화를 겪게 되자, 브리짓은 언니가 늑대 인간이 되어가고 있음을
간파한다.

브리짓은 동물적인 섹시함과 난폭함이 동시에 증가하는 언니를 치료하
기 위해 기이한 식물학자인 샘에게 데려가지만, 진저는 자신을 이상한 사

람으로 몰아간다며 화를 낸다. 그리고 점점 그녀는 알 수 없는 무언가에 의해 내면에 잠재되었던 성적 본능과 살인 본능에 휩싸이고, 그녀 주변에는 서서히 죽음의 공포가 감돌기 시작한다.

지금까지 나왔던 수많은 늑대 인간 영화들은 주로 남자 늑대 인간을 다루었다. 여자 늑대 인간이 나오긴 했어도 대부분 곁다리였으며, 단독 주연은 더더군다나 전무후무했었다. 하지만 이 영화에서는 막 초경을 시작하는 순수한 10대 소녀 늑대 인간을 과감하게 주인공으로 내세우고 있다. 그런 의미에서 이 영화는 공포 영화의 명작 중 하나인 『캐리(Carrie, 1976)』와 궤를 같이 한다고 말할 수 있을 것이다.

두 작품은 똑같이 늦은 나이에 초경을 시작하는 소녀를 등장시킨다. 그리고 외톨이 사춘기 소녀의 정신적 불안과 거기에서 파생되는 이상한 초능력에 대해서 다루고 있다. 소녀에서 어른으로 변화되어가는 과정을 초능력이나 변신으로 표현한 일종의 끔찍한 성장 동화라고도 할 수 있는 것이다.

2000년 캐나다 토론토 영화제에서 캐나다 영화상을 수상한 이 작품은, 그 후 2편과 3편이 연이어 만들어졌다. 할리우드 영화처럼 정교한 특수 효과는 아니지만, 그것을 덮고도 남을 배우들의 연기와 감독의 연출력이 아주 맛깔스러운 흡인력을 발휘한다. Movie

늑대 인간 영화 중에서 굉장히 영성적인 영화 한 편이 있어 소개한다. 「When A Child Is Born」이라는 주제곡으로 더 유명한 『나자리노(Nazareno Cruz Y El Lobo, 1974)』라는 작품이다. 마치 파우스트와 메피스토펠레를 표현한 듯, 늑대 소년으로 변하는 소년과 악마의 거래를 보여주며 관객에게 사랑에 대한 철학적인 질문을 던지고 있다.

아르헨티나에는 옛날부터 늑대에 관한 전설이 내려오는데, 일곱 번째로 태어나는 아이는 보름달이 뜰 때 늑대 인간이 된다는 것이었다. 가난한 소 치는 집안에서 일곱 번째로 태어난 소년 나자리노(Juan Jose Camero)는 매달 보름달이 뜨는 밤이면 늑대가 되는데, 이 끔찍한 숙명을 도저히 벗어날 길이 없다.

나자리노는 마을의 아름다운 소녀 그리셀다(Marina Magali)와 사랑하는 사이인데, 어느 날 악마가 나타나 나자리노에게 제안을 하나 한다. 그토록 사랑하는 그리셀다를 포기하면 늑대 인간이 되는 저주도 풀어주고 많은 돈도 주겠다는 것이었다. 귀가 솔깃한 이 제안에 소년은 얼마나 심적인 갈등을 겪었겠는가? 하지만 나자리노는 악마의 제안을 거절하고 사랑을 선택한다.

악마의 유혹과 시험을 물리친 그는 결국 늑대 인간이 되는데, 마을 사람들은 늑대를 잡기 위해 은으로 만든 총알로 사냥을 시작하고, 그 늑대가 나자리노임을 알게 된 그리셀다는 사람들의 총을 대신 맞고 처참하게

『나자리노(1974)』

죽어간다. 더 이상 살아갈 이유가 없어진 나자리노 역시 은 총알 세례를 맞고 지긋지긋한 저주의 삶을 마감하고는 그리셀다와 함께 천국으로 향한다. 이때 악마는 나자리노에게 "천국에 들어가거든 하나님에게 나를 구원해달라고 부탁 좀 해주게"라고 말을 하면서 묘한 여운을 던진다.

이 장면 말고도 악마는 이 영화에서 굉장히 인간적인 모습을 보여주는데, 나자리노의 이해할 수 없는 행동에 대해 고뇌하던 악마는 쓸쓸히 돌아서며 자신의 시종 악마에게 "사랑이 도대체 뭐길래 그러지?"라고 묻는다. 아무리 천변만화千變萬化를 부리는 대단한 악마일지라도 궁극의 깨달음인 '사랑'을 이해하지 못하면 영원히 구원받을 수 없다는 영성적 메시지를 남겨주고 있는 것이다.

영화의 내용과 더불어 좀처럼 접할 수 없는 아르헨티나의 이국적 분위기와 음울한 화면, 그리고 한 번 들으면 절대 잊을 수 없는 아름다운 음악으로 인해 더욱 애잔한 슬픔을 전해주는 웰메이드 늑대 인간 영화이다.

늑대 인간의 역사

'늑대 인간' 하면 무엇이 떠오르는가? 둥글게 떠오른 보름달, 그들을
죽일 수 있는 은으로 만든 탄환, 아침 숲 속에서 발견되는 벌거벗은 사람,
손바닥에 그려진 별 표시 등등 그동안 우리들이 공포 영화나 소설에서 숱
하게 봐왔던 이미지들이 가장 먼저 생각날 것이다.

이러한 늑대 인간 이야기는 사람들이 사는 곳이면 어디서든 발견되는
공통된 전승 설화 중 하나인데, 동양보다는 서양, 그중에서도 슬라브로
대표되는 동유럽 지역에서 집중적으로 전해져 왔다. BC 5세기 그리스의
유명한 역사가 헤로도토스가 그의 저서 『역사』 제4권에서 슬라브 지방에
는 일 년에 한두 차례 늑대로 변신하는 종족이 살고 있다고 지적한 것으
로 보아 그 기원이 상당히 오래된 것을 알 수 있으며, 이것을 후세의 사가
史家들은 '늑대제' 라고 이름 붙였다. 아직도 세르비아와 크로아티아에서
는 이 늑대제의 변형으로서 크리스마스에 젊은이들이 늑대로 변장하거나
늑대 모형을 가지고 집집마다 돌아다니는 풍습이 있다고 한다.

늑대 인간을 지칭하는 말로 '라이칸드로프 Lycanthrope' 라는 말이 있는

데, 이것은 늑대를 나타내는 그리스어 'Lycos'와 인간을 뜻하는 'Anthropos'가 합쳐진 말이다. 또 다른 단어인 웨어울프Werewolf는 고대 게르만어의 Wer(인간) 또는 라틴어의 Vir(인간)와 늑대(wolf)를 합성한 것이다. 프랑스에서는 늑대 인간을 '루가루Loupgarou'라고 부르는데, 동구권은 아니지만 여타 서구권보다 많은 전설이 전해 내려오고 있다.

원래 늑대는 인간에게 신성시되는 동물 중 하나였다. 수렵 생활을 통해 보고 들은 늑대의 날렵함과 엄청난 힘은 언제나 인간들에게 동경의 대상이었기 때문이다. 그러나 수렵 생활이 끝나고 소나 양 같은 가축을 기르는 정착 생활이 시작되면서 인간과 늑대는 앙숙이 되어갔다. 지키려는 자(인간)와 뺏으려는 자(늑대)의 대립은 급기야 늑대를 악마 같은 존재로 인식하게 만들었으며, 16세기에 불어 닥친 마녀사냥의 또 하나의 희생축이 되었다.

기록에 의하면 그때 당시 늑대 인간에 대한 재판 기록은 3만여 건에 달할 정도였으며, 늑대 인간으로 오해받아 붙잡힌 사람들은 마녀들과 마찬가지로 불에 태워지거나 극심한 고문 끝에 교수형을 당했다고 한다.

흡혈귀와 늑대 인간은 형제지간

최근에 비롯된 이야기 중 흡혈귀와 늑대 인간은 서로 못 잡아먹어서 안달인 천적이라는 말이 있는데, 이것은 『언더월드(Underworld, 2003)』나 『반 헬싱(Van Helsing, 2004)』 같은 영화들의 영향인 듯하며, 오히려 흡혈귀와 늑대 인간은 여러 면에서 그 기원이 비슷하기까지 하다. 특히 남쪽

슬라브 지방에서는 이 두 괴물을 동일시하였으며, '늑대 가죽을 입은 것'을 의미하는 'Vukodlak'는 흡혈귀의 또 다른 이름이기도 하다. 그리고 생전에 늑대 인간으로 변신하던 마법사는 죽어서 흡혈귀가 된다는 믿음 또한 민간에 널리 퍼져 있다.

늑대 인간과 흡혈귀는 변신하기 전의 인간 모습 또한 매우 흡사했다. 양 눈썹이 서로 길게 이어져 있고 사람의 모습이지만 평상시 손톱이 동물처럼 날카롭다는 점, 뾰족하면서도 작은 귀, 손바닥에 난 털 등, 늑대 인간의 손이 중지보다 검지가 더 길다는 점만 빼놓고는 둘은 너무나 똑같은 특성을 보이고 있다. 이 또한 늑대 인간과 흡혈귀의 친족 관계를 반증하는 예이다.

가능하다는 것이 가장 큰 차이점이다. 또한 늑대 인간은 해가 뜨면 사람으로 돌아오지만, 자신이 살인을 했는지 인육을 먹었는지, 늑대 인간으로 변신했을 때의 기억은 모두 잃어버린다. 이런 점으로 인해 영화 속에서 늑대 인간은 흡혈귀보다 열등한 괴물로 묘사되고 있는 것이다.

늑대 인간이 되는 경로와 물리치는 방법

늑대 인간들은 보통 때는 인간과 똑같이 살지만 밤이 되면 늑대로 변신을 하는데, 완전히 늑대로 변신하는 종류도 있으며 그냥 사람의 온몸에 털이 돋고 이빨이 나오는 종류도 있다. 어느 것이든 간에 한 번 늑대로 변하면 성격이 굉장히 난폭해져서 통제할 방법이 없어지며, 이들에게 물린 사람은 반드시 늑대 인간이 되었다고 한다.

유럽 전역에는 크리스마스 밤에 태어난 성직자의 사생아가 늑대 인간이 된다는 믿음이 널리 분포되어 있었으며, 특히 동슬라브에서는 생전에 늑대로 변신한 일이 있는 주술사가 사후에 늑대 인간이나 흡혈귀가 된다고 생각하였다. 이탈리아에서는 초승달 무렵에 임신을 하거나 보름달이 뜬 금요일에 집 밖에서 성교를 하면 늑대 인간이나 흡혈귀가 태어난다고 믿어왔다. 아일랜드에서는 신앙심의 부족으로 성 패트릭의 노여움을 산 어떤 집안사람 전부가 성자의 저주를 받아 7년마다 한 번씩 늑대 인간으로 변했다고 하는데, 이것은 기독교가 그만큼 사람들을 갈취하고 못살게 굴었다는 상징적인 표현으로 해석되어진다.

또 다른 전설에서는 늑대가 물을 마신 개천에서 사람이 물을 마시거나 미친 늑대에게 물리면 저주를 받게 된다고 하는데, 꼭 늑대 인간으로 변신하지 않더라도 변변한 치료약도 없던 시절에 늑대에게 물리는 것 자체가 이미 재앙이나 다름없었을 것이다.

늑대꽃이라 불리는 '바곳'을 먹으면 늑대 인간으로 변한다는 얘기도 있는데, 바곳은 일명 '투구꽃'이라고도 불리며, 한의학에서는 부자附子를 뜻한다. 부자는 사형수들에게 내리는 사약의 원료일 정도로 굉장한 맹독 성분을 가지고 있는데, 이것을 먹으면 사람은 당연히 죽게 되었을 것이고 죽기 전까지 너무나 고통스러워 늑대 인간처럼 울부짖고 입에 거품을 물었을 것이다. 아마 이것을 보고 사람들이 늑대 인간의 저주라고 했었던 것 같다.

늑대 인간이 되는 방법만큼이나 늑대 인간을 퇴치하는 방법 역시 그다지 신빙성 있지는 못했던 것 같다. 늑대 인간이 되기 전에 부르던 그 사람의 세례명으로 이름을 부르면 꼼짝 못한다는 얘기도 있으며, 그리스도 예수의 이름 역시 늑대 인간을 움츠러들게 만드는 효과가 있다고 하지만 치명적이지는 않았다. 가장 확실한 퇴치법은 목을 자르거나 은으로 만든 총알로 쏘는 것인데, 그 은 탄환은 교회의 은 십자가를 녹이거나 성수로 세례를 받은 은으로 만들어야만 확실한 효과를 볼 수 있었다고 한다.

늑대 인간에 대한 병리학적인 분석

그러나 이쯤에서 우리는 늑대 인간에 대한 또 다른 목소리에 귀 기울일 필요가 있다. 늑대 인간 증상은 실제가 아니라 '병病'이라는 주장이 바로 그것이다.

역사적으로 늑대 인간에 대한 기록은 심심치 않게 발견되곤 하는데, 『박물지(博物誌, Pliny Natural History)』로 유명한 로마의 역사가 플리니우스는 그의 저서 『자연사(自然史)』에서 늑대 인간에 대해 언급하며 '낭광狼狂 lycanthropy' 이라는 병에 대해 말하고 있다. 이 병을 앓는 환자는 자신이 늑대라고 생각하며 성격이 늑대처럼 흉포해지고 날고기를 먹으려 든다는 것이었다.

그리스신화와 기독교 성경에서도 낭광증과 관련된 이야기가 거론되고 있다. 신들의 왕 제우스(Zeus)가 자신을 시험하기 위해 인육을 먹이려고 한 아카디아의 왕 리케이온(Lycaon)을 벌할 때 그를 늑대로 만들었다는 얘기가 전해지고 있으며, 성경의 다니엘서에서도 예루살렘을 정복한 바빌론 왕 느부갓살 2세(Nebuchadnezzar Ⅱ BC 604~561)가 7년 동안 낭광증 때문에 고통을 받았다고 한다. 이처럼 낭광증은 전 세계에 걸쳐 다양한 전설과 종교 이야기에 드러나고 있음을 알 수 있다.

16세기 이탈리아에서는 자신이 늑대라는 망상에 빠진 사람이 자신은 늑대인데 털이 안으로 나 있기 때문에 피부가 매끄럽다고 얘기하자, 그의 환상을 깨주기 위해서 사지를 잘라 보여주었으나 자신이 늑대라는 믿음을 버리지 않은 채 죽었다는 이야기가 있다. 1275년에 안젤라 드 라 바르트(Angela de la Barthe)라는 여인은 자신이 반은 늑대이고 반은 뱀인 동물을 낳았으며, 인간의 아기들을 훔쳐서 자기 아이에게 먹였다고 말했다는 종교 재판 기록도 있다.

또한 1598년 서부 프랑스에서는 늑대 인간 가족이 발견되었는데, 이들은 '셍프 끌로드의 늑대 인간' 이라는 3남매(1남 2녀)로 알려졌다. 그중 페로넷(Peronette)이라는 여자는 낭광증으로 인한 히스테리를 앓고 있었으며, 나중에 그들 가족은 모두 화형을 당했다. 그 시대를 거슬러 올라가 직접 확인할 수는 없지만 정신과 의사들 대부분은 이들이 낭광증에 걸린 것이 아니었을까 하는 의견을 내놓고 있다.

낭광증의 원인은 아직까지 정확하게 밝혀지지 않았지만, 그것은 아마도 스트레스와 관계있는 듯하다. 사회적 약자인 대다수의 평민들은 귀족과 성직자들의 폭압에 시달린 나머지 크고 작은 스트레스를 받으며 정신 질환을 앓고 있었으며, 심한 사람들은 그동안 잠재되어 있던 공격성이 표출되는 경우가 많았다. 그리고 여기에 자신을 늑대와 동일시하는 증상이 덧붙여지게 된 것이다.

인구가 급속도로 증가하면서 숲이 사라지기 전까지 숲은 그 자체로서 인간에게 악마적인 공포심을 안겨주었으며, 숲 속에서 가장 무서운 동물인 늑대 역시 그 강력한 힘으로 인해 두려움과 함께 부러움의 대상이기도 했다. 그랬기에 자신을 숲의 제왕인 늑대와 동일시하려고 했다는 설이 전혀 무리한 설명은 아닐 거라고 본다. 또한 주변에서 그런 낭광증 환자를 계속 보면 사람들은 차츰 공포심을 갖게 되었을 것이므로, 늑대 인간에 대한 집단적 히스테리가 발생한 것은 어쩌면 당연한 일이었을지도 모르겠다.

늑대로 변한다는 낭광증 말고도 각종 다양한 동물로 변한다고 믿는 사람들은 수없이 존재했다. 아프리카 지역에서는 주로 표범이 그 역할을 담당했으며, 아시아에서는 호랑이가, 스칸디나비아 지역에서는 곰으로 변한다는 정신 질환을 앓는 이들이 있었다. 이들은 자신들이 동물이라 믿으며 생피나 생살을 먹었다고 하는데, 그런 상태를 총괄하여 '수화망상증獸

化妄想症'이라고 부른다. 철학자 칼 야스퍼스(Karl Jaspers)와 정신 분석학자 칼 융(Carl Jung) 역시 수화망상증에 관심을 갖고 연구를 하기도 했는데, 서구에서 낭광증이 거의 사라지게 된 원인 중 하나는 늑대들이 멸종된 것과 관련 있을 것이라는 슬픈 연구 보고가 있기도 하다.

세계에 분포하는 늑대 관련 설화

유럽 쪽에서는 늑대에 관하여 안 좋은 인식이 널리 퍼져 있었는데, 이것은 특히 북유럽신화에 나오는 신과 거인의 최후 전쟁인 라그나뢰크 Ragnarök에서 세상을 파멸로 몰고 간 여러 늑대에서 기인한 듯하다.

신들을 몰살시킨 장본인은 '로키(Loki)'라는 거인이었다. 그는 신은 아니었으나 최고의 신 오딘과 의형제를 맺은 후 신들과 친하게 되었다. 그러나 원래 성격이 사악한지라 자꾸 말썽을 일으키자 신들에 의해 감금당하는데, 이에 앙심을 품고 거인족과 괴물들을 동원해 커다란 전쟁을 일으키게 된다. 이때 등장하는 괴물 늑대가 바로 로키의 자식인 펜리르 Fenrir이다. 입을 열면 위턱과 아래턱이 하늘과 땅까지 닿고 눈과 코에서 불을 내뿜는 무시무시한 형상인데, 너무나 흉포한 나머지 신들조차도 무서워하여 마법의 족쇄를 채워놨을 정도였다. 결국 펜리르는 신들의 제왕인 오딘을 한입에 삼켜 먹어버리고 만다.

북유럽신화에는 또 하나의 무서운 괴물 늑대가 등장하는데, 바로 지옥을 지키는 가름 Garm이다. 자기가 죽인 자들의 피를 가슴에 묻힌 채 지옥의 입구에 다가오는 자들을 가차 없이 쫓아내는 역할을 맡았던 가름은 라그나뢰크 때 펜리르와 함께 세상을 멸망시키는 역할을 한다.

펜리르와 가름을 말하면서 빼놓을 수 없는 신이 있다. 바로 튀르(Tyr)이다. 그는 북유럽신화에서 외팔을 가진 신으로 묘사되는데, 이것은 신들이 펜리르를 속여서 잡아 묶으려고 할 때 의심하는 펜리르를 안심시키기 위해 그가 담보로 한쪽 팔을 그 늑대의 입 안에 넣었다가, 계략을 알아차린 펜리르에게 먹혀버렸기 때문이다. 또한 튀르는 라그나뢰크 때 가름과 싸워 가름을 죽이고는 자신도 장렬하게 전사했다.

이들 외에도 태양을 쫓는 '스콜Skoll' 이라는 괴물 늑대도 있는데, 태양이 하늘을 급하게 가로 질러 가는 것은 이 늑대 때문이며 언젠가는 태양을 삼켜 버릴 것이라고 전해진다. 이 정도면 북유럽 사람들이 늑대에 관해 품게 되는 원초적인 공포심이 조금은 이해가 될 것이다.

다른 유럽 지역을 둘러봐도 늑대에 관한 공포심은 비슷하다. 러시아와 폴란드 등지에서는 나쁜 마술사들이 결혼식장에 모인 사람들 전원을 늑대로 만들어버렸다는 얘기가 전해져 오고 있는데, 영화 『늑대의 혈족』엔 이러한 장면이 그대로 등장한다. 자신들을 언제 공격할지 모른다는 두려움을 항상 안고 살았다는 증거이다.

심지어 영국에서는 왕과 관련된 늑대 인간 이야기도 등장한다. 13세기 초에 잉글랜드를 지배했던 폭군 존이 늑대 인간이었다는 전설이 그것이다. 살아생전에도 워낙 피를 좋아하여 그런 소문이 있긴 했지만, 죽은 후에까지도 그런 의심은 가시질 않았던 모양이다. 하지만 존 왕의 사후에 그의 묘지에서 소리가 난다는 신고를 받은 성직자들이 늑대 인간이 된 존 왕을 두려워하여 그의 시체를 꺼냈기에 그의 무덤은 전해지지 않고 있다고 한다.

서양에 전해져 내려오는 책 중에 『마신록(魔神錄)』이라는 것이 있는데, 거기에는 '마르쇼시아스Marchocias'라는 괴물이 등장한다. 굶주린 늑대의 형상에 날개와 뱀 꼬리를 가지고 있으며, 입에서는 불을 뿜는다고 한다. 인간으로 변신할 때에는 검은 턱수염을 기르고 빛나는 왕관을 쓴 왕족의 모습으로 나타나는데, 원래는 신을 보좌하던 좌천사座天使 혹은 주천사主天使 계급이었다고 전해진다. 후에 솔로몬 왕에 의해 갇혀버리는 72마신 중의 하나이기도 하다.

늑대 인간 설화는 비단 유럽에만 있었던 것이 아니다. 각종 괴물들이 범람하는 중국에도 늑대 괴물이 있었다는 자료가 있다. 이름하야 '야구자野狗子'라는 괴물인데, 머리는 큰 들개나 늑대의 모양을 하고 있고 몸은 사람의 형상을 한 괴물로, 주로 사람의 뇌를 파먹고 살았다고 한다. 신선한 먹잇감을 얻기 위해 시체가 널브러진 전쟁터나 무덤 등지에 서식했는데, 죽은 사람의 뇌만 먹는 것이 아니기에 산 사람 역시 희생양이 되었다고 한다.

야구자와 관련된 설화가 『요재지이(聊齋志異)』에 등장하고 있어서 잠깐 소개해보도록 하겠다.

1661년 청나라 초기에 '우칠(于七)'이라는 사람이 반란을 일으켜 큰 난리가 일어났는데, 이때 반란군 중 한 명인 이화룡(李化龍)이 관군을 피해 도망치다가 시체 더미 속에 숨게 되었다고 한다. 그런데 갑자기 주변에 있던 시체들이 벌떡 일어나더니 허둥지둥하다가 쓰러졌는데, 왜 그런가 봤더니 야구자가 나타나서 시체들의 골을 파먹으려고 하니까 시체들이 피하려고 했던 것이었다. 이화룡은 너무 무서워서 시체 속에 얼굴을 파묻고 덜덜 떨고 있었는데, 야구자가 이화룡의 냄새를 맡고 달려드는 순간

주위에 있던 돌을 들어 대가리를 내려쳤더니 비명 소리를 내지르며 도망갔다고 한다. 정신을 차리고 주변을 보니 반 척(약 15cm) 정도 되는 날카로운 이빨이 떨어져 있었다고 한다.

괴물에 관한 한 중국을 능가하는 일본 역시 각종 늑대 관련 설화가 전해 내려온다. 대표적인 것으로 구빈拘賓이 있는데, 서양의 늑대 괴물처럼 악한 짓을 하지는 않지만 야산에 숨어 살면서 산에 올라오는 사람들에게 말을 걸거나 큰 나무가 쓰러지는 소리를 내서 놀래주는 정도의 장난을 쳤다고 한다.

일본 효고 지방에서 주로 나타났던 늑대 괴물 중엔 '오쿠리이누送り犬'라는 녀석이 있다. '이누犬'라고 표기를 했지만 개보다는 훨씬 큰 늑대의 형상이었다고 전해진다. 밤중에 사람이 산길을 걸으면 뒤를 계속 쫓아오는데, 사람이 넘어지면 갑자기 달려들어 습격을 했다고 한다. 그렇지만 오쿠리이누가 모두 위험한 것은 아니었다. 그중에는 오히려 산속의 짐승들로부터 사람을 보호해주는 놈들도 있었는데, 무사히 집에 도착하면 주먹밥을 만들어서 짚신과 함께 놔주면 잘 먹고 돌아갔다고 한다. 비슷한 늑대 요괴로 '마치이누待ち犬'라는 것도 있는데, 산길을 걸어가는 사람을 기다리다가 머리 위를 휙휙 건너뛴다고 한다.

일본 고치高知 현에는 '오시로게노오카미大白毛の狼'라는 무서운 식인 늑대 인간이 살고 있었다는 전설이 있다. 어느 남자가 숲 속을 걸어가는데 늑대들이 여자를 둘러싸고 으르렁거려서 그중에서 가장 크고 흰털이 난 늑대의 머리를 칼로 내리쳤다고 한다. 나중에 산을 내려와 마을에 있는 대장간을 갔는데 그 집의 노모가 자신이 상처 입힌 것과 똑같은 자리를 다쳐서 누워 있는 것을 보고 이상한 생각이 들어서 베어 죽였더니, 노

파는 없어지고 그 자리에 흰털 늑대가 나타났으며, 마루 밑에서 사람 뼈가 끝도 없이 쏟아져 나왔다고 한다.

원조 『빨간 망토』 이야기의 섬뜩함

전설 외에 동화 속에도 늑대와 관련한 여러 가지 이야기들이 전해 내려오고 있다. 『아기 돼지 삼형제와 늑대』도 있고 『늑대와 일곱 마리 염소』, 『피터와 늑대』 같은 동화 역시 빼놓을 수 없다. 그중에서도 가장 유명하고 섬뜩한 동화가 바로 『빨간 망토』 이야기일 것이다.

사실 『빨간 망토』에 등장하는 늑대 자체는 그렇게 무섭지 않다. 오히려 귀여운 구석을 가지고 있다. 꼬마 아가씨의 꾀에 어수룩하게 잘도 넘어가 끝내는 뱃속에 돌을 잔뜩 집어넣은 채 죽거나 뜨거운 국물이 담긴 말구유 속에서 죽기 때문이다. 하지만 유럽에서 원래 전해 내려오는 『빨간 망토』 이야기는 해피엔딩도 아닐 뿐더러 망토 소녀를 둘러싼 배경은 더욱 무시무시하다.

할머니를 잡아먹은 늑대에게 빨간 망토가 "할머니 이빨은 왜 그렇게 날카로워요?"라고 하자 "너를 잡아먹기 위해서지"라고 대꾸하며 날름 잡아먹었다는 버전도 있으며, 늑대를 잡은 사냥꾼이 빨간 망토에게 "사실은 너의 부모와 마을 사람들이 늑대에게 너를 제물로 받치려고 보낸 것이야"라고 말을 하자, 할머니 집에 있던 도끼를 빼어 들고는 마을로 돌아와 부모를 찍어 죽이고 마을 사람들을 도륙 냈는데, 그때 쓰고 있던 흰 망토에 튀겨진 빨간 피 때문에 그 후로 그녀를 빨간 망토라고 불렀다는 섬뜩한 버전도 있다.

그림 형제 동화나 페로 동화가 어린이들에게 충격이 덜 가도록 각색을 해서 그렇지, 이처럼 원작 이야기들은 상당히 끔찍하거나 허무한 내용을 담고 있다. 알고 보면 늑대 인간보다 더 무서운 소녀 아닌가! 예나 지금이나 어리다고 10대들 잘못 건드리면 큰일 난다.

참고 문헌 및 사이트

『전율의 괴기인간』 | 다니엘 파아슨, 우주문명사, 1983

『식인문화의 수수께끼』 | 한스 아스케스, 청하, 1995

『퇴마록 해설집』 | 이우혁, 들녘, 1995

『상대적이며 절대적인 마법의 백과사전』 | 까트린 끄노, 열린책들, 1997

『그림형제 동화전집』 | 그림 형제, 현대지성사, 1999

『세상에서 가장 사랑받는 200가지 이야기』 | 조안나 코울, 현대지성사, 1999

『고통받는 몸의 역사』 | 자크 르 고프 · 장 샤를 수르니아자크르고프, 지호, 2000

『판타지의 주인공들』 | 다케루베 노부아키, 들녘, 2000

『신비동물원』 | 이인식, 김영사, 2001

『환상동물사전』 | 구사노 다쿠미, 들녘, 2001

『요정과 전설의 섬 브리튼으로의 여행』 | 모리타 지미, 푸른길, 2002

『늑대 인간』 | 지그문트 프로이트, 열린책들, 2004

『페로 동화집』 | 샤를 페로, 노블마인, 2005

『뇌의 기막힌 발견』 | 스티븐 후안, 네모북스, 2006

http://www.monsterlandtoys.com

http://www.prairieghosts.com

http://ladyofspiders.wordpress.com

제6장

시체의 인권은 보장받을 수 없는가

좀비 1

다양한 좀비 영화의 분류

　　　　　　　무언가에 물려 사람이 아닌 다른 존재
가 되어버린다는 설정은 오래 전부터 내려오던 유서 깊은 공포
의 근원 중 하나였다. 이런 장르의 큰 형님 격인 흡혈귀는 문학과 영화
를 통해 그동안 수도 없이 소개되어 독자와 관객들을 공포에 떨게 만들었
고, 늑대 인간 역시 자신만의 독특한 야수성을 내세우며 많은 팬을 확보
하고 있는 스타 괴물이다.

　그러나 이들의 아성을 뒤흔들고 새로운 왕좌를 넘보는 부류가 있었으
니, 살아 있는 시체라 일컬어지는 좀비zombi가 바로 그들 되시겠다. 등장
한 시기는 흡혈귀나 늑대 인간보다 다소 늦지만, 이들에게는 '빠른 번식
력'이라는 커다란 장점이 내재되어 있었다. 흡혈귀에게 피를 빨린다 해도
짧게는 며칠, 최대 몇 주간은 유예기간이 있으며, 늑대 인간 역시 물린 후
일정 시간이 지나고 나서 보름달이 뜨는 밤에만 활동이 가능하다.

　하지만 좀비는 물리는 즉시 똑같은 좀비로 변하여 끝없는 증식을 반복
하는 속성을 지니고 있다. 그것은 마치 끊임없이 자가 복제를 하는 암세
포 같은 이미지를 관객들에게 전달해준다. 증식의 끝을 알 수 없는 무한
공포인 셈이다. 더불어 좀비 관련 영화 역시 좀비의 속성을 그대로 닮아
서인지, 지금까지 전 세계적으로 제작된 좀비 영화가 수백 편에 달할 정
도로 놀라운 증식 속도를 자랑한다.　이런 좀비 영화는 크게 세 가지 부류
로 나뉜다. 첫째는 『새벽의 저주(Dawn Of The Dead, 2004)』같은 정통 좀
비Original Zombi 영화이며, 두 번째는 공포에 코믹적인 요소를 집어넣은 좀

비 영화로 일명 스플래터 좀비Splatter Zombi이다.

　세 번째는 공포 외에 더럽고 구질구질한 느낌까지 주어 구토를 유발하게 하는 영화들이다. 주로 이탈리아 감독들이 이런 영화를 만들기에 '스파게티 웨스턴'을 본떠 '스파게티 호러'라고 하며, 좀비 영화에 적용하여 '스파게티 좀비물Spaghetti Zombi'이라고 한다. 자세한 설명은 뒤에서 다시 다루기로 하겠다.

부두교와 관련된 초창기 좀비 영화

　최초의 좀비 영화는 드라큘라 백작으로 유명한 배우 벨라 루고시(Bela Lugosi) 주연의 『화이트 좀비(White Zombie, 1932)』라는 영화로, 미국 브로드웨이에서 상연된 『좀비(Zombie)』라는 제목의 연극에서 아이디어를 얻어 빅터 할페린(Victor Halperin) 감독이 만든 작품이다.

『화이트 좀비(1932)』

　아이티 섬으로 신혼여행을 온 부부는 배에서 알게 된 농장주의 저택에서 머물게 되는데, 신부의 미모에 혹한 농장주는 흑심을 품고 부두교 마법사에게 부탁해서 그녀를 좀비로 만들어 성 노리개로 삼을 궁리를 한다.

그래서 독약으로 여자를 가사 상태로 만든 뒤 몰래 빼돌려 마법사 집으로 옮겼는데, 마법사마저 그녀의 미모에 마음을 빼앗겨 오히려 농장주까지 독약을 먹인 후 좀비로 만들게 된다.

한편 비탄에 빠진 남편은 그 섬에 있던 선교사의 도움을 받아 마법사의 집에 도착하는데, 마법사는 자신이 조종하는 좀비들을 풀어서 이들과 한 판 대결을 펼친다는 내용이다.

저예산으로 만들어진 영화인지라 영화의 배경과 소품을 『드라큘라(1931)』와 『프랑켄슈타인(1931)』의 것을 그대로 사용한 장면이 많지만, 벨라 루고시의 미치광이 연기와 그 당시로서는 꽤 잘 표현된 좀비 분장으로 인해 매력적인 영화로 탄생되었다. 좀비 영화 역사에 있어서 매우 의미 있는 작품이라 아니할 수 없다.

그 뒤 제작된 자크 투르네(Jacques Tourneur) 감독의 『나는 좀비와 함께 걸었다(I Walked With A Zombie, 1943)』는 부두교 관련 영화 중 최고의 걸작으로 평가받는 작품이다. 물론 요즘처럼 엽기적인 좀비들이 출현하여 피범벅 된 화면을 보여주는 것은 아니지만, 솔직히 말해 필자는 『레지던트 이블(Resident Evil, 2002)』 같은 어정쩡한 좀비 영화보다 훨씬 흥미롭고 재미있게 이 작품을 관람했다. 치정에 얽힌 수준 높은 추리극이라고나 할까? 일단 이야기를 재구성해보면 다음과 같다.

간호사 코넬 베시는 서인도제도의 한 섬으로 들어가 홀랜드 집안의 개인 간호사로 근무하게 된다. 그 집에는 씨 다른 형제 둘이 있는데, 형인 폴 홀랜드와 동생인 웨슬리 홀랜드는 서로를 경멸하며 지내고 있었다. 또한 두 형제의 어머니인 랜드 부인과 폴의 아내 제시카도 함께 살고 있었는데, 베시가 할 일은 열병을 앓은 뒤 몽유병자처럼 흐느적거리며 지내는 제시카를 돌보는 일이었다.

베시는 제시카를 간호하면서 그 집안의 형제들과도 교류를 나누게 되는데, 어느 새 형인 폴을 마음속 깊이 사모하게 되었고, 밖으로 드러내고 싶지 않은 집안의 비밀까지 듣게 된다. 그 비밀이란, 한때 형수인 폴의 아내와 동생 웨슬리가 사랑에 빠져서 도망칠 궁리

『나는 좀비와 함께 걸었다(1943)』

까지 했는데, 그녀가 갑자기 아픈 바람에 모든 계획이 엉클어지고 동생은 알코올중독자가 되어버렸다는 것이다. 폴 역시 사랑하는 아내의 배신으로 우울증에 빠져 있었고, 두 형제는 한 여자를 사이에 둔 채 언제 터질지 모르는 일촉즉발의 상황에 놓여 있었다.

폴은 그럼에도 불구하고 간호사까지 고용하여 자신의 아내 제시카를 정성껏 돌보고 있었는데, 베시는 사랑하는 남자를 기쁘게 해주기 위해 제시카의 병을 꼭 고치고 말겠다는 결심을 한다. 정말 눈물겨운 순애보가 아닐 수 없다.

하지만 온갖 치료로도 차도를 보이지 않자 베시는 마지막 수단으로 그섬의 토속신앙인 부두교에 의지하기로 하고 제시카를 부두교 마법사에게 데리고 가는데, 놀랍게도 그 마법사의 집에는 형제의 어머니 랜드 부인이 있었다. 정황을 알고 보니 랜드 부인은 자신의 아들들을 이간시킨 사악한 며느리를 벌주기 위해 마법사를 통해 그녀를 좀비로 만들었던 것. 충격에 빠진 베시는 제시카를 데리고 다시 집으로 돌아오는데, 곧이어 부두교에서 보낸 좀비가 집안으로 난입하는 사건이 벌어지면서 사건은 비극적인

결말을 맞게 된다.

　이 작품에서는 실제 부두교 사제가 직접 감수하고 지도한 부두교 의식의 생생함이 살아 숨 쉬고 있다. 그들의 기이한 춤과 몸짓, 부적과 각종 장신구들을 보는 것만으로도 관객들은 이국적인 공포감에 흠뻑 젖어들게 되며, 부두교 마법사가 부리는 흑인 남자 좀비의 리얼한 분장과 행동은 "이것이야말로 오리지널 부두교 좀비구나"라는 탄성을 자아내게 한다. 멀리서 울리는 부두교 의식의 북소리가 당신의 오감을 자극하리라 확신하는 초창기 좀비 영화의 정수이다.

좀비의 제왕 조지 로메로 감독의 3부작

　우리의 기억 속에 각인된 전형적인 좀비를 논하는 데 있어서 절대 빼놓을 수 없는 감독과 작품이 조지 로메로(George Andrew Romero)의 초창기 시체 3부작이다. 이것을 보지 않고 좀비 영화를 논한다는 것은 목탁 없이 염불하는 것이나 진배없다. 기본을 착실히 다지지 않으면 뭘 해도 발전이 없는 법이며 그것은 영화 관람에 있어서도 마찬가지다. 특히 조지 로메로의 시체 3부작은 뒤에 나오는 거의 모든 좀비 영화에 영향을 미쳤다고 할 만큼 영화 역사적으로 중요한 작품들이므로, 다른 영화들보다 좀 더 주의 깊게 살펴볼 필요가 있겠다.

말은 시체 3부작이라고 했지만 이들 영화들의 스토리가 이어지는 것은 아니다. 다만 조지 로메로 감독이 말하려고 하는 세계관과 의미가 서로 공통된다는 점에서 편의상 그렇게 묶은 것이라고 보는 것이 더 정확하겠다.

『살아 있는 시체들의 밤(1968)』

첫 번째 작품은 1968년에 제작된 흑백영화 『살아 있는 시체들의 밤(Night of the Living Dead, 1968)』이다. 제목부터 뭔가 무시무시하지 않은가?

하지만 제목 못지않게 이 영화가 대단한 점은, 기존의 좀비 영화들은 반드시 부두교와 연관된 좀비의 이미지를 그려왔지만 이 영화는 부두교와 연관시키지 않은 새로운 좀비 유형을 탄생시켰다는 데 있다. 부두교 마법사가 나오는 것도 아니고 좀비들이 얼굴에 흰 칠을 하지도 않는다. 그냥 무덤에서 벌떡 벌떡 일어나서 사람들을 공격하는 것이다.

이 영화에서는 좀비가 생겨난 배경을 방사능 누출 때문이라고 얘기한다. 미국에서 금성으로 우주선을 발사했는데 이상한 방사선 물질을 묻히고 지구로 귀환하는 바람에 미사일로 격추를 시켰고, 그 폭발로 우주선 잔해가 여기저기 흩어지며 죽어 있는 시체들을 일으켜 세운다는 것이다. 방사선은 시체들의 뇌에 작용하여 이상행동을 일으키기 때문에 좀비들을 죽이기 위해서는 머리에 총을 쏘거나 아예 불에 태워버리는 수밖에 없다는 얘기도 덧붙인다.

얘기만 들어도 알 수 있듯이 우리가 익히 알고 있는 현대 좀비 영화의 기본 요소가 이 작품에서 모두 탄생했다고 봐야 한다. 그리고 이러한 설정은 시리즈를 더해 갈수록 더욱 정묘해지며 후대 좀비 영화의 교과서 같은 역할을 한다.

여기에 나오는 좀비들은 요새 보는 좀비들처럼 스피디하지 않고 포악스럽지도 않다. 그저 본드 마신 동네 양아치들같이 건들거리면서 느릿느릿 걸어 다닐 뿐이다. 맘만 먹으면 신혼여행에서 돌아온 새색시들도 한복 차려 입고 좀비 한두 명은 쉽게 해치울 수 있을 정도로 어리바리한 녀석들이다.

그렇다면 도대체 뭐가 문제란 말인가? 좀비 몇 명이야 대수가 아니지만 어디서 나타나는지도 모르게 순식간에 그 숫자가 열 명이 되고 백 명이 되는 기하급수적인 증식, 바로 이것이 좀비가 가지고 있는 공포의 실체인 것이다. 매에는 장사 없듯이, 여럿이 달려들어 몰매를 가하면 천하장사 이만기가 아니라 삼만기라도 그걸로 끝이다. 순식간에 팔다리가 찢겨 나가고 좀비들은 맛있게 순대 파티를 한다. 보고 있으면 군침이 돌 정도로 복스럽게들 드신다.

세 명의 남자와 세 명의 여자 그리고 어린 소녀는 이런 좀비들을 피해 외딴집에 모여든다. 어려울 때일수록 힘을 합쳐야 하거늘 사사건건 부딪히며 아수라장을 연출하고, 몇 번의 탈출 시도가 실패하자 구성원들은 거의 패닉 상태에 이르러 좀비가 습격하는 상황에서도 서로가 서로를 죽이는 난장판이 펼쳐진다.

조지 로메로가 창조해낸 좀비 영화 원칙 중 가장 대표적인 것이 바로 이 부분이다. '정작 무서운 것은 좀비가 아니라 사람이다' 라는 이 제1 원칙은 수많은 좀비 영화들의 기본 플롯으로 자리매김할 정도로 빼놓을 수 없는 요소가 되어버렸다. 이것이 오리지널의 힘이요, 위대함이다.

이 작품은 후에 로메로 감독의 시체 시리즈 2편과 3편의 특수 효과를 담당했던 톰 사비니(Tom Savini)가 감독을 맡아 1990년에 같은 제목으로 리메이크되기도 했다. 오리지널 영화에다가 삭제된 장면 몇 개를 가져다 붙이고 편집을 바꾼 30주년 기념판이라는 것도 있는데, 안 보는 것이 오히려 낫다는 평이 지배적이다.

시리즈 두 번째인 『시체들의 새벽(Dawn of the Dead, 1978)』은 1편과는 완전히 분위기가 다른 영화이다. 로메로 감독의 영리함이 발휘되었다고나 할까. 대개의 경우 1편이 성공을 거두면 2편 역시 그 비슷한 풍으로 만들다가 폭삭 망하는 것이 일반적인 수순인데, 로메로 감독은 용케 그 덫을 피해 갔던 것이다.

일단 영화에 흐르는 기본 분위기부터 다르다. 1편의 첫 장면을 보라. 안개 끼고 음산한 공동묘지의 느낌이 끝까지 이어지지만 2편은 전혀 그렇지 않다. 폭주족까지 등장할 정도이다.

배경 역시 차별화를 선언했다. 1편의 시간적 배경은 제목처럼 대부분 깜깜한 오밤중이다. 게다가 흑백필름으로 찍었기에 아침이라 하더라도 비주얼적으로는 큰 차이가 나지 않는다. 하지만 2편의 배경은 역시 제목에서도 알 수 있듯이 태양 빛이 들어오는 시간들이거나 인공조명이 가득한 쇼핑센터가 주를 이루고 있다.

메시지 또한 대상이 달라졌다. 1편이 베트남전의 음울한 후유증과 무분별한 과학 발전에 대한 경고였다면,

『시체들의 새벽(1978)』

2편은 사치스러운 자본주의에 대한 비판이라고 할 수 있다.

좀비들을 피해 달아난 사람들은 현대 물질문명의 모든 것이 살아 숨 쉬는 백화점 쇼핑센터로 도망쳐 들어오게 된다. 그리고 좀비들 역시 네온사인이 번쩍거리고 음악이 흐르는 쇼핑센터 안을 어기적거리며 걸어 다닌다. 로메로 감독은 이런 연출을 통해 현대인들의 소비 중심적인 문화를 통렬하게 비꼰다. '죽어서도 쇼핑센터를 걸어 다니는 너희들은 살아 있었을 때도 사실 좀비 같은 녀석들이었다' 는 메시지를 은연중에 관객들에게 날리고 있는 것이다.

2편에서도 역시 '진짜 적은 좀비가 아니라 사람들이다' 라는 구도는 이어진다. 쇼핑센터를 먼저 점령한 온건파에 이어 그 쇼핑센터를 장악하려는 폭주족들이 들이닥치게 되고, 그 와중에 좀비까지 떼로 몰려든다. 아군이나 적군의 의미가 무색해지는 아비규환의 현장이다.

이 작품으로 인해 로메로식 좀비 영화는 완전히 틀을 잡게 되고 좀비시장의 주류로 급부상한다. 이탈리아에서는 이 작품이 『좀비(Zombie)』라는 제목으로 개봉되었는데, 스파게티 호러의 달인 루치오 풀치(Lucio Fulci) 감독이 자신의 좀비 영화를 『좀비 2(Zombi 2, 1979)』라 이름 지어 개봉할 정도로 그 당시 신드롬은 막강했다. 2004년에는 잭 스나이더(Zack Snyder) 감독에 의해 같은 제목으로 리메이크되기도 했는데, 한국에서는 『새벽의 저주』라는 이름으로 개봉되었다.

세 번째 작품 『시체들의 날(Day of the dead, 1985)』에 나오는 세계는 좀비들로 인해 완전히 고립된 모습을 보여준다. 그래도 전작들에서는 TV를 통해서나마 외부와의 소통이 가능했지만, 이번에는 완전한 고립이다. 살아남은 극소수의 인간들만이 어느 이름 모를 지하 군사기지에 거주하며

생활하고 있는데, 그 벙커에서는 과학자
들이 좀비의 생태를 연구하며 각종 실험
을 벌이고 있고, 군인들은 그 벙커의 관
리 및 보안을 담당하고 있는 상황으로
설정되어 있다.

『시체들의 날(1985)』

지하 벙커의 유일한 여자이자 영화의
주인공인 사라는 흡사 『에이리언(Alien,
1979)』의 여주인공 리플리를 연상케
할 정도로 남성들을 압도하는 힘을 보여준다. 그녀에
게는 기지를 지키는 군인 중 한 명인 '미구엘'이라는 애인이 있는데 그는
고립 생활을 견디지 못해 정신병을 앓고 있다. 군대의 지휘자 로저 대위
는 그녀의 일에 사사건건 트집을 잡는 동시에 과학자들을 무력으로 지배
하려고 하는데, 로저 대위가 뱀처럼 교활하고도 강압적으로 지하 기지를
장악해나가는 장면은 마치 군사 정권 시대의 암울함을 연상시킬 정도로
관객을 살 떨리게 한다.

역시 조지 로메로 좀비 영화의 특징은 여기서도 반복되는데, '진짜 적'
은 좀비가 아니라 서로를 못 잡아먹어서 안달인 '인간'들이라고 할 수 있
다. 외부로부터의 지원이 전혀 없는 현실, 철저한 고립 상황에서 인간이
선택할 수 있는 행동은 그리 많지 않다. 폭력과 성욕으로 점철된 지배와
피지배 관계 그리고 그에 대한 저항과 대치만 있을 뿐이다.

이 영화를 빛내는 또 하나의 축은 과학자와 좀비와의 소통이다. 인간과
인간끼리도 대화가 안 통하는 절망의 상황에서, 극중 등장하는 로건 박사
는 '버브'라고 불리는 좀비와 놀라운 소통을 나누고 있다. 좀비의 뇌를

해부하여 야수성을 담당하는 부분만 제거하면 충분히 교육시키고 상황을 인지하게 할 수 있다는 이론을 내세워 '프랑켄슈타인'이라는 별명으로 불리는 로건 박사는 여러 차례에 걸쳐 좀비를 대상으로 실험을 해오고 있었는데, 그렇게 해서 최종적으로 탄생한 것이 바로 '버브'라는 이름의 좀비였다.

로건 박사는 좀비들도 살아생전의 최소한의 기억은 가지고 있다는 것을 알아내고는, 마치 사육사가 돌고래들에게 서커스를 시키고 고등어를 던져주듯이 좀비에게도 시체들의 살점을 포상으로 던져준다. 그러나 정확한 상벌 체계만 있으면 좀비를 인간의 충실한 종으로 만들 수 있다는 주장을 군인들에게 펼쳐온 로건 박사는 결국 로저 대위에게 죽음을 맞게 되고, 자신의 아버지 격인 박사의 시체를 확인한 버브는 묘한 울부짖음을 토해낸 채 복수의 칼날을 들게 된다.

후반부에 펼쳐지는 버브와 로저 대위의 대결은 이 영화의 하이라이트라고 할 수 있는데, 『시체들의 날』이 여러 좀비 영화 중에서 가장 뛰어난 작품이라 추앙받는 점이 바로 이 부분이다. 일반적인 영화에서도 다루기 힘든 인간에 대한 철학적 고찰을 좀비 영화 속에서 녹여냈다는 것은 토끼가 물속에서 별주부를 끌고 나온 시추에이션만큼 혁명적이다. 거기에다가 만화 같은 CG가 아닌 현실감 짙은 특수 효과로 만들어내는 끔찍하고도 놀라운 영상은 어디 한 군데 흠 잡을 구석이 없을 정도이다.

인간의 본성에 대한 고찰과 파괴적인 현대 문명을 신랄하게 비판한 이 영화는 좀비 영화 팬이라면 반드시 보고 가야 할 필수 과목 같은 영화다. 2008년에 스티브 마이너(Steve Miner) 감독에 의해 『데이 오브 더 데드 (Day Of The Dead, 2008)』라는 동명의 영화로 리메이크되었다.

　　　　　　　한동안 좀비 영화 장르는 조지 로메로 의 그늘을 벗어나지 못하고 있었던 것이 사실이다. 물론 빛나는 고 전은 오래도록 추앙받는 것이 당연하겠지만, 안일함 속에서 반복되는 복 제는 마치 근친상간을 하듯 유전자의 질이 현저하게 떨어지는 결과를 낳 기도 한다. 좀비 영화가 아무리 많이 나왔어도 사람들의 뇌리에 남는 영 화가 많지 않은 것은 그러한 이유 때문이다.

지금부터 소개하는 영화들은 그런 면에서 기존의 작품들보다 훨씬 진 화된 양상을 보여주는 작품들이라고 할 수 있다. 전형적인 좀비 영화의 공식을 따르지 않고 구성과 영상 면에서 새로운 모습을 보여주고 있으며, 공포 이외에 인간의 심층적인 문제들을 불편할 정도로 건드려 관객과의 보다 진솔한 소통을 시도하고 있다.

분노 바이러스가 점령한 사회 『28일 후』

문제는 성욕이었다. 대니 보일(Daniel Boyle) 감독의 『28일 후(28 Days Later, 2002)』는 고립된 공간에 남녀가 뒤섞여 있다면 결국 모든 문제는 성 욕과 종족 보존의 문제로 귀결되고 말 것이라는 내용을 아주 극명하게 잡 아내고 있다.

교통사고를 당해 의식을 잃고 병원에 실려 갔던 짐(Cillian Murphy)은 잠 에서 막 깨어난다. 그러나 병원 그 어디에도 사람의 흔적은 보이지 않고, 도시 어느 곳에서도 인간의 기척을 느낄 수 없다는 사실에 절망한다.

『28일 후(2002)』

하지만 어둠이 내리자 좀비들이 공격을 시작하고, 죽음의 위기에 몰렸던 짐은 정체 모를 흑인 여자 셀레나(Naomie Harris)의 도움으로 피신을 하게 된다. 그녀에게 들은 말은 충격적이었다. 그가 의식이 없던 사이, 환경 단체가 동물 실험실을 급습하여 실험용 원숭이들을 빼내려고 하던 와중에 '분노 바이러스'에 감염된 원숭이가 탈출하여 28일 만에 세상을 완전히 좀비 천지로 만들어버렸다는 것이다.

두 사람은 우여곡절 끝에 또 다른 생존자 부녀를 만나게 되고, 라디오 무선 전파에서 흘러나오는 군부대 방송을 듣고는 무작정 그곳으로 길을 떠난다. 여러 고비를 넘겨 군부대에 도착한 일행은 한숨을 내쉬지만, 그곳에선 좀비들이 우글대는 바깥세상보다 더 살벌한 풍경이 펼쳐진다. 알고 보니 책임자인 헨리 소령은 남자 군인들만 우글대는 이곳에 종족 번식소를 만들려는 목적으로 살아남은 여자들을 유인하기 위해 허위 무선 전파를 계속 띄워 보냈던 것.

이 사실을 안 짐은 자신과 함께 온 여자들을 구하기 위해 여러 명의 군인에 혈혈단신으로 맞서 싸우는데, 여기에 좀비들까지 침투하여 아군과 적군이 없는 무규칙 이종 격투기 전쟁이 펼쳐진다. 좀비 영화답지 않게 귀에 익숙한 아름다운 음악들이 영화 전편에 흐르고, 인간과 성욕에 관한 진지한 고찰을 느끼게 하는 웰메이드 영화이다.

극한 상황에서 사랑의 본질을 묻다 『28주 후』

우리는 누군가에게 사랑을 속삭일 때 "죽어도 사랑해", "너 대신 죽을 수도 있어"라는 말을 하곤 한다. 하지만 과연 그 말이 진심이라는 것을 증명할 수 있을까? 본인 스스로도 믿지 못하는 말을 던지고 있는 것은 아닌지 의구심을 가져본 적은 없는가? 만일 그것을 증명할 상황이 당신에게 닥친다면? 후안 카를로스(Juan Carlos) 감독의 영화

『28주 후(2007)』

『28주 후(28 Weeks Later, 2007)』는 이 질문에 대해 선뜻 대답을 망설이는 관객들을 잔인할 정도로 다그치는 영화라고 할 수 있다.

영화가 시작되면 한 부부가 저녁 식사를 준비하고 있는 장면이 보인다. 다정스럽게 대화를 나누던 남녀는 서로 키스를 하며 사랑을 속삭인다. 하지만 그것도 잠시, 좀비들이 쳐들어와 집 안을 쑥대밭으로 만들고는 급기야 여자에게 달려드는데, 도와달라는 아내의 외침 소리를 뒤로 하고 남편은 문을 닫고 밖으로 도망을 친다. 구사일생으로 안전지대에 들어간 남편은 수학여행을 떠났던 아이들과 상봉을 하게 되고, 엄마의 죽음에 대해 '어쩔 수 없었음'을 변명하며 눈물을 흘린다. 그토록 사랑한다고 말해왔던 아내에 대한 자신의 비겁한 행동을 차마 아이들에게 전할 수 없었던 것이다.

엄마를 그리워하던 아이들은 사진이라도 가져오기 위해 안전지대를 몰래 빠져나가 자신들이 살던 집으로 가게 되는데, 놀랍게도 그곳에서 진짜

자신들의 엄마를 발견하게 된다. 군인들에 의해 실려 온 엄마는 여러 가지 검사를 받게 되는데, 그녀는 좀비에게 물려도 바이러스는 가지고 있되 발병하지 않는 선천성 백신 보유자이며 그녀의 아이들 또한 백신 보유자임이 밝혀진다.

한편 자신의 아내가 살아 있다는 소식을 들은 남편은 병실로 찾아가 자신의 잘못을 뉘우치며 키스를 나누는데, 남편의 비열한 행동을 용서할 수 없었던 아내는 키스를 하며 남편에게 자신의 바이러스를 전달한다. 몸에 이상 징후를 느낀 남편은 고통으로 몸부림치지만, 바이러스는 이미 온몸에 퍼진 상태. 평화롭기만 하던 안전지대에는 비상이 걸리고 좀비로 변한 남자와 그 남자가 물어 죽인 시체들이 또다시 좀비로 변하며 영국은 다시 아수라장으로 변한다. 그리고 마지막 희망인 백신 보유자 아이들을 안전하게 피신시키려는 두 군인의 처절한 사투가 이어지면서 영화는 엔딩을 향해 간다.

극한 상황에서 인간이 얼마나 무기력하고 비겁한 존재인지를 여실히 보여주는 비정한 장면이 시종일관 보는 이의 양심을 짓누르는 걸작 좀비 영화이다.

다큐멘터리 형식의 생생한 좀비 살육 현장 『알. 이. 씨』

스페인에서 만들어진 자움 발라구에로(Jaume Balaguero) 감독의 영화 『알.이.씨(Rec, 2007)』는 마치 우리가 좀비들의 인간 사냥 한복판에 와 있는 듯한 느낌을 받게 만드는 독특한 영화이다.

제목 『알.이.씨』는 비디오 녹화할 때 쓰는 그 레코드RECORD 버튼을 뜻한다. 한 방송사의 카메라 기자와 리포터가 우연히 좀비의 출몰 지역에 들어가게 되고, 어쩔 수 없이 그 상황에 말려들어 끔찍한 현장을 카메라에 담게 된다는 설정이 너무나 기발하다.

리얼 다큐 프로그램의 리포터 안젤라 (Manuela Velasco)는 카메라 기자와 함께 소방관들의 24시간을 담기 위해 소방서에 방문한다. 한창 촬영을 하고 있는데 갑자기 비상 출동 상황이 발생하고, 방송에서 보여줄 '거리'가 생겼다

『알.이.씨(2007)』

고 좋아하며 소방관들을 따라 나서지만 그때까지만 해도 그 길이 지옥의 입구일 줄은 상상도 하지 못한다.

현장에 도착하자마자 미친 듯이 달려드는 노인에게 공격을 당하고, 건물 안에 심상치 않은 일이 벌어지고 있다는 것을 느낀 일행은 서둘러 그곳을 떠나려 하지만, 이미 모든 출입구는 당국의 폐쇄 조치로 막혀 있는 상태였다. 사람들이 우왕좌왕하는 동안에도 계속해서 뭔가에 전염된 사람들이 하나 둘씩 좀비로 변해서 공격을 하고, 아직 물리지 않은 사람들은 생존을 위해 필사적으로 건물 안을 벗어나려 한다.

카메라 기자와 리포터는 그 와중에도 프로 근성을 발휘하여 이 살 떨리는 참극의 현장을 계속해서 녹화하는데, 어느덧 그들에게도 피할 수 없는 죽음의 공포가 서서히 다가오고 있었다. 숨 막힐 듯 생생한 현실감을 느끼고 싶다면 강력 추천하는 영화다.

영화 속 오컬트 분석

좀비와 부두교는 사악함의 상징인가

좀비는 사실 영화 속에서 묘사된 것처럼 무섭고 간악한 존재가 아니라 죽고 싶어도 죽지 못하는 불쌍한 녀석들이다. 왜냐하면 좀비에 대한 여러 설을 종합해 보건대, 그들은 전염에 의해서가 아니라 약물 중독에 의한 강제적 신체 강탈을 당한 자들일 가능성이 크기 때문이다.

좀비가 세상에 널리 알려지기 시작한 것은 윌리엄 시브룩(William Seabrook)이 쓴 부두교 Voodoo 관련 저서 『매직 아일랜드(The Magic Island)』가 1929년에 발표된 후였다. 시브룩은 부두교 주술 연구를 하는 모험가이자 괴이한 행동을 일삼는 기인이었는데, 자신의 집 주변에 있는 여자들을 데리고 와서는 홀딱 벗기고 끈이나 사슬로 묶은 후 사진을 찍었으며 일설에 의하면 가끔 사람 고기를 먹기도 했다니, 어떻게 보면 그가 부두교와 좀비에 관한 책을 쓴 것은 당연한 일이라고 볼 수도 있을 것이다.

이러한 부두교에 대한 관심은 그 당시 유럽에 유행하던 카니발리즘 cannibalism, 식인 문화과도 연관이 있다. 유럽 사람들이 직접 인육을 먹은 것은 아니지만 아프리카나 남미로부터 들어온 이국적인 흑인 문화에 열광

하는 사람들이 많았기에 그들의 토착 종교인 부두교 역시 지대한 관심을 받게 되었다.

하지만 있는 그대로 받아들인 것이 아니라 유럽 문화의 우월성을 전제로 왜곡된 시각에서 받아들였기에 지금까지도 좀비와 부두교는 소설이나 영화 속에서 사악한 종교의 대표 주자로 여겨지는 경향이 있다. 사실 따지고 보면 서양 사람들이 예수를 믿듯이 그들 역시 나름대로의 생활 밀착형 종교를 믿었던 것뿐이며, 실제로도 이 부두교는 아이티를 비롯한 서인도제도 사람들의 정신적 해방구 역할을 하고 있는 것은 물론 식민지 노예 해방 투쟁에서도 지대한 역할을 담당했었다.

부두교는 현재 아프리카와 서인도제도, 브라질과 미국 등지에서 5천만 명 가량의 신도를 보유하고 있는데, 이는 결코 적은 숫자가 아니며 우리들이 알고 있는 것보다 훨씬 광범위한 영향력을 행사하고 있다.

흔히들 부두교의 발생지가 '아이티 Haiti' 라고 알고 있지만, 역사를 따지자면 원래 서아프리카 다호메 Dahomey, 현 Benin 공화국를 중심으로 퍼진 소규모의 조상 숭배 종교였다. 그런데 16~19세기에 걸쳐서 서양인들이 흑인들을 납치하여 아이티로 팔아 거기서 다시 유럽과 미국 등지로 보내 강제 노역을 시키자, 노예로서의 힘든 생활을 견디기 위한 수단 중 하나로 신앙이 더욱 조직화되고 체계화되었던 것이다.

흑인 노예들의 제2의 고향이라 할 수 있는 카리브해의 작은 국가 아이티는 일찍이 프랑스의 식민지 지배를 받았던 나라였다. 그런데 16세기부터 다수의 아프리카인들이 이곳으로 팔려와 노예 생활을 하기 시작했다. 그 와중에 아프리카 토착 종교와 가톨릭, 아메리카 인디언 신앙과 해적들의 바다 신앙 등이 결합되어 부두교라는 종교가 탄생하기에 이른다. 그리고 이렇게 탄생한 부두교 마술사가 행하는 흑마술 중의 하나가 바로 '좀비 만들기'인 것이다.

실존했던 부두교의 좀비 만들기

'부두VOODOO'라는 단어는 서아프리카어로 '영혼'이라는 뜻에서 유래한 말이다. 부두교에는 지옥이 따로 존재하지 않고 대신 죽은 자의 영혼이 다른 사람의 몸속으로 전해져 되살아난다고 믿었는데, 이런 원리로 삶과 죽음의 순환을 설명하고 있다.

이러한 모든 것을 관장하는 신 또는 정령을 '로아Loa'라고 하는데, 지방에 따라서 유일신으로 추앙받는 곳도 있고 다수의 신으로 모셔지기도 한다. 마치 기독교에서 신을 뜻하는 '엘로힘ELOHIM'이 단수로도 쓰이고 복수로도 쓰이는 것과 같다. 유일신으로 모시는 곳에서는 우주를 창조하고 모든 것을 통치하는 최고의 존재로 여기고 있으며, 다신교에서는 여러 만물에 스미어 있는 정령을 뜻한다.

부두교에는 이러한 정령을 모시는 사제가 존재하는데, 남자 사제는 '호웅간Houngan'이라 하며 여자 사제는 '맘보Mambo'라고 한다. 이들은 부두교의 여러 의식을 집행하며 형벌까지 관장하고 있는 절대적 존재들인데, 특히 좀비를 만들어낼 수 있는 능력을 겸비하고 있다.

'Zombie'라는 단어는 뱀의 영혼을 뜻 하는 'Zumbi'에서 왔는데, 사실 우리들은 좀비를 '되살아난 시체'로 알고 있지만 부두교 교리상으로는 마음과 감정을 주관하는 영체를 뜻하며, '모든 인간의 신체에 깃들여 있는 영혼' 이란 뜻으로 쓰이고 있는 단어이다. 부두교 사제가 죽은 자의 좀비영혼를 빼내어 다른 시체에 빙의시켜 일으켜 세운 것을 보고 "좀비가 살아났다"고 얘기한 것이 마치 그 시체가 다시 살아난 것처럼 와전된 것 이다. 그러므로 우리가 알고 있는 좀비의 원래 의미는 좀비, 즉 영혼이 빙 의된 시체 정도로 이해하면 될 것이다.

이러한 좀비는 주술형 좀비와 형벌형 좀비로 나뉘는데, 주술형 좀비는 누군가의 요청으로 만들어지며 형벌형 좀비는 부두교의 교리를 어긴 죄인에 대한 대가성 형벌로 만들어진다.

일단 그 대상으로 지목이 되면 그 사람의 집에 마술사가 가게 되는데, 해가 진 후 말을 뒷걸음질 치게 하여 그 집 앞에 당도한다고 한다. 그 후 그 집의 문틈에 입술을 대고 피해자의 영혼을 빨아들여서 병 속에 가두면 수일 내에 그 사람은 시름시름 앓다가 죽어버린다. 그러면 마술사는 시체가 매장된 그날 자정에 묘지로 가서 관 뚜껑을 열고 피해자의 이름을 부르고, 영혼을 저당 잡힌 죽은 자는 어쩔 수 없이 일어나게 된다. 마술사는 재빨리 영혼이 들어 있는 병을 시체의 코끝에 들이대는데, 이렇게 하면 비로소 시체에게 약간의 생기가 돌게 된다.

일어난 시체를 데리고 제일 처음 가는 곳은 그 사람의 집이다. 시체가 자기 집을 알아보는지에 대한 일종의 테스트인 것이다. 그것이 확인되면 마술사는 부두교의 사원으로 끌고 가서 어떤 약을 먹이는데, 그 약을 일명 '좀비 파우더zombie powder'라고 부른다. 그 약의 주성분은 흰독말풀이라든지 미치광이풀 그리고 복어의 독인 테트로도톡신tetrodotoxin이라고 알려져 있다. 그 외에도 두꺼비의 독, 자귀나무 분말, 노래기 말린 것, 타란툴라tarantula 거미의 독, 옻나무 종류인 캐슈Cashew 등을 섞어 제조하는데, 그 약을 먹은 좀비는 살아 있지도 않고 죽어 있지도 못하는 혼수상태에 빠져 마술사가 시키는 대로 강제 노역을 하거나 섹스의 대상으로 전락하고 만다는 것이다.

좀비 상태로부터 풀려날 수 있는 방법은 마귀를 쫓는 비방의 상징인 소금을 핥아먹게 하는 방법이 일반적인데, 좀비 된 자가 소금을 먹으면 자신의 처지를 알아차리고 묘지로 돌아가 편안한 안식을 하게 된다고 한다.

좀비 형벌을 당한 사람들은 살아 있지만 의지가 없고 고통을 느껴도 표현을 하지 못한다. 밥은 죽 같은 것만 먹는데 소금을 먹으면 약효가 떨어지기 때문에 소금을 안 넣은 음식만 먹었다고 한다.

백인들 역시 이러한 부두교 마술이 무서웠지만 자신들의 농장 관리에 좀비들이 도움이 되기 때문에 어느 정도는 모른 체하고 눈 감아줬다고 한다. 그러다가 노예 해방운동과 부두교가 결탁하게 되어 투쟁적인 성격으로 변하자, 백인들은 부두교가 사람을 죽이고 시체를 조종하고 식인을 하는 악마적 종교라고 매도하여 탄압하기에 이른다. 이러한 사실은 선교사인 존 테밀턴과 인류학자 웨드 데이비스 등이 남긴 기록에 자세히 나와 있다.

부두교가 사탄의 종교로 알려진 데는 목각 인형에 옷을 입혀 바늘로 찔러대는 부두 인형Voodoo Dolls의 영향도 크다. 부두 인형은 노예들이 갖고 있던 '보치오 bochio'라는 나무 조각상에서 유래한다. 2006 한일 월드컵 때, 한국과 경기를 벌였던 아프리카 토고가 경기 전날 축구 골대 근처에 목각 인형 몇 개를 파묻어 물의를 일으켰는데 그것이 바로 보치오였다.

노예의 주인들은 보치오의 힘을 두려워했고 심지어 보치오를 갖고 있는 노예를 죽이기까지 했다. 그래서 노예들은 보치오에 헝겊으로 옷을 입혀 몰래 지니기 시작했고, 이것이 오늘날의 부두 인형과 같은 형태로 발전했다. 하지만 원래 부두 인형은 저주의 목적보다는 기를 모아 사람을 치료하기 위해 만들어진 것이었다.

좀비가 관광자원이 되는 아이러니

부두교와 좀비를 연구하는 학자들은 이러한 얘기 모두를 신봉하지는 않는다. 다만 좀비를 만들 때 쓰이는 독극물이 어떤 식으로든 좀비의 상태와 밀접한 관련이 있을 것으로 생각하는데, 실제로 테트로도톡신을 비롯한 몇 가지 독극물 성분은 신경의 신호 전달 기능을 방해하기 때문에 복용하면 손발을 잘 움직일 수 없게 되고, 혀끝이 마비되어 말도 못하게 되며, 술 취한 듯 비틀거리면서 걷는 등 영화 속의 좀비와 비슷한 증세가 나타난다.

하지만 그것이 사실이든 아니든 아이티에서는 자기 가족의 시체가 마술사들에게 넘어가 이러한 고초를 치르지 않게 하기 위해, 시체를 커다란 묘석 밑에 매장한다거나 자기 집의 뜰에 안장하기도 하고 사람들이 많이 지나다니는 길가에 무덤을 만들기도 한다. 묘석을 마련할 돈도 없고 널찍한 뜰도 없는 가난한 자들은 아예 시체를 푹 썩혀서 매장하는 비방을 행하기도 했다고 한다.

그런데 흥미로운 사실은 아이티의 형법 제246조에 이러한 좀비에 관한 사항이 있다는 것이다. 그 문구는 다음과 같다.

'약물 사용에 의하여 사람을 죽게 하지는 않았을지언정 어느 기간 동안 사람을 혼수상태로 만들었을 경우에는 살의가 있었던 것으로 간주한다. 그 약물의 사용법이 어떤 방법이었든지 간에 피해자가 혼수상태에 빠진 후 매장되었다면 그 약물 사용은 살인으로 간주한다.'

이 법조문에서 추론할 수 있는 사실은 아이티에선 이미 오래 전부터 이러한 좀비 문제가 심심치 않게 일어나고 있었다는 것이며, 이 주술을 이용하여 지능이 낮은 사람이나 폐인들을 부려 먹는 사례가 비일비재했었음을 알려주는 반증이라 할 수 있겠다. 하지만 그토록 비인간적이라고 매도되던 부두교의 좀비 의식이 오늘날에는 가난한 아이티를 먹여 살리는 관광자원으로 활용되고 있으니, 이 또한 인간사의 또 다른 아이러니가 아니겠는가.

참고 문헌 및 사이트

『전율의 괴기인간』 | 다니엘 파아슨, 우주문명사, 1983

『퇴마록 해설집』 | 이우혁, 들녘, 1995

『부두교 : 왜곡된 아프리카의 정신』 | 라에네크 위르봉, 시공사, 1997

『상대적이며 절대적인 마법의 백과사전』 | 까트린 끄노, 열린책들, 1997

『욕조 속의 세 사람』 | 바바라 포스터, 세종서적, 1998

『소환사』 | 다카히라 나루미, 들녘, 2000

『상식의 오류사전 3』 | 발터 크래머, 괴츠 트랭클러, 경당, 2001

『신비동물원』 | 이인식, 김영사, 2001

『소금 : 인류사를 만든 하얀 황금의 역사』 | 마크 쿨란스키, 세종서적, 2003

『파리에 가면 키스를 훔쳐라』 | 존 백스터, 푸른숲, 2007

http://www.webster.edu/~corbetre/haiti/voodoo/voodoo.htm

제7장

무덤 속에서 되살아난 시체, 언데드

좀
비
2

공포와 코믹의 결합, 스플래터 좀비 영화

'스플래터Splatter'라 하면 한국말로 액체나 걸쭉한 것이 철퍽거리며 튄다는 뜻이다. 이 뜻이 공포 영화에 쓰여 '스플래터 무비Splatter Movie'라는 말이 생겨났는데, 공포 영화에서 철퍽거리며 튀는 게 과연 뭐가 있을까 생각해보시라. 피 아니면 내장이나 골수 같은 것들 아니겠는가? 얘기만 들어도 소름이 돋고 등골이 서늘해지는 상상들이다.

그런데 단지 잔혹한 신체 파괴 행위가 있다고 해서 다 '스플래터 무비'라고 하는 것이 아니다. 그러한 신체 파괴 영화는 따로 '고어 무비Gore Movie'라고 불리며, 표현 수위가 아주 심한 영화들은 '하드 고어Hard Gore'라고 불리기도 한다. 이러한 고어적 성향에 코미디적 요소가 가미되어야 비로소 '스플래터 무비'라고 얘기하는데, 그중에서도 코믹 요소가 섞인 잔혹한 좀비 영화를 일컬어 '스플래터 좀비Splatter Zombie'라고 한다. 다음에 소개하는 영화들은 너무 심각한 좀비 영화를 못 보겠다는 분들이 워밍업하시기에 안성맞춤인 영화들이다.

참고로 '슬래셔 무비Slasher Movie'라는 것도 있는데, 살인마가 등장하여 칼로 베거나 도끼로 찍거나 가위로 잘라내는 장면이 주로 등장하기에 영어 단어 '슬래시Slash'를 차용하여 생긴 말이다. 『13일의 금요일(Friday The 13th, 1980)』이나 『스크림(Scream, 1996)』같은 영화들이 전형적인 슬래셔 무비라고 보면 된다.

걸쭉한 피의 향연 『데드 얼라이브』

각설하고, 스플래터 좀비 영화의 대표
작이라 할 수 있는 피터 잭슨(Peter
Jackson) 감독의 『데드 얼라이브(Dead
Alive, 1982)』는 좀비의 속성을 바탕으로
코믹 요소를 듬뿍 첨가하여 제작된 변
칙 좀비 영화라고 할 수 있다.

코믹스럽다고 해서 결코 이 영화를
우습게 볼 일이 아니다. 영화 안에서
쏟아지는 피와 살점들은 역대 최고의

『데드 얼라이브(1982)』

물량이라 할 정도로 구역질 나는 장관을 연출하기 때문. 일설에 의하면
이때 쓰인 가짜 혈액이 3천 리터라고 하니 그 시각적 효과가 얼마나 대단
했을지 짐작할 수 있을 것이다.

게다가 피터 잭슨이 누구던가? 영화로 제작되기엔 불가능하리라 여겨
졌던 톨킨(John Ronald Reuel Tolkien)의 소설 『반지의 제왕(The Lord of
The Rings)』 시리즈를 멋들어지게 만든 뛰어난 감독 아니던가? 우리는 이
영화 『데드 얼라이브』를 통해 그런 천재적인 감독의 젊은 시절 재기를 마
음껏 엿볼 수 있으며, 그 뒤에 나온 그의 영화들과의 연관성을 되짚어보
는 흥미로운 영화 속 여행도 떠날 수 있게 된다.

너무 직설적인 이름이라 오히려 웃음을 자아내는 수마트라의 해골 섬
Skull Island에서 한 마리의 기이한 원숭이가 뉴질랜드로 반입된다. 동물원에
갇히게 된 그 원숭이는 이 영화의 주인공 라이오넬(Timothy Balme)의 어
머니를 물게 되고, 그 노파는 결국 좀비로 변한다. 그 뒤 치료를 하러 왔던

간호사와 묘지의 불량배 청년들까지 감염이 되고, 그렇게 감염된 그들에 의해 파티장에 왔던 사람들도 물리면서 좀비의 수는 점점 더 늘어난다.

그런데 이해 못할 일은 바로 주인공 라이오넬의 행동이다. 그는 어려서부터 마마보이로 커왔는데, 어머니가 죽어서 좀비가 된 후에도 그 어머니 곁을 떠나지 못하고 돌본다는 설정이다. 심지어는 그 어머니가 전염시킨 다른 좀비들까지 집구석으로 끌어들여 밥까지 해 먹인다. 기가 차서 웃음밖에 안 나오는 장면이다.

그가 좀비에게 할 수 있는 유일한 처방은 동물 신경 안정제를 사와서 몸속에 주입시켜 더 이상 소란을 피우지 못하게 하는 것뿐이었는데, 사태를 더 이상 확대시키지 않고 이대로 묻어두려는 그런 소극적인 행동은 나중에는 오히려 걷잡을 수 없는 혼란을 야기하는 원인이 된다.

주인공은 어떻게 해서든지 그 혼란을 정리해야 하는 동시에 뿌리 깊게 박힌 마더 콤플렉스mother complex도 벗어나야 한다는 두 가지 미션을 수행해야 한다. 때문에 이 영화는 유약하고 소심해 보이는 한 남자가 어떤 식으로 어려움을 극복하고 성장해가는지에 대한 통과의례通過儀禮적 작품이며, 어른이 되기 위해서 겪어야 하는 성장통成長痛에 관한 영화라고도 할 수 있다.

너무나 끔찍하고 경악스러운 장면이 많은지라 국내에는 20분가량이 삭제된 채 비디오로 출시되었다. 그러니 이왕 보실 분은 공포 영화 동호회라든지 기타 어둠의 경로를 통해서 104분짜리 원본을 구해서 보시라 말씀드리고 싶다. 무엇을 상상하든 여러분들이 상상하는 그 이상의 피비린내를 보장한다.

고품격 좀비 코미디 『새벽의 황당한 저주』

필자가 좀비 영화를 추천할 때 항상 빼
놓지 않는 영화 중 하나가 바로 에드가 라
이트(Edgar Wright) 감독의 『새벽의 황당
한 저주(Shaun Of The Dead, 2004)』라는
영화이다.

『새벽의 황당한 저주(2004)』

한국식으로 '황당하게' 붙인 제목만
보면 조지 로메로의 시체 시리즈 중 한
작품인 『새벽의 저주(Dawn Of the
Dead)』를 패러디한 3류 쓰레기 영화쯤
으로 오해할 수도 있겠지만, 이 작품은 역대 어느 좀비 영화보다도 큰 감
동과 재미 그리고 볼거리를 안겨주는 최고의 작품이다. 원제의 이름을 보
면 짐작할 수 있겠지만, 이 작품은 전자 제품 대리점 점원인 숀Shaun을 주
인공으로 해서 그 주변에서 펼쳐지는 인간 갈등과 좀비에 대한 공포를 진
지하면서도 코믹하게 버무려놓은 영화이다.

여자 친구에게 차인 숀(Simon Pegg)은 친구 애드(Nick Frost)와 진탕 술
을 퍼마신 후 잠이 들었는데, 그들이 잠든 사이 온 나라가 좀비 세상으로
변해버리고 말았다. 이런 상황을 모르는 숀은 좀비들이 우글거리는 거리
를 지나 해장용 음식을 사오기도 하고 좀비에게 말을 걸기도 하는데, 자
신의 집 마당에 좀비들이 쳐들어온 후에야 TV 뉴스를 켜고 사태의 심각
성을 알게 된다.

숀은 의붓아버지와 함께 사는 엄마 그리고 헤어진 여자 친구를 각각 구
해올 시나리오를 짜고는 친구 애드와 함께 실행에 옮기는데, 뭐 하나 제

대로 한 것 없이 어설픈 인생을 살아온 그들인지라 역시나 이번 일도 어설프게 진행이 되어 예상치 못한 상황으로 꼬이기만 한다. 그 와중에 너무나 혐오하던 의붓아버지와 화해를 하게 되고 헤어진 애인과의 관계도 좋아지지만, 그들이 마침내 피신해 간 곳은 땅콩 안주와 위스키만 가득한 술집이었으니, 시시각각 좀비들은 그 술집을 포위하고 일행의 숨통을 조여 온다.

우리가 이 영화에서 주목해야 할 점은 '진지한 코미디'의 발견이다. 마치 로완 앳킨슨(Rowan Sebastian Atkinson)의 『미스터 빈(Mr. Bean, 1997)』과 좀비 영화를 합쳐놓은 듯한 이 시추에이션은, 전혀 어울리지 않을 것 같은데도 불구하고 감독의 역량과 배우들의 멋진 연기 조합으로 인해 환상적인 작품으로 탄생하였다. 정말로 웃음과 감동이 공존할 수 있음을 보여주는 희대의 역작 되겠다. 특히 모든 것이 말끔하게 정리된 듯한 상황에서 일어나는 마지막 반전은 이 영화 최고의 명장면이니 놓치지 말길 바란다.

불사신 좀비의 탄생 『바탈리언』

B급 좀비 영화의 진수를 보여주는 작품이 또 있다. 원제는 『The Return Of The Living Dead』로 댄 오배넌(Dan O'Bannon)이란 감독의 작품인데, 국내에는 『바탈리언(Battalion, 1985)』이라는 제목으로 개봉되었다.

이 영화에 등장하는 좀비는 아마 영화 역사상 최강의 좀비라 불러도 손색이 없을 것이다. 무뇌아 같은 좀비에게 지능을 부여하는가 하면, 총으로 머리를 쏴도 죽지 않고 도끼로 토막을 내도 움직임을 멈추지 않는다. 게다가 불에 태운다고 해서 해결되는 것도 아니다. 불에 탄 재가 스며들어 또 다른 좀비를 만들기 때문이다.

이처럼 극강의 생존력을 보여주고 있으니 이 정도면 변칙도 여간 변칙이 아니다. 하지만 그 변칙성을 덮고도 남을 만한 유머가 있기에 좀비 영화 팬들은 이 영화에 열광을 하는 것이다.

영화의 배경 설정은 정말 최고다. 공동묘지를 중심으로 의학용 시체를 다루는 회사와 장의사가 있다. 거기

『바탈리언(1985)』

에 천둥 번개가 치며 비까지 내린다. 공포 영화의 설정으로 이 정도면 됐지 무엇을 더 바라겠는가? 내용을 보면 더 기가 막힌다.

의학용 표본을 취급하는 회사에 근무하는 고참 사원 프랭크와 신입 사원 프레디는 실수로 지하실에 보관되어 있는 상자를 깨뜨리게 된다. 그 상자는 미군에서 군사용으로 개발된 가스로 인해 생명을 얻은 좀비가 잠들어 있는 무시무시한 물건이었는데, 절차상의 오류로 인해 폐기되지 않고 이 회사에 배달되었던 것이다.

가스가 누출되자 두 직원은 정신을 잃고 그 사이에 생체 실험용 시체에 가스가 스며들어 난동을 부리게 된다. 깨어난 두 직원은 사장 버트와 함께 간신히 좀비를 붙잡아 영화에서 본 대로 머리를 잘라버리지만, 그럼에도 불구하고 머리 따로 몸 따로 발버둥을 친다.

당황한 세 사람은 시체를 더 잘게 잘라서 근처 장의사로 이동하여 불에 태워버리는데, 군사용 가스의 성분을 그대로 간직하고 있는 연기가 굴뚝을 타고 퍼지게 된다. 한술 더 떠 비까지 내리니 연기가 비에 섞여 근처에

있던 묘지에 스며들고, 무덤 여기저기서 썩어 문드러진 시체들이 되살아나고 만다.

한편 그 회사의 신입 사원 프레디를 만나기 위해 폭주족 친구들이 도착하는데, 약속 시간이 남아 묘지에서 놀던 이들은 좀비들의 습격을 받고 각각 표본 회사와 장의사로 피신했다가 고립되고 만다. 이들을 구하기 위해 온 구급대와 경찰들 역시 차례차례 좀비들의 공격을 받아 죽어 나가고, 가스를 마신 회사 직원들마저 좀비로 변하게 되면서 사태는 악화일로를 걷는다. 그런데 이런 상황들이 너무나 진지하면서도 코믹스러운지라 좀비 영화를 싫어하는 관객이라도 큰 거부감 없이 볼 수 있다.

영화가 히트를 하자 예상대로 역시 속편이 제작되었는데, 1편만큼이야 못하지만 2편도 그 나름대로의 재미를 선보인다. 2편은 군대로 후송하던 극비의 드럼통이 하수구에 떨어지는데, 그것을 발견한 아이에 의해 드럼통의 좀비가 깨어나면서 마을이 좀비들의 세상으로 바뀌게 된다는 설정이다. 습격해오는 좀비와 대항하기 위해 등장인물들은 사생결단을 낼 각오를 하는데, 전기 감전으로 좀비들을 몰살시키는 마지막 장면은 『죠스 2(Jaws 2, 1978)』를 연상케 할 정도로 코믹하다.

감독이 바뀌어서 그런지 3편은 전작들과 분위기가 상당히 달라진다. 군부대와 관련한 좀비 얘기는 동일하지만, 자신의 죽은 여자 친구를 살리기 위해 좀비 가스를 이용하면서 벌어지는 순애보를 그리고 있다. 서서히 좀비로 변하면서 사람의 살과 피를 원하는 여자, 그리고 그런 그녀를 바라보며 괴로워하는 남자. 여자는 계속해서 배고픔을 호소하며 미쳐 가는데, 스스로의 살인을 최대한 막기 위해 자신의 몸을 자학하며 정신을 잃지 않으려 애쓰는 모습은 눈물겹기까지 하다.

좀비보다 더 무서운 과학자의 탐욕 『좀비오』

국내에서 『좀비오(H.P. Lovecraft's Re-Animator, 1985)』라는 제목으로 출시되어 시리즈까지 만들어진 이 작품 역시 스플 래터 좀비 영화를 논할 때 빠지지 않고 등장하는 작품이다. 원제의 'H.P. Lovecraft'는 사람 이름으로 실제 미국 의 유명한 SF 호러 작가이며, 수많은 작 품들이 영화화되기도 했다. 그의 작품 은 하나같이 기괴하고 엽기적인 성향

『좀비오(1985)』

을 띠고 있는데, 『좀비오』 역시 그런 분위기가 잘 녹아 있는 중독성 강한 호러물이다.

죽은 자를 살릴 수 있는 생체 실험에 몰두해 있던 미치광이 천재 과학 자 웨스트(Jeffrey Combs)는 자신의 스승을 실험 대상으로 삼다가 죽여버 리고는, 사고로 위장한 채 미국의 미스커토닉 의과대학으로 오게 된다. 웨스트는 권위 있는 힐 박사 밑에 들어가지만, 탐욕스러운 그의 성격을 간파하고 그의 밑에서는 더 배울 것이 없다고 판단하여 그 학교 동급생인 케인(Bruce Abbott) 집 지하실에 독자적으로 개인 실험실을 차린 채 실험 을 이어나간다.

그러던 중 케인의 애인이자 미스커토닉 의과대학 학장 딸인 메기가 귀 여워하는 고양이를 죽였다 살리는 재생 실험에 성공하게 된다. 그리고는 인간에게도 실험을 하자고 케인을 꼬드겨 대학 시체실에 몰래 들어가 실 험을 하다가 학장에게 발각되어 우발적인 살인을 저지르게 된다. 그들은

살인을 위장하기 위해 실험 약을 학장에게 투여해 되살려 좀비로 만들어놓고, 사람들에게는 정신병자라 속여 가둔다. 그러나 이를 수상히 여긴 힐 박사가 웨스트의 실험실을 급습하여 모든 연구 성과를 내놓으라고 협박을 하게 된다.

자신의 모든 업적을 빼앗기고 살인자로 몰릴 위험에 처한 웨스트는 삽으로 목을 잘라 무참히 힐 박사를 죽이고, 목 따로 몸 따로 좀비 실험을 강행한다. 하지만 되살아난 힐 박사는 더욱더 극악무도한 괴물로 변하여 시체실에 있는 모든 시체들을 부활시켜 좀비로 만들고는 웨스트와 케인 그리고 메기를 공격하며 일대 아수라장을 만들어버린다.

이 영화는 일단 비주얼적으로 굉장히 지저분한 작품이다. 목이 잘린 채 덜렁거리며 말하는 시체라든가, 배가 찢어지면서 내장이 벌레처럼 기어나와 사람을 공격하는 등 끔찍한 장면이 이어진다. 벌거벗은 좀비나 여주인공의 생식기가 그대로 노출될 정도로 위험 수위를 초과하는 강도 높은 장면들이 등장하기도 한다. 그럼에도 불구하고 전혀 심각하지 않고 웃음을 유발할 수 있다는 것은 감독 스튜어트 고든(Stuart Gordon)의 재간이 맘껏 발휘된 까닭일 것이다.

2편과 3편은 1편을 제작했던 브라이언 유즈나(Brian Yuzna)가 직접 감독을 맡았는데, 역시 비슷한 수위의 좀비물이다. 특히 3편은 2004년에 부천 판타스틱 국제 영화제에 소개되어 마니아들의 열광적인 호응을 받았으나, 노출과 잔혹함 때문에 심의 과정에서 제한 상영가 등급을 받기도 했다.

역겹지만 정겨운 스파게티 좀비 영화

공포에도 여러 종류가 있는데, 신선한 회처럼 혀끝에 감기는 맛이 있는가 하면 3년 삭힌 홍어처럼 퀴퀴한 맛을 토해내는 것도 있다. '스파게티 호러'라고 불리는 이탈리아 공포 영화들이 바로 후자의 맛이다. 루치오 풀치(Lucio Fulci)나 마리오 바바(Mario Bava), 다리오 아르젠토(Dario Argento) 같은 감독들의 영화를 보면 특히나 구질구질하고 지저분한 장면들이 많이 나오는데, 처음에는 역겨워서 고개를 돌리게 되지만 좀만 참고 입맛을 다시다 보면 나중엔 다른 공포물이 밋밋해 보일 정도로 중독성이 강하다.

일단 살점이 뜯겨져 나가는 건 기본이다. 여기에 뇌와 내장이 터져 나오면 구색이 맞춰지게 되고, 지렁이나 구더기가 섞인 똥오줌 범벅이 첨가되면 더욱 금상첨화다. 미친 인간들이 아니고서야 이런 영화를 왜 보냐고 반문하는 분들이 계시겠지만, 호러 영화 좀 본다는 사람치고 이 맛에 안 빠져본 사람은 거의 없다고 보면 된다. 그런 영화를 본다고 해서 정신병자가 되는 것도 아니고 살인마가 되는 것은 더더욱 아니다. 그저 다른 사람들이 팝송을 들으며 스트레스를 풀듯이 그들 역시 자신들만의 방식으로 카타르시스를 느끼는 것뿐이다. 조금 철학적인 사람들은 삶과 죽음에 대해 한 번쯤 더 생각해볼 수 있는 계기가 되기도 하겠지만, 그게 뭐 그리 심각한 상황도 아니고 그리 우려할 필요는 없다.

지저분한 호러 영화의 진수 『좀비』

이러한 스파게티 좀비 영화의 대표작
이 루치오 풀치 감독이 만든 『좀비
(Zombie, 1979)』라는 영화다. 그런데 원
래 이 영화의 이태리 개봉 원제목은
『좀비 2』였다. 그러면 『좀비 1』도 있
다는 소리인가? 맞다. 있긴 있다. 『좀
비』라는 제목으로 이탈리아에서 개
봉된 영화가 있었긴 하다.

『좀비(1979)』

그러나 정말 황당하게도 그 영화가 바로 조지 로메
로 감독의 『시체들의 새벽』이다. 이탈리아 영화 수입사들이 『시체들의 새
벽』을 수입해서는 『좀비』라는 제목을 붙인 후 개봉했는데, 그 작품이 전
세계적으로 히트를 치자 그 흥행세의 덕을 보기 위해 루치오 풀치 감독의
작품을 은근슬쩍 속편인 양 『좀비 2』라고 이름 붙였던 것이다. 그러다가
세월이 흘러 『좀비』라는 제목으로 재출시되었다. 1970년대에나 가능했던
한 편의 촌극이라 할 수 있다.

루치오 풀치 감독은 영화 연출자로서 그리 재능 있는 감독은 아니다.
마리오 바바의 중후함도 없고, 다리오 아르젠토 같은 센스도 없다. 그저
막무가내로 카메라를 돌리는 것이 그의 주특기며 편집 또한 엉망이다. 그
런데도 불구하고 루치오 풀치의 팬들은 의외로 많다. 왜 그럴까?

한국 속담에 '뚝배기보다 장맛'이라는 말이 있다. 이 속담이 그의 스타
일을 설명해준다. 루치오 풀치의 영화들은 보기에는 굉장히 허접한데, 한
번 그 맛을 보게 되면 그 '허접스러움'에 중독이 되어버린다는 소리다.

거기에 간간히 된장찌개 속의 풋고추처럼 루치오 풀치만의 잔인한 장면들이 등장하니, 거기에 더 환장들을 하는 것이다. 『좀비』 역시 그런 장맛을 고스란히 담고 있는 영화이다.

카리브해로 의학 연구를 하러 떠났다가 연락이 끊긴 아버지의 요트가 뉴욕에서 발견되자, 주인공 앤은 아버지의 소식을 알기 위해 요트가 발견된 장소로 달려간다. 그러나 이미 요트 속에 있던 좀비의 습격을 받고 경찰관 한 명이 사망한 상태. 앤은 아버지의 소식이 궁금해 다시 요트로 잠입하고 거기서 한 신문기자를 만나게 되어 함께 이 괴사건을 풀어보고자 의기투합하게 된다.

그들은 카리브해로 향하는 부부를 만나 요트를 얻어 타고 섬에 도착했으나, 그 섬에는 아버지의 동료였던 메이나 박사가 좀비 연구를 하고 있을 뿐, 이미 아버지는 죽은 뒤였다. 박사의 설명에 따르면 그 섬의 토착 종교인 부두교에 의해 좀비들이 번지게 됐으며, 이제는 걷잡을 수 없는 상태가 되었다는 것이었다. 경악스러운 사실을 안 사람들은 섬을 탈출하고자 하나 이미 좀비들의 공격은 시작되었고, 하나 둘씩 끔찍한 최후를 맞이하게 된다.

이 영화에는 몇 가지 재미난 장면들이 있는데, 그중 하나가 스티븐 스필버그(Steven Spielberg) 감독의 『죠스(Jaws, 1975)』를 패러디한 상어와 좀비의 결투이다. 좀비는 상어의 뱃살을 뜯어먹고 상어는 좀비의 팔을 잘라 먹는 장면은 무섭고 진지하기보다 웃음이 먼저 나온다. 좀비에게 물어뜯긴 상어는 좀비 상어가 됐을까?

또 하나 인상 깊은 것은 좀비가 뾰족한 나무로 여자의 눈을 찌르는 장면이다. 어떻게 찍었는지 모르겠지만, 다른 장면들의 허접스러운 특수 효

과와는 달리 너무나 생생한 살육 장면인지라 역겨운 것을 싫어하는 분들
은 피하시는 게 좋을 듯하다.

변칙 좀비 영화 『시티 오브 더 리빙 데드』

풀치 감독이 만든 또 하나의 좀비 영
화를 살펴보자. 『시티 오브 더 리빙 데
드(City Of The Living Dead, 1980)』라는
작품이다.

이 작품은 정통 좀비 영화를 좋아하
는 분들에게는 상당히 낯선 변칙 좀비
영화라고 느껴질 수 있다. 예를 들어
좀비가 순간 이동을 한다든지, 초능
력을 써서 사람의 내장을 터뜨려 죽

『시티 오브 더 리빙 데드(1980)』

인다든지 하는 황당한 시추에이션이 계속 이어지기 때문이다. 게다가 좀
비들을 이끄는 두목 좀비는 다름 아닌 자살한 천주교 신부의 악령이다.
이탈리아에 로마 교황청이 있는데도 불구하고 버젓이 사제복을 입고 사
악한 표정을 지으며 살인을 저지르고 있으니, 영화를 만들고 나서 종교계
의 테러를 받지나 않았었는지 걱정이 될 정도다.

처음 접하시는 분들은 조잡한 소품과 어색한 연기에 실망스러움을 많
이 느끼겠지만, 이탈리아 스파게티 호러는 바로 이 허접스러운 맛으로 보
는 것이니 조금만 참고 우물댄다면 B급 호러 영화의 새로운 즐거움을 느
끼기 데 부족함이 없을 것이다.

매력적인 좀비 영화 『델라모테 델라모레』

풀치 감독과 더불어 스파게티 호러에서 절대 빼놓을 수 없는 감독이 다리오 아르젠토 감독이다. 아르젠토 감독은 『서스페리아(Suspiria, 1977)』와 『페노미나(Phenomena, 1985)』로 공포 영화의 거장 반열에 오른 양반인데, 직접 좀비 영화를 제작한 적은 없지만 조지 로메로 감독이 만든 『시체들의 새벽』의 제작자이기도 했으며 여러 후배 감독들

『델라모테 델라모레(1994)』

의 좀비 영화에 정신적 지주 역할을 하기도 했다. 지금 소개하려는 『델라모테 델라모레(Dellamorte Dellamore, 1994)』의 감독인 미셸 소아비(Michael Soavi) 역시 그의 영향을 받은 감독 중 한 명으로, 『아쿠아리스(StageFright : Aquarius, Deliria, 1986)』라는 작품으로 공포 영화 팬들의 찬사를 받으며 화려하게 데뷔했으며, 아르젠토 감독의 공식적인 제자이기도 하다.

『델라모테 델라모레』는 제목부터 심상치 않다. '델라모테Dellamorte'는 죽음의 방법을, '델라모레Dellamore'는 사랑에 대한 방법을 뜻하는 것으로서, 일반적인 좀비 영화의 제목이라기보다는 인생을 관조하는 드라마 장르에 어울리는 철학적인 문제의식을 깊게 함축하고 있다.

주인공 프란체스코 델라모테는 묘지의 관리인이지만 다른 관리인들과는 좀 틀린 생활을 하고 있다. 그 마을의 묘지는 이상하게도 시체를 묻으면 다시 되살아나 좀비 상태로 돌아다니기 때문에 그 뒤처리를 담당하는

것이 그의 주요 임무인 것이다. 항상 권총을 차고 다니며 정신박약아 조수와 함께 좀비들의 머리통을 수시로 날려버리는데, 늘 반복되는 일인지라 공포심보다는 지루함이 더 큰 고역이다.

그러던 어느 날, 남편의 장례를 치르기 위해 묘지에 들어온 미모의 미망인을 본 프란체스코는 한눈에 그녀에게 반하게 되고, 그녀를 유혹하여 한밤중 묘지에서 그로테스크한 정사를 나누는데, 하필 그때 미망인의 남편 시체가 되살아나 그녀를 물어버린다. 그녀 역시 좀비가 되어 벌떡 일어나지만 머리에 총을 쏠 수밖에 없었던 프란체스코는, 그 후 그녀와 쏙 빼닮은 여자들이 창녀로, 시장의 비서로 계속 등장하며 자신의 주변을 맴도는 경험을 하게 된다.

한편 정신박약아 조수 역시 그 도시의 시장 딸에게 마음을 흠뻑 빼앗겨 짝사랑의 열병을 앓고 있던 중, 시장 딸이 교통사고로 묘지에 들어오게 되자 좀비가 된 그녀의 목을 잘라 자신의 지하 방에 보관해둔 채 매일 밤 음식을 가져다주고 바이올린을 연주한다. 그 와중에도 좀비들은 계속해서 늘어나고, 프란체스코와 조수는 각자 못다 이룬 사랑을 가슴에 안은 채 죽은 자들과의 처절한 대결을 계속한다.

과연 이것은 환상인가 실제인가? 따분한 일상과 죽음의 그늘을 벗어던지고 그들은 진정한 사랑을 얻을 수 있을 것인가?

이 영화는 관객들에게 죽음과 사랑에 대한 질문을 계속 던지며 시종일관 매혹적이고도 아름다운 화면으로 눈을 즐겁게 한다. 기존의 천편일률적인 좀비물의 화면에 식상한 감을 느꼈다면 우선적으로 권하고 싶은 명작 호러물이다.

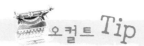

미셸 소아비 감독의 인터뷰에 따르면, 그 묘지에서 시체들이 계속 살아나는 이유는 묘지에서 자생하는 만드라고라 Mandragora 때문이라고 한다. 만드라고라는 뿌리 부분이 인간의 형태를 하고 있으며 뽑아낼 때 엄청난 비명을 질러 사람을 죽게 만드는 괴식물이라고 전해진다. 『해리 포터』 시리즈에서는 '맨드레이크 Mandrake'라는 이름으로 소개되기도 했으며, 중국과 일본에서는 '만타라화 蔓陀羅華', 한국에서는 '흰독말풀'이라 불리고 있다.

이 식물은 독을 가지고 있는데, 과실 부분에는 마취나 마약, 최면제의 효과를 가진 성분이 있고, 인간 형태를 한 뿌리 부분에는 비아그라 같은 성적 흥분 유도제 성분이 있다.

교수대 아래에서 주로 자라나는 이 식물은 죄 없는 사형수의 눈물이나 정액이 땅에 떨어져 자라난다고 알려져 있으며, 채취할 때에는 비명 소리를 듣지 않기 위해 개의 목에 끈을 달고 뿌리에 연결해 뽑아낸다고 한다. 물론 만드라고라의 비명 소리를 들은 개는 그 자리에서 즉사한다.

한국 좀비 영화의 씁쓸한 현주소

동양은 왠지 좀비와는 어울리지 않을 것 같다는 선입견을 가지고 있겠지만, 따지고 보면 강시 역시 시체의 부활이니 좀비의 한 종류라고 볼 수도 있다. 그러나 역시 우리들의 뇌

『괴시(1980)』

리에 각인된 정통 좀비는 아니기에 '좀비 같은 좀비'를 다룬 영화를 찾아보고자 했으나 좀처럼 발견하기가 쉽지 않았다.

그런데 믿겨지시는가? 놀랍게도 공포 영화의 불모지인 한국에 좀비 영화가 있었던 것이다. 강범구 감독의 1980년도 작품인 『괴시(怪屍, 1980)』가 바로 그것이다.

필자가 이 작품을 본 건 만들어진 지 무려 26년이나 지난 2006년 여름, 서울 예술의 전당 안에 있는 영화진흥원 시사회에서였다. 그 당시 영화관에서는 여기저기서 폭소가 끊이지 않았는데, 그것은 이 영화가 『데드 얼라이브』 같이 코믹 요소가 듬뿍 담긴 스플래터 호러 영화라서가 아니라, 어이없고 말도 안 되는 허접스러운 장면들이 꼬리를 물며 이어졌기 때문이다. 3류 B급 영화라는 호칭을 붙이기에도 아까울 정도인 이 영화가 한국 최초의 좀비 영화란 사실이 안타깝긴 하지만, 잠시 소개를 해보기로 하겠다.

이 영화에서 좀비가 되는 설정은 좀 특이하다. 해충 박멸을 위해 초음파 송신기를 개발했는데, 거기서 발생한 초음파가 시체의 뇌신경에 잘못 작용되어 시체를 살아 움직이게 만들었다는 것이다.

언니의 별장을 찾아 강원도로 가던 수지는 우연히 중국인 과학자 강명을 태우게 되는데, 갑자기 어디선가 괴물의 습격을 받는다. 두 사람은 자신들을 습격한 괴물이 사흘 전에 죽은 '용돌이'라는 사내라는 것을 알게 되고, 관을 확인했으나 관은 텅 비어 있는 상태였다.

용돌이는 좀비가 되어 여기저기서 살인을 저지르고 다니는데, 늘어난 좀비들로 인해 두 사람 역시 큰 위험에 처하게 된다. 그러던 중 살인 사건을 수사하던 형사도 살해되고, 수지 역시 좀비에게 물려 죽었다가 다시 좀비로 부활하여 강명까지 물어 죽인다. 좀비가 된 강명은 모든 사건의 발단인 초음파 송신소로 가서 기계를 실험하던 과학자를 죽이고 기계를 폭파시키게 된다.

「오마이뉴스」 허지웅 기자의 기사를 보니, 이 『괴시』는 강범구 감독의 독창적인 아이디어가 아니라 조지 그라우(Jorge Grau) 감독의 영화인 『렛 슬리핑 코르프시즈 라이(Let Sleeping Corpses Lie, 1974)』의 표절이었다고 한다. 필자는 아직 본 적이 없는 영화인데, 기사에 따르자면 구성이나 상황 설정, 인물들의 대사까지 완벽히 똑같다고 하니, 척박한 한국 공포 영화의 현주소를 다시 한 번 확인하게 만드는 착잡하기 이를 데 없는 작품이라 하겠다.

용두사미가 된 한국형 좀비 영화 『어느 날 갑자기 : 죽음의 숲』

공식적으로 한국의 좀비 영화 제2호는 2006년 제작된 TV용 영화 시리즈 『어느 날 갑자기』 중 네 번째 작품인 『죽음의 숲 (Dark Forest, 2006)』이다. 공식적이라는 말을 붙인 이유는 2001년도에 『좀비 학교 대탈출』, 2005년도에 『마이 좀비 보이』라는 30여 분짜리 단편영화들이 있긴 했는데, 단편영화의 속성상 워낙 제

『죽음의 숲(1980)』

한된 인원에게만 공개됐기에 제대로 된 평가를 받지 못했기 때문이다. 그래도 단편영화나마 좀비를 소재로 한 작품이 한국 영화계에 있었다는 것 자체만으로도 반가움을 느끼게 한다.

영화 『죽음의 숲』은 일본 좀비 영화 『버수스(Versus, 2000)』를 본뜬 듯하지만, 숲의 이상한 힘에 의해 좀비들이 만들어진다는 스토리 설정 자체는 좋았다. 그러나 뭔가 궁합이 맞지 않는 배우들의 연기와 필름 편집이 되다 만 듯한 완성도로 인해 큰 아쉬움을 남기기도 했다.

우진(이종혁)과 정아(소이현) 등 친구 다섯 명은 의기투합하여 등산을 가는데, 입산금지 구역으로 억지로 들어간 뒤 이상한 상황을 맞이하게 된다. 무속인이었던 부모의 영향으로 원치 않는 미래가 자꾸 보이는 정아는 알 수 없는 불길한 기운을 느끼게 되고, 하나 둘씩 사라지는 친구들은 끔찍한 좀비로 변해 공격을 하는 상황이 벌어진다. 그리고는 별 개연성 없는 살인 장면과 애정 장면이 등장하고, 피범벅 된 좀비들은 그저 왔다리 갔다리 할 뿐이다. 그것이 전부다. 특히 지금까지의 어수선함을 깔끔하게 종식시키고 분위기를 반전시켜야 할 라스트신에서는 죽음을 앞둔 우진과 정아의 지루한 애정 행각(?)이 이어지면서 관객의 작은 기대마저 완전히 무너뜨린다.

이 영화는 작품성을 논하기보다는 한국의 지지부진한 공포 영화 시장에 '좀비'라는 특이한 소재가 한 번쯤 나왔었다는 장르 확장에 그 가치를 두면 될 듯하다.

한국 좀비 영화의 미래 『시실리 2km』

인정을 안 하는 분들도 있겠지만 필자는 한국 좀비 영화의 최고봉을 꼽으라면 단연코 신정원 감독의 『시실리 2Km(2004)』를 추천하곤 한다.

『시실리 2Km(2004)』

"시실리 2Km라니? 임창정(양이 역)이 소녀 귀신(임은경)과 우정을 나누는 그 조폭 코미디 영화 아냐? 그게 무슨 좀비 영화냐?"라고 반문하시는 분들도 있겠지만, 분명히 여기에는 좀비가 나온다. 그것도 아주 제대로 된 분장으로 나온다. 임창정을 배신하고 돈을 갖고 도망갔다가 조폭보다 더 살벌한 시실리 동네 사람들에게 생매장되어 죽은 권오중(석태 역)이 바로 그 좀비 역할을 맡았다.

좀비라고 해서 꼭 바이러스가 전염돼서 생기는 것은 아니다. 뒤의 '영화 속 오컬트 분석'에서 자세히 알아보겠지만, 좀비가 되는 방법 중 하나가 접신接神에 의해 시체가 되살아나는 경우이다. 시실리 동네 사람들에게 억울한 죽음을 당한 임은경의 영혼이 권오중 시체 속에 들어가서 부활한 후 도끼를 가지고 마을 사람들을 습격하는 장면은 여타 좀비 영화의 전형을 그대로 보여주고 있다.

한국에서 좀비 영화를 만들려면 이렇게 만들어야 한다. 바이러스나 외계인의 숙주 같은 소재로는 한국 관객들의 이질감을 메울 수 없다. 대신 한국인과 친근한 '접신'이라는 소재로 승부해야 좀비 캐릭터에 대한 거리감을 줄일 수 있지 않을까 싶다. 본격 좀비 영화는 아니지만 개인적으로는 한국형 좀비 영화의 가능성을 보여줬다는 데에 큰 점수를 주고 싶은 작품이다.

아무튼 하루빨리 우리나라에서도 수준 높은 한국판 좀비 영화가 당당하게 어슬렁거리길 학수고대하는 바이다. 📽️

C급 에로물과 결합된 일본 좀비물

한국에서는 더 다룰 좀비 영화도 없고, 중국의 좀비라 할 수 있는 강시는 따로 지면을 할애하여 다루었으니, 이번에는 이웃 나라 일본으로 한번 넘어가보자. 일본에는 의외로 좀비물이 많긴 하지만, 딱히 "이거다" 하고 소개할 만한 작품은 그리 흔치 않다. 일반 영화 관객의 정서에는 전혀 맞지 않는 C급 세미 포르노겸 페이크 스너프및 오타쿠 영화들인지라 소개하고도 욕먹을 작품들이 대다수를 이룬다.

그런 작품 중에 대표적으로 '니혼비(니폰+좀비)' 시리즈가 있다. 시리즈라고는 하지만 주인공들이 동일한 것도 아니고 서로 연관되는 것은 더더욱 아니다. 좀비가 나오는 세미 포르노물이기에 그저 그렇게 이름을 가져다붙인 것뿐이다.

3편까지 나온 이 작품들이 하나같이 허접하고 조악하고 민망한 내용들의 연속임에도 불구하고 시리즈가 제작된다는 것은 그만큼 수요가 있다는 얘기일 테니, 인구가 1억을 넘어가면 내수 시장만으로도 먹고살 수 있다는 말이 맞긴 맞는 모양이다.

니혼비 1편 『좀비 자위대(Zombie Self-Defense Force, 2006)』는 제2차 세

계대전 중 일본군 하나가 탈영해서 동굴로 숨어들어 좀비가 된다는 이야기이다. 그러다 나중에 시간이 지나고 UFO가 추락하면서 죽은 사람들이 좀비로 깨어나는 상황이 발생하는데, 마을로 내려온 좀비와 사이보그 군인인 주인공 여자가 대혈투를 벌이게 된다. 잘려진 마네킹 목에 토마토케

『좀비 자위대(2006)』

첩을 끼었은 듯한 조악하기 그지없는 특수 분장과 배우들의 어색한 연기로 인해 애초부터 영화에 몰입한다는 것이 불가능한 작품이다. 니혼비 2편 『여자경영반란군(慾女反亂軍: Undead Pool, 2007)』 역시 사정은 크게 다르지 않다.

미치광이 박사에게 납치당한 여고생 아키가 박사의 성 노리갯감으로 살면서 살인병기로 키워지다가 탈출하여 어떤 여고 수영부에 들어가는데, 정체를 알 수 없는 비밀 집단과 협약을 맺은 박사는 좀비 바이러스를 풀어 세계를 정복하려고 한다. 그런데 그 첫 실험 대상이 바로 아키가 들어간 고등학교였다.

전염병 백신이라 속이고 학생과 교사들에게 약을 주입하자 순식간에 학교는 좀비 소굴로 변하고, 수영부 학생들만은 수영장의 소독제로 인해 발병되지 않은 상태였다. 나중에 알고 보니 이 바이러스는 수영장 소독제에 의해 분해된다는 황당한 설정이었다. 어쨌든 수영부 여고생들은 수영복을 입은 채 관객들에게 눈요기를 시켜주며 좀비들과 한판 대결을 펼치는데, 아키의 음부에서 발사되는 레이저 광선을 맞고 박사가 폭파되면서

소동이 일단락되게 된다.

아름다운 바흐 음악이 흐르면서 엔딩 크레디트가 올라가는 걸 보고 있으면 그 생뚱맞음에 절로 경의를 표하게 될 정도이다. 인생이 너무 따분하여 3류 막장 드라마에 심취하고픈 분들이라면 관람을 말리지는 않겠다.

여고생과 좀비의 불편한 결합 『스테이시』

일본은 여고생을 성적으로 상품화하는 경향이 워낙 두드러진 나라인지라 니혼비 시리즈 외에도 여고생을 소재로 한 공포 영화가 꽤 있는데, 『스테이시 (Stacy : Attack Of The Schoolgirl Zombies, 2001)』라는 영화 또한 그런 부류 중의 하나이다.

좀비물을 만드는 감독들은 좀비가 되는 원인에 대하여 어떤 강박증을

『스테이시(2001)』

갖고 있는지, 끊임없이 새로운 원인을 만들어낸다. 이 영화 역시 독특한 이유를 대며 좀비를 정당화시킨다. '사랑'에 목말라 어느 날 갑자기 여고생들이 '스테이시'라 불리는 좀비가 되어버린다는 기막힌 설정을 들이대고 있는 것이다. 이 좀비들을 막기 위해 '로메로 군단'이 창설되고 TV 홈쇼핑에서는 스테이시들을 죽이기 위한 각종 도구들을 파는데, 좀비를 절단하는 전기톱 이름이 '브루스 켐벨의 오른손'이다(로메로 군단의 로메로는 좀비 영화의 아버지인 조지 로메로에 대한 오마주이며, 브루스 켐벨은 걸작 호러 영화인 『이블 데드』시리즈의 주인공 이름이다).

스테이시를 완전히 죽이려면 몸을 165조각으로 나누어서 죽여야 하는데, 이러한 살인은 좀비가 된 그 여고생의 직계가족과 로메로 군단만 할 수 있도록 법적으로 제도화되었다. 게다가 자신이 좀비가 됐을 때를 대비해서 자신을 죽일 수 있는 권한을 넘기는가 하면, 죽인 좀비들은 전용 좀비 처리 봉투에 넣어 금요일에만 분리수거를 한다. 재치가 하늘을 찌르는 대목이다. 그러나 영화에서 묘사하는 참극의 현장은 그리 매끄럽지 못하다. '재료만 있으면 나도 할 수 있겠는데?'라는 생각이 들 정도로 싼티를 보이고 있기 때문이다.

아무튼 여고생의 세라복과 좀비를 결합시키고 유혈이 낭자한 피범벅 속에 로맨스를 버무려 만든 이 영화 역시 일반 관객들에게 추천하기는 좀 애매한 영화이지만, 일본인의 신선한 아이디어에 목을 축이고 싶은 분들이라면 나름대로 로망을 느낄 수 있는 작품 되겠다.

사지절단 액션 좀비 영화 『버수스』

액션 활극 좀비물을 표방한 『버수스(Versus, 2000)』역시 일본 좀비 영화를 거론할 때 꼭 끼어드는 작품인데, 니혼비 시리즈나 『스테이시』정도의 막장은 아니지만 꽤 많은 피범벅이 되는 영화다. 이 영화의 감독은 『지옥갑자원(地獄甲子園, 2003)』과 『소녀검객 아즈미 대혈전(あずみ, 2003)』을 만든 기타무라 류헤이(北村龍平)로, 나름대로 유학파 감독이란 명성을 들으며 일본 공포 영화의 기대주로 급부상한 양반이다.

영화는 탈주범과 야쿠자, 형사, 기억상실증 걸린 여자, 그리고 모든 비밀의 열쇠를 쥐고 있는 주인공이 '부활의 숲'이라는 곳으로 모여들면서 시작된다. 전혀 어울릴 것 같지 않은 인물들은 마치 먹다 남은 소주병에 침

『버수스(2000)』

을 뺄고 담배꽁초를 집어넣은 것처럼 거친 느낌을 주지만, 이렇게 극단적인 인물들이 있어야 사지절단 액션이 더욱 정당성과 힘을 얻게 되리라는 것을 관객들도 어느 정도 느낄 수 있으리라는 감독의 계산이 있었을 것이다.

짐짓 멋있는 척 뽕폼을 잡고 칼을 휘두르며 머리통과 사지를 절단하는 영화의 초반부는 좀비 영화로서 썩 괜찮은 출발이었다. 또한 시체들이 되살아나는 '신비한 마법의 숲'이라는 설정을 배경으로 중반까지 이어지는 과정들 역시 그리 나쁘지는 않았다.

하지만 액션을 위한 액션이 지루하게 이어지자 피칠갑은 더 이상 자극을 주지 못했고, 2시간이나 되는 러닝타임은 하품 유발제로서의 효능을 톡톡히 발휘하고야 만다. 배우들의 뽕폼은 후반부로 갈수록 느끼해지고, 개연성 없는 살인의 반복은 다 식어버린 민물 매운탕보다도 비릿한 맛을 풍긴다. 대체 어쩌란 말이냐?

감독의 스타일 하나는 봐줄 만했던지, 할리우드에서 스카우트하여 『미드나잇 미트 트레인(Midnight Meat Train, 2008)』이라는 영화를 찍게 했는데, 여기에서도 사람의 고기를 맛있게 드시는 좀비님들이 약간 등장하신다.

블랙코미디의 절정 『도쿄 좀비』

그러면 일본 좀비 영화는 전부 이런 것들만 있느냐? 피 튀기는 것은 정말 지겹다는 분들을 위해 인생에 대한 고찰을 기저로 깔고 있는 인간적인

좀비 영화 한 편을 소개한다. 일본의 국민 배우 아사노 타다노부(淺野忠信)가 출연한 『도쿄 좀비(東京ゾンビ: Tokyo Zombie, 2005)』라는 영화가 바로 그 작품이다. 물론 이 영화 역시 좀비 영화이기에 어느 정도의 피 맛은 보실 각오를 해야 한다. 하지만 좀비와의 대결 구도는 그저 진정한 인생을 찾기 위해 노력하는 주인공의 소품 역할에 지나지 않는다. 아무리 어려운 환경이라도 거기에 구애 받지 않고 꾸준히 성취해나가려는 의지 앞에 좀비 따위는 문제될 것이 없다는 게 이 영화의 주제라고 할 수 있다.

도쿄에는 어느 날부터 도심 한가운데 커다란 산이 형성되기 시작했다. 각종 폐기물이 하나 둘 버려지기 시작하더니 어느 새 빌딩의 높이를 넘고 후지산과 맞먹는 크기로 커져버린 것이다. 사람들은 그 쓰레기 산을 '검은 후지산'이라 부르며 쓰레기뿐만 아니라 사람의 시체까지 파묻는 곳으로 활용하고 있었다. 남편과의 원활한 섹스를 위해 시어머니를 파묻고 목을 잘라버리는 며느리가 있는가 하면, 남학생들을 성추행하다 실수로 죽이고는 몰래 매장하는 교사 등등 쓰레기보다 더 쓰레기 같은 인간의 추악함이 온 산을 뒤덮고 있었다. 하지만 그것도 잠시, 인간들의 썩은 문명을 질타하려는 신의 경고였을까? 검은 후지산에 묻혔던 시체들이 각종 폐기물 찌꺼기에 오염되어 좀비로 변해 사람들을 공격하기 시작한다.

산자락 밑에 있는 소화기 공장의 직원인 미츠오(아사노 타다노부)와 후지오(아이카와 쇼우)는 그런 사실을 까맣게 모른 채 휴식 시간을 이용해 격투기 연습을 하고 있다. 후지오는 유도의 달인으로 "남자라면 러시아에 가서 최강의 무술을 연마해야 한다"며 미츠오에게 매일 매일 실전 연습을 시키고 있었는데, 회사 사장에게 들키자 엉겁결에 사장을 소화기로 내리쳐서 죽이고 만다. 시체를 처리하기 위해 두 사람은 검은 후지산으로 가

『도쿄 좀비(2005)』

는데, 돌아오는 길에 청년 하나를 또 치어 죽이는 등 어처구니없는 살인의 연속이 이어진다.

다음 날 자신들이 죽인 사장과 청년이 좀비가 되어 돌아오고, 인간의 냄새를 맡은 다른 좀비들까지 쫓아오자 둘은 서둘러 도망치지만, 편의점에서 좀비에게 쫓기는 여자를 도와주다가 후지오는 좀비에게 물리게 된다. 좀비가 되느니 인간답게 죽고 싶다는 후지오는 다리 난간에서 강물로 몸을 던지고, 그 와중에 미츠오는 타고 가던 자동차를 괴한에게 뺏기는 처지가 된다.

시간은 흘러 5년 후, 일본 전역은 좀비에게 점령당한 상태가 되었고 일부 돈 많은 부자들은 바리케이드를 치고 좀비들의 접근을 막은 채 그 안에서 호사스러운 사치를 즐기며 가난한 자들을 노예처럼 부려 먹고 있다. 미츠오는 겨우 목숨을 건졌으나 먹고살기 위해 어쩔 수 없이 부자들의 구역으로 들어가 로마 시대의 글래디에이터처럼 원형 경기장에서 좀비들과 싸우는 위험한 일을 하며 생계를 유지한다. 그러나 가슴 한편에는 러시아에 가서 최강의 무술을 배우겠다는 꿈을 품은 채 힘겨운 하루하루를 버티고 있었는데, 어느 날 새롭게 구한 좀비와의 혈전을 위해 경기장에 들어선 미츠오는 그 앞에 선 사람이 다름 아닌 자신에게 무술을 가르쳐준 후지오라는 사실을 알고 경악한다.

이럴 수도 저럴 수도 없는 상황에 빠진 미츠오에게 결단의 순간은 다가오는데, 갑자기 기관총과 대포로 무장한 폭력 조직이 경기장 안으로 난입하면서 사건은 의외의 결말을 향해 간다. 혹시라도 일본 좀비물을 접하고자 하는 분들이 그나마 덜 고역스럽게 볼 수 있는 작품이라 사료되는 바이다. 🎞

영화 속 오컬트 분석

언데드, 신의 저주인가 축복인가

좀비를 가리켜 언데드 Undead의 전형적인 존재라고 한다. 언데드란 '죽지 않는 자' 라는 뜻으로, 좀비를 포함하여 드라큘라, 미이라, 프랑켄슈타인, 강시 등 우리가 알고 있는 몬스터들이 이에 해당되는데, 실체를 가지고 있지 않은 유령이나 귀신 등은 포함시키지 않는다. 하지만 정확히 말해서 이들 몬스터들 역시 육신의 약점이 있기에 완전한 불사不死의 존재는 아니며, 그렇게 본다면 언데드는 '죽지 않는 자' 라기보다는 '시체가 안 된 자' 라고 보는 것이 더 합당한 의미가 될 것이다.

언데드가 되는 이유에 대해서는 정확히 알려져 있진 않지만, 대략 다음의 네 가지 정도로 요약되고 있다.

첫째, 너무 성급한 매장 탓에 가사假死 상태로 있던 사람이 관 속에서 다시 살아나는 경우다. 하지만 다시 살아난 사람은 자신이 깜깜한 관 속에 들어 있다는 공포감으로 인해 심한 정신적 충격을 받고 미쳐버리거나, 정신을 차린다 하더라도 산소 결핍 등으로 인해 뇌병변장애가 생겨 바보 아니면 포악한 성격으로 변하게 된다.

두 번째는 마법이다. 서양에서는 마법을 부려 영혼을 소환하거나 시체를 일으키는 사람들을 '네크로맨서 Necromancer'라고 부르는데, 이들은 소생시킨 시체들을 자신들의 하인으로 부리곤 했다.

세 번째는 다른 사람의 혼이 빙의憑依가 되어 소생하는 경우이다. 한국 속담에 '생거진천 사거용인生居鎭川死去龍仁'이라는 말이 있는데, '살아서는 진천 땅에 있었고 죽고 나서는 용인 땅에 다시 살아났다'라는 뜻이다. 이 속담에 얽힌 이야기를 보자면, '추천석'이라는 농부가 갑자기 죽게 되어 염라대왕에게 갔는데, 알고 보니 용인 땅의 추천석을 데려와야 했는데 저승사자의 실수로 진천 땅의 추천석을 데려왔다는 것이다. 그래서 부랴부랴 지상으로 다시 내려갔지만 이미 장례도 끝나고 육신은 땅속에 묻혔는지라 할 수 없이 용인 땅에서 막 죽은 또 다른 추천석의 몸으로 들어갔다고 한다. 이처럼 다른 영혼이 빙의가 되는 경우가 있긴 하지만 이 같은 일은 극히 드물며 대부분은 사악한 귀신들이 시체 속에 들어가 장난을 치는 것이다.

네 번째는 원한이 너무 깊은 영혼이 저승으로 가지 못하고 구천을 떠돌면서 자신의 시체 속에 잠깐 들어가 기이한 현상을 벌이는 경우이다. 이런 경우에는 완전히 부활하지는 못하고 몸을 움찔거린다든지 입을 벙긋거리든지 해서 억울한 죽음을 호소하는 정도이다.

전 세계에 분포되어 있는 여러 종류의 언데드 좀비

유럽, 특히 독일 지방에는 '나흐체러Nachzehrer'라는 좀비 종류가 있었다고 한다. 너무나 배가 고픈 나머지 자신의 의복이나 신체 일부를 뜯어 먹어가며 허기를 채우는 시체를 가리키는 말이었다.

유럽의 또 다른 좀비 종류를 들자면 와이트Wight를 들 수 있다. 와이트 의 외형은 화려한 보석 장신구로 치장을 했지만 반쯤 썩은 미라의 모습인 데, 이것은 악마들이 귀족이나 왕의 무덤으로 들어가 빙의하여 소생시킨 언데드 괴물이기 때문이다. 이들은 희생자를 죽이고 또 다른 와이트를 만 들어내는데, 햇빛을 극도로 싫어해서 항상 무덤 주위나 어두운 곳에서 배 회를 하며 사냥감을 기다린다. 이들을 죽이기 위해서는 무덤을 활짝 파헤 치고 그 안에 햇빛이 들어가도록 하여 시체 자체를 태워버려야 한다.

동유럽에는 '택심Taxim'이라는 좀비가 있었다고 한다. 원한을 가진 채 죽은 시체가 무덤 속에서 걸어 나와 생전의 복수를 하는 유형인데, 외형 은 흙먼지를 잔뜩 뒤집어쓴 채 심하게 부패된 상태로 고약한 냄새를 풍긴 다고 묘사된다. 악령에 의한 소생이 아니고 원수를 갚기 위한 소생이기에 택심을 달래기는 좀처럼 쉽지 않다고 한다.

고대 메소포타미아에서는 '갈라Ghalla'라고 하는 좀비의 전설이 내려온 다. 저승 세계 여왕의 명령으로 지상에 부활하여 사람을 붙잡아오는 저승 사자의 한 종류인데, 먹지도 마시지도 않으면서 무기를 사용하여 사람들 을 지옥으로 데려가는 무시무시한 존재였다.

캐나다에서는 예로부터 '웬디고Wendigo'라는 존재를 공포의 대상으로 삼았다. 외모는 좀비 영화에서 흔히 보는 것처럼 흉하게 썩어 들어간 해 골 형상인데, 몸집이 굉장히 커서 키가 5미터에 달한다고 한다.

눈보라 치는 밤에 어디선가 나타나서 길을 잃은 여행자나 마을 사람들 을 납치하여 잡아먹었다고 하는데, 캐나다 인디언이나 원주민들은 무차별적인 웬디고의 피해로부터 벗어나기 위해 인신 공양을 드렸다. 주로 처녀들을 산 제물로 많이 바쳤는데, 웬디고는 제물로 바쳐진 인간들을 얼음 속에 냉동시켜두었다가 배고플 때마다 하나씩 해동시켜 먹었다고 하니, 좀비 치고는 융통성이 있는 놈이었던 것 같다.

아라비아 반도에는 '구울Ghul'이라고 하는 식인 좀비가 있었다. 여성 좀비는 '굴라Ghulah'라고 하는데, 'Ghul'이라는 공통된 어근은 원래 재앙이나 불행 등의 뜻을 가지고 있었다. 묘지에서 살아나온 존재에 대한 공포가 이름 자체를 그렇게 만들었을 것으로 보인다.

구울의 모습은 대체적으로 털이 많은 흑인의 모습이며, 굴라는 굉장히 아름다운 여자로 표현되곤 한다. 하지만 구울에게건 굴라에게건 한 번 걸리면 몸 전체를 통째로 씹어 먹히는 고통을 당하게 되는데, 이런 끔찍함 때문에 후대에 와서 식인종을 일컬을 때도 '구울'이라는 표현을 썼다.

구울을 퇴치하는 방법은 두 가지가 있는데, 하나는 알라(하나님)의 이름을 부르며 기도문을 외우는 것이며, 또 하나는 동銅으로 만든 초승달 모양의 칼로 배를 찢어내는 것이라고 한다. 이때 무섭다거나 정신이 없다고 해서 배를 두 번 가르면 절대 안 된다. 다시 살아나기 때문이다. 단 한칼에 정확히 가르는 것이 요령이다.

영화에 많이 등장하는 백골 시체 또한 좀비의 또 다른 종류이다. '스켈레톤Skeleton'이라고 불리는 존재들은 그리스신화에서도 등장하는데, 아르고 탐험대에 등장하는 마법사가 이빨을 땅에 뿌리자 해골 병사가 되어 일어나는 장면은 한두 번쯤 보았을 것이다. 중세 유럽의 전설에서도 검은 망토의 기사를 처단했더니 옷 안에는 백골만 남아 있더라는 얘기가 전해지며, 해골들이 유령선을 타고 다니며 뱃사람들을 공포에 떨게 만들었다

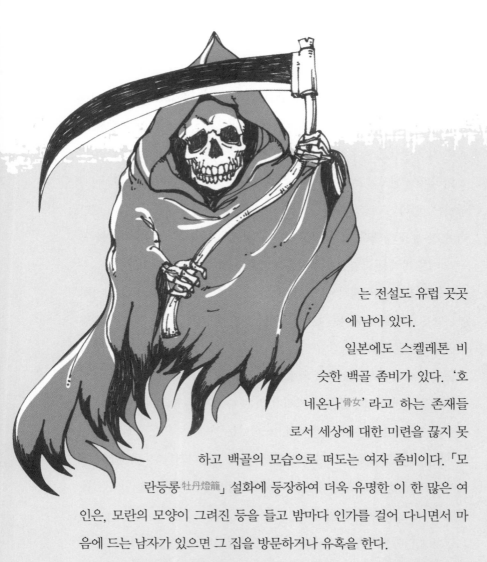

는 전설도 유럽 곳곳
에 남아 있다.

일본에도 스켈레톤 비
슷한 백골 좀비가 있다. '호
네온나骨女'라고 하는 존재들
로서 세상에 대한 미련을 끊지 못
하고 백골의 모습으로 떠도는 여자 좀비이다. 「모
란등롱牡丹燈籠」 설화에 등장하여 더욱 유명한 이 한 많은 여
인은, 모란의 모양이 그려진 등을 들고 밤마다 인가를 걸어 다니면서 마
음에 드는 남자가 있으면 그 집을 방문하거나 유혹을 한다.

홀린 남자에게는 골녀의 모습이 절세가인으로 보이므로 정사를 주고받
게 되는데, 그러고 난 후에는 정기를 모두 빨려 죽게 된다. 요괴의 성격을
가지고 있기도 하지만 죽은 여자의 혼이 백골에 실려 활동하는 것이므로
언데드에 속하기도 하는 복합 캐릭터이다.

인도와 발리에는 '부타Bhuta'라고 하는 좀비가 있다. 사고나 자살, 형벌

이나 비명횡사로 죽은 영혼이 시체 속에 들어가 좀비가 되는 것으로, 평소에는 무덤에 매장된 시체들을 먹고 살지만 살아 있는 인간 역시 곧잘 공격하곤 한다. 이들에게 한 번 공격을 받으면 중병에 걸려 시름시름 앓다가 죽게 된다고 한다.

지금도 재현되는 현대판 좀비 사건들

1980년대에 아이티에서 때 아닌 좀비 논쟁이 벌어진 적이 있었다. 1962년에 아이티의 한 농부가 고열에 시달리다 병원으로 실려 온 지 이틀 만에 사망했는데, 그로부터 18년 후인 1980년에 그 농부의 동생 앞에 한 남자가 나타나 자신이 죽은 형이라고 말했다는 것이다. 사망진단서에 찍힌 지문과 살아 돌아온 그 남자의 지문이 정확히 일치했기에 더욱 기이한 일이었다.

기억을 더듬어 얘기하는 이 남자의 말을 종합해보면, 살아생전에 토지 문제로 어떤 사람과 다툼이 있었는데 자신의 죽음은 아마도 그것과 관련이 있었던 것 같으며, 자신이 죽은 지 몇 시간 후 부두교의 사제가 자신을 되살려냈고 한동안 어딘가로 끌려가서 노예로 일을 했다는 것이었다. 그러다 2년 뒤 사제가 죽자 길거리를 떠돌며 지내다가 얼마 전에야 기억이 온전히 돌아와 다시 가족들에게 왔다는 것이었다.

농부의 신원을 조회해본 결과 18년 전 죽었다는 그 남자가 확실했으며, 그가 일했다는 아이티 북부의 농장에서 넋이 나간 채 일하는 노예 집단이 발견되어 그의 말에 신빙성을 더해주었다. 이 이야기는 영국 BBC에서 다큐멘터리로 다루어지기도 했을 정도로 한동안 사람들의 주목을 끌었다.

아이티에서는 1936년에도 비슷한 사건이 발생한 기록이 있다. 길거리를 알몸으로 헤매던 한 여성이 발견되었는데, 그 당시의 상태를 기록한 보고서에 의하면 '죽은 자의 눈처럼 생기가 없었으며, 얼굴은 무표정하고 눈꺼풀은 하얗게 떠 있었다' 라고 되어 있다. 그녀가 차츰 정신을 차리게 되어 신원을 알아보니, 1907년에 29세의 나이로 사망하여 매장된 여자였다는 사실이 밝혀졌다.

MBC TV에서 방영했던 『다큐멘터리−이야기 속으로』라는 실화 재현 프로그램에서도, 죽어서 장례까지 치른 여자가 어느 늦은 밤에 택시를 타고 집으로 돌아온 얘기가 방영되어 충격을 던져준 적이 있었는데, 통계로 잡히지 않아서 그렇지 찾아보면 죽었다가 소생한 현대판 좀비에 관한 사건들이 의외로 많이 있을 것으로 생각되어진다. 이런 일들이 잘 공개되지 않는 이유는 본인은 물론 집안사람들이 쉬쉬하며 공개되기를 꺼려하기 때문인 경우가 많다.

이러한 좀비 관련 사건과 영화 속 좀비를 접할 때면 항상 느끼게 되는 것이 있는데, '좀비' 라는 캐릭터에는 죽은 자에 대한 아쉬움과 공포가 동시에 존재한다는 아이러니다. 영생을 갈구했으나 덧없이 죽어간 사람들의 헛된 희망은 어디로 갔을 것이며, 남겨진 사람들의 회한은 어디로 사라졌을 것인가?

그것들은 결코 없어지지 않았다. 이 우주를 구성하는 중요한 원칙 중 하나가 바로 질량보존의 법칙이다. 태초에 생겨난 것은 모양만 바뀔 뿐 계속해서 존재한다는 것인데, 이것은 인간의 상념에도 그대로 적용된다. 그리고 그 상념들은 오늘날에도 우리가 알지 못하는 곳에서 수많은 좀비들을 빚어내고 있을 것이다.

정작 무서운 것은 무덤에서 일어나는 좀비가 아니라, 우리가 만들어낸 그런 부정적 상념일지도 모른다.

참고 문헌 및 사이트

『퇴마록 해설집』 | 이우혁, 들녘, 1995
『문화 읽기』 | 고길섶, 현실문화연구, 2000
『판타지의 주인공들 1』 | 다케루베 노부아키, 들녘, 2001
『환상동물사전』 | 구사노 다쿠미, 들녘, 2001
『마녀의 문화사』 | 제프리 버튼 러셀, 르네상스, 2004
『세계 신화 사전』 | 낸시 헤더웨이, 세종서적, 2004
『몸』 | 김종일, 황금가지, 2005
『세상의 모든 상식 지식사전』 | 허순봉, 가람문학사, 2007
『마법의 판타지이야기』 | 주디 알렌, 아동문학, 2006
「한국 최초의 좀비 영화 『괴시』를 찾아서」 | 허지웅, 오마이뉴스, 2004. 10. 23
http://www.elfwood.com
http://consc.net/zombies.html
http://www.allthingszombie.com
http://www.webster.edu/~corbetre/haiti/bookreviews/davis1.htm

제8장

무서웠지만 어리바리한 중국의 전통 귀신

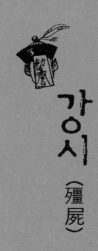

강시 (殭屍)

강시의 추억 속으로

서양에 드라큘라가 있었다면 동양에는 '강시'라는 녀석이 든든히 버티고 있다. 두 손을 앞으로 뻗고 콩콩 뛰어다니는 그 귀신 말이다. 별 특징 없고 밋밋하던 동양의 공포 영화 역사를 다시 쓰게 한 장본인이다.

기억하는가? 1980년대 중후반을 강타한 그 어마어마했던 강시 열풍을. 온 동네 아이들이 골목으로 뛰쳐나와 이마에 종이 한 장씩을 붙이고는 콩콩 뛰어다니던 그 광경은 지금 생각해도 기이한 일이었다. 게다가 신발, 옷, 각종 학용품 등도 강시 캐릭터로 도배가 되다시피 했었다. 마치 광란의 전염병이라도 돈 듯, 거부할 수 없는 최면에라도 걸린 듯 아이들은 강시의 굉음을 내며 여기저기 뛰어다녔다.

마징가 Z도, 파워 레인저도 아이들을 그렇게까지 중독시키지는 않았다. 또한 그 강시 열풍이 사라진 뒤에는 어디에서도 그와 비슷한 광기를 다시는 구경하지 못했다. 모세가 홍해를 가르듯 오직 강시만이 그러한 기적을 일구어내고는 어느 날 갑자기 흔적도 없이 사라져버렸던 것이다. 과연 이것을 어떻게 해석해야 할 것인가?

사회학자도 아니요, 심리학자도 아닌 필자가 어떻게 이것을 말로 다 표현하겠냐마는, 조심스레 추측해보자면 '강시 영화'라는 장르가 하나의 종합선물세트였기에 가능한 일이 아니었나 싶다. 그렇다. 각종 과자와 사탕과 주전부리가 잔뜩 들어 있던 바로 그 종합선물세트 얘기다.

요새는 워낙 입맛이 고급으로 바뀐지라 그런 걸 받고 좋아할 애들이 별로 없겠지만, 예전에는 정말 추석과 설날을 손꼽아 기다리는 이유 중의 하나가 바로 그 종합선물세트 때문일 정도로 최고의 선물이었다. 따로 따로 떼어놓고 보면 언제든 사 먹을 수 있는 간식거리들이었는데, 그것을 모아놓으면 왜 그렇게 먹음직스럽고 보기가 좋던지, 하루 종일 뚜껑만 열었다 닫았다 할 뿐 먹지 않아도 행복감이 밀려오던 기억이 새삼스럽다.

그런데 강시가 바로 이런 종합선물세트 같은 매력을 가지고 있었다. 강시 영화 한편에는 공포가 살아 숨 쉬는 반면 사랑이 넘실거렸으며, 무협 액션이 존재하는 동시에 코미디 또한 있었다. 마치 종합선물세트에 고소미와 연양갱과 사탕이 모두 들어 있듯이, 강시 또한 아이들에게 그런 느낌으로 다가왔을 것이라는 게 필자의 견해다. 아니면 말구!

아무튼 영화 역사를 통틀어 강시처럼 이렇게 다양한 장르를 한 작품에 녹여낸 영화 소재도 흔치 않았을 터인데, 그렇다면 과연 이 강시는 언제부터 영화로 만들어지기 시작했을까?

몇 가지 설이 있지만 유가량(劉家良) 감독의 『모산강시권(茅山殭屍拳, The Shadow Boxing, 1979)』을 그 효시로 보는 설이 가장 유력하다. 지금으로부터 수십 년 전 필름이라 화질은 그리 좋지 않지만, 요즘 우리들이 알고 있는 청나라 관리 복장의 강시 모습이라든지 팔을 뻗고 뛰어다니는 독특한 습성 등을 이 영화에서 어렵지 않게 확인할 수 있다.

『모산강시권(1979)』

하지만 이 영화에서의 강시는 주

인공이 아니라 '소품'이라고 보는 편이 낫다. 작품 또한 우리가 익히 알고 있는 강시 영화 특유의 스타일을 따르지 않기에 무협 영화로 보는 쪽이 더 옳을 것이다. 이때까지는 아마 '강시'라는 소재를 전면에 내세울 생각을 하지 않았던 것 같은데, 그것은 강시에 관한 얘기들이 이미 중국 민간에 전설과 토속신앙으로 너무 오랫동안 이어져 온 것들인지라, 그 익숙함에 취해 그럴 생각까지는 하지 못했던 것으로 이해된다.

예를 들자면 한국에서 김치가 아무리 밥상에 자주 오르는 음식이라 하더라도 그것을 메인 메뉴로 내놓을 생각은 안 하지 않았는가. 그러나 세월이 지나 한국보다 외국에서 김치의 위대함이 더 많이 알려진 지금은 김치 하나를 가지고 식단 전체를 꾸밀 수 있을 정도로 위상에 큰 변화가 생겼다. 신앙이나 음식이나 영화나 어차피 인간에게서 나온 문화이기에, 비슷한 개념으로 이해할 수 있지 않을까 싶다.

강시의 아버지 홍금보 그리고 『귀타귀』

그런데 1980년의 어느 날, '홍금보'라는 뚱뚱한 무술 배우가 강시에 대한 기존의 모든 편견을 깨는 영화 한 편을 제작하게 된다. 이때까지만 해도 사람들은 이 영화가 그렇게 큰 성공을 거둘 줄은 꿈에도 몰랐으며, 후대 강시 영화에 지대한 영향을 끼치게 되리란 것 또한 아무도 상상하지 못했다. 진정한 강시 영화의 원조라고 할 수 있는 『귀타귀(鬼打鬼, 1980)』의 탄생은 전 세계적인 강시 열풍의 시작이었으며, '강시'라는 이름을 만세에 떨치게 되는 신호탄이었다.

『귀타귀(1980)』

우리는 '홍금보'라는 배우를 이소룡과 성룡의 그늘에 가려진 조연급 배우 정도로 알고 있지만, 그는 우리가 알고 있는 그 이상의 예술인이다. 영화 『귀타귀』에서 제작과 감독 그리고 시나리오와 주연배우까지 모두 해치워버린 것만 봐도 그의 천재성은 입증되고도 남는다.

앞에서도 설명했듯 홍금보는 '강시'라는 소재를 새롭게 요리한 장본인이며, 누구에게나 먹혀들 수 있도록 흥행 요소를 첨가한 스타일리스트이기도 하다. 『귀타귀』이후에 나온 수십 편의 강시 영화를 생각하면, 더군다나 강시 영화의 인기에 쐐기를 박은 작품 『강시선생』시리즈를 그가 제작했다는 것을 기억한다면, 그를 '강시의 아버지'라 불러도 전혀 어색할 것이 없다. 강시 영화의 전형으로 굳어진 코믹+호러+액션을 이미 『귀타귀』와 『강시선생 1(殭屍先生, Mr. Vampire, 1985)』에서 모두 완성시켰으며, 더 이상 발전시키고 보탤 것이 없을 정도로 완벽한 작품을 선보였기 때문이다.

귀타귀에서 홍금보는 어수룩하지만 무술을 잘하는 사내로 나오는데, 정숙하지 못한 그의 아내가 그 지방의 귀족 영감과 함께 도술사를 고용하여 홍금보를 죽이려 하자, 우연히 그 사실을 알게 된 도술사의 사제(같은 스승 밑에서 배운 동무)가 홍금보를 도와서 귀족 영감은 물론 도술사 일당을 일망타진한다는 것이 대강의 줄거리다. 이렇게 써놓고 보니까 내용이 별로 없는 것 같아 보이는데, 이 영화는 영화 속에서 펼쳐지는 현란한 홍금보의 연기와 감독으로서의 역량을 봐야 진가를 알 수 있는 작품이다.

특히 흉가에서 벌어지는 강시와의 일전은 그 어떤 강시 영화에서도 볼 수 없는 박진감과 코믹함을 안겨주며, 홍금보를 사이에 두고 펼쳐지는 나쁜 도사와 착한 도사의 마법 배틀은 이 영화의 하이라이트이자 강시 영화 역사상 그 유례를 찾아볼 수 없는 명장면이라 할 수 있다.

손오공에게 빙의가 되어 원숭이의 흉내를 내는 홍금보를 보고 있노라면, 어떻게 저토록 천진난만하면서도 무섭게 연기에 몰입을 할 수 있는지 감탄밖에 나오지 않는다. 강시를 소재로 한 영화 중 가장 먼저 나온 작품 중 하나지만, 모든 강시 영화 중 최고라 해도 아깝지 않은 명작 중의 명작이다. 명불허전 名不虛傳이라… 필자가 아무리 얘기해봤자 소용이 없고, 직접 확인하고 느껴보시는 수밖에 없다.

중국의 장례 풍습을 사실적으로 묘사한 『인혁인』

『귀타귀』 시리즈는 그 후 1992년까지 계속 이어졌는데, 대개의 속편이 그렇듯이 아무래도 1편의 아성을 뛰어넘지 못하는 범작의 수준인지라 특별히 소개할 필요는 없을 듯하다. 이러한 현상은 다른 『귀타귀』 시리즈 영화들이 마구잡이로 만들어졌기 때문이 아니라, 이미 『귀타귀』 1편에서 관객들에게 보여줄 수 있는 모든 것을 보여주었기에 벌어진 현상이었다.

『인혁인(1982)』

그런 와중에도 주목할 만한 시리즈가 하나 있는데, 1982년도에 한국에서 『속 귀타귀』라는 타이틀로 개봉한 『인혁인(人赫人 : The Dead And The Deadly, 1982)』이라는 작품이다. 물론 영화적 재미와 작품성은 1편에 비해 떨어지지만, 흥미로운 중국식 장례 광경을 보는 쏠쏠한 재미가 있다. 마치 한국 장례 풍속을 사실적으로 보여준 영화 『학생부군신위(1996)』와 『축제(1996)』를 보는 듯하다.

중국인들은 사람이 죽은 지 7일 만에 영혼이 빠져나간다고 믿었는데, 영혼이 저승길로 떠나기 전에 관 밑에 등불을 두어 길을 잃지 않게 한 후 관 옆에 밥을 차려주고는 먹게 한다. 그때 밥은 밥 한 그릇에 또 한 그릇을 거꾸로 포개어 위에 놓은 그릇을 빼낸 뒤 고봉으로 올려놓는다. 그 뒤 14일째 되는 날 떠났던 영혼은 저승사자들과 다시 한 번 자신의 시체를 찾아오게 되는데, 이때 굴뚝 밑에 사다리를 하나 가져다 놓는다고 한다. 만일 죽은 자를 살리고 싶으면 이때가 마지막 기회인데, 저승사자를 어떻게 요리하느냐가 관건이다.

저승사자들은 삶은 계란을 좋아하는데, 술 항아리 속에 삶은 계란을 넣어두면 그것을 먹기 위해 술동이에 있는 술을 모두 마시고 곯아떨어지게 된다. 죽은 영혼은 딱정벌레 같은 곤충의 모습으로 돌아오는데 이것을 알아보려면 미리 지붕에 횟가루를 덮어놔야 한다. 곤충 다리에 하얀 회가 묻어 있으면 그것이 바로 영혼이다. 만일 망자를 다시 살리고 싶다면 그 벌레를 잡아서 여성의 생리대로 감싸두면 저승사자들이 찾지 못한다고 한다. 동틀 때까지 그렇게 버티고 있으면 저승사자는 떠나고 망자의 혼은 다시 시신으로 돌아가 회생하게 된다고 믿었다.

이외에도 실제 장례를 지내는 모습, 장지까지 관을 운반하는 화려한 행렬, 도사들이 주관하는 현란한 입관 절차 등이 다채롭게 펼쳐진다. 청나라 때의 장례 절차를 확인할 수 있는 귀중한 자료가 아닐 수 없다.

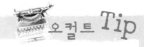

오컬트 Tip

『귀타귀』 시리즈 정리

한국에서는 수입사 따로, 비디오 제작사 따로 제목을 붙이는지라 독자의 혼란을 줄이기 위해 시대 순으로 원 제목을 표시했다(*표시는 한국 개봉 제목).

『귀타귀(鬼打鬼 : Encounters Of The Spooky Kind, 1980)』 *『귀타귀』

『인혁인(人赫人 : The Dead And The Deadly, 1982)』 *『속 귀타귀』

『인혁귀(人赫鬼 : Hogus Pogus, 1984)』

『귀요귀(鬼妖鬼 : Encounters Of The Spooky Kind 2, 1990)』 *『귀타귀 90』

『인귀신(人鬼神 : Spiritual Trinity, 1991)』 *『영환지존』

『귀타귀 92(Fighting Ghost 92, 1992)』

『귀타귀 황금도사(鬼打鬼之黃金道士 : Mad Mad Ghost , 1992)』

강시 사냥꾼, 영환도사 임정영

　　　　　　　강시 영화사에 있어서 홍금보의『귀타귀』와 더불어 양대 산맥을 이루는 인물과 작품이 있다. '영환도사靈幻道士'라는 호칭으로 더 유명한 임정영(林正英)과 그의 출연작『강시선생』시리즈이다. '강시'라는 타이틀만 빌려간 허접한 영화들 말고 홍콩에서 제작된 중요 강시물의 80퍼센트 정도엔 이 '임정영'이라는 배우가 거의 등장을 했는데, 그 캐릭터의 기반은 지금 소개하려는『강시선생』에서 모두 찾을 수 있을 정도로 중요한 위치를 차지하고 있는 영화이다.

　임정영이 맡은 영환도사 배역은 마치 드라큘라 영화에 나오는 흡혈귀 사냥꾼 반 헬싱과 유사하다. 다만 반 헬싱은 과학적인 논리와 이성을 바탕으로 접근을 하지만, 영환도사는 출중한 무예 솜씨와 환상적인 도술을 기반으로 하고 있다는 것이 차이점이다.

　어떻게 보면 강시물의 도사들은 능력적으로 봤을 때 강시보다 한 수 위의 존재라고 할 수 있다. 이러한 힘의 우위는 영화 속에서 항상 퇴마 당해야 할 대상인 귀신보다 퇴마를 직접적으로 담당하는 도사의 비중이 오히려 더 커지는 결과를 낳게 되었다. 서양 영화에서 반 헬싱보다 흡혈귀가 더 부각되는 것과는 전혀 반대인 것이다.

　하지만 도사도 도사 나름이다. 여타 강시 영화에서의 도사들하고는 비교할 수 없을 정도로 임정영의 도사 역할은 타의 추종을 불허한다. '타고났다'는 수식어 외에는 달리 언급할 말이 없을 정도이기 때문이다. 강시 영화는 임정영이 나온 영화와 나오지 않은 영화로 나눌 수 있을 정도이며, 앞으로도 도사 역할에 있어서 임정영을 능가하는 배우는 나타나지 않을 것이라는 게 영화계와 강시 영화 팬들의 중론이다.

그러나 재인박명才人薄命이라고 했던가! 그의 출연만으로도 흥행을 보장받고, 전 세계적인 강시 열풍을 거의 혼자서 만들어냈다고 해도 과언이 아닐 정도의 카리스마를 보여주던 그가 돌연 1997년 간암으로 사망하게 된다. 친하게 지내던 이소룡의 장례식장에서도 혼자 궂은일을 도맡아 하던 의리의 사나이였으며, '주귀酒鬼'라는 별명이 붙었을 정도로 지인들과 술을 즐기던 호방한 사나이, 임정영. 한 시대를 풍미했던 액션배우이자 강시 영화의 대부였던 그가 그렇게 허무하게 우리 곁을 떠난 것이다.

향년 45세. 무한한 그의 재능을 모두 표현하기에는 너무나도 짧은 인생이었다. 📼

강시 영화 열풍의 장본인 『강시선생』

홍금보가 『귀타귀』에서 그랬듯이, 임정영 역시 『강시선생』 시리즈에서 자신의 모든 역량을 다 쏟아낸다. 특히 그중에서도 가장 완성도 높은 1편은 후에 탄생하는 모든 강시 영화의 교과서적 존재가 된다.

시대적 배경은 1910년대의 중화민국. 서양의 복식과 청나라 복식이 혼재되어 있는 작은 마을에 중국 도교의 모산茅山파 도사 구숙九叔이 살고 있었다. 그가 하는 일은 마을에서 벌어지는 각종 장례 절차라든지 묏자리

선택과 이장 업무, 귀신을 쫓는 퇴마 의식
등인데, 모산파 도사는 영화에서처럼 태
극 문양이 그려진 태극건太極巾을 쓰고
복숭아나무로 만든 목검을 들고 있는 것
이 일반적인 외관이었다. 그리고 수탉
의 피로 부적을 쓰고, 목검을 휘둘러 주
법呪法을 행하며, 단을 쌓아 재초齋醮,
도교의 제사를 올리는 것 또한 주요한 임
무였다.

『강시선생(1985)』

　어느 날 도사 구숙(임정영)에게 마을의 최고 부자인 임 씨가 자신의 아
버지 묘를 이장해달라고 부탁한다. 조수들을 데리고 묏자리에 가서 관 뚜
껑을 연 구숙은 임 씨 아버지의 시체가 수십 년 전에 죽은 시체라고는 믿
기지 않을 정도로 멀쩡한 상태임을 보고는 강시임을 직감하게 된다. 이런
시체는 화장하는 것이 상책이라 권했지만 임 씨의 절대 반대로 일단 관을
도교 법당으로 이송해오는데, 며칠 뒤 그 관에서 강시가 일어나 임 씨를
물어 죽이고 임 씨마저 강시가 되고 만다.

　이 와중에 구숙은 살인자로 누명을 쓰고 경찰서 유치장에 갇히는데, 강
시로 변한 임 씨가 경찰서를 습격하여 일대 소란이 벌어지게 된다. 경찰
들도 구숙이 범인이 아니었음을 알게 되어 풀어주고는 오히려 구숙더러
강시를 잡아달라고 부탁하는데, 구숙과 제자, 경찰서장이 한 조가 되어
펼치는 화려하고도 코믹한 강시 사냥 장면은 정말 압권이다.

　간신히 임 씨 강시를 불태워 죽인 것도 잠시, 관에서 탈출했던 아버지
강시가 마을을 습격하여 구숙의 제자를 강시로 만들어버리고 횡포를 일

삼는다. 구숙은 마지막 일전을 위하여 강시가 싫어하는 수탉의 피와 먹을 섞어 물약을 만들고, 역시 강시가 싫어하는 찹쌀과 부적을 준비한 뒤 최후의 결투를 벌이게 된다.

이 영화에는 강시 외에도 중국식 처녀 귀신이 나오는데, 구숙 도사의 제자 중 한 명을 홀려서 사랑을 나누는 장면이 나오는가 하면, 자신이 사랑하는 구숙 도사의 제자를 위해 기꺼이 강시와 일전을 벌이는 장면도 관객의 흥미를 자아낸다. 강시 영화를 관람하는 데 있어서 절대로 빼놔서는 안 될 필수 영화 되겠다.

이어지는 『강시선생』 시리즈

『강시가족(1986)』

『강시선생 2 : 강시가족(殭屍家族 : 殭屍先生續集, Mr. Vampire 2, 1986)』은 시대 배경을 옮겨 현대의 도시를 무대로 한다.

동굴 탐사를 하던 대학교수와 제자들은 동굴 깊숙한 곳에서 이상한 시체 세구를 발견한다. 청나라 복식을 한 남녀와 어린아이로, 마치 살아있는 듯한 시체였다. 그들은 자신들의 연구실로 시체를 이송하는데, 실수로 머리에 붙어 있는 부적을 떼게 되어 강시들이 되살아나 난동을 피운다.

그 와중에 제자 한 명이 강시에게 물려 중의원의 한의사(임정영)를 찾아가 치료를 받는다. 그러나 한의학 외에도 도술에 통달한 한의사는 그 상처가 예사 상처가 아님을 직감하고는, 예비 사위(원표)와 딸을 대동하여 그 연구실로 향한다. 그러나 예비 사위의 실수로 강시들이 다시 난동을 부리게 되고, 한의사는 도사 복장을 차려 입고는 강시 가족과 일전을 펼친다.

이 영화는 『강시선생』 시리즈 중 최악의 작품으로 평가받고 있을 정도로 시나리오 구성과 연출이 1편과는 비교할 수 없을 정도로 조악한데, 강시 영화에서 처음으로 꼬마 강시가 나왔다는 점만은 주목할 만하다. 꼬마 강시는 훗날 『유환도사(1988)』라는 제목으로 국내에 소개된 『헬로 강시』 시리즈로 전성기를 맞게 된다.

『강시선생 3 : 영환선생(靈幻先生, Mr Vampire 3, 1987)』은 마적단에게 붙은 악귀들과 도사인 영환선생(임정영)이 대결을 펼치는 구도로 이루어지는데, 이번엔 특이하게도 착한 강시 형제가 등장하여 영환선생을 돕는다는 것 외에 특별히 주목할 만한 작품은 아니다.

『영환선생(1987)』

『강시선생 3 : 영환선생』은 정식 『강시선생』 시리즈 중에서 홍금보, 임정영 콤비가 마지막으로 선을 보였던 작품이다. 이 작품을 끝으로 홍금보는 더 이상 『강시선생』 시리즈를 제작하지 않았으며, 임정영 역시 이 작품을 끝낸 후에는 4편에 출연하지 않고 훗날 『신 강시선생(Mr. Vampire, 1992)』에 다시 등장하게 된다. 그동안 임정영은 자신이 감독 데뷔를 한 강시 영화 『일미도인(一眉道人, 1989)』을 만들고 직접 출연까지 하는 열의를 보였다.

여기서 잠깐 『강시선생』 시리즈에 대해 얘기하자면, 『강시선생』의 정식 시리즈는 'Mr Vampire'라는 부제가 붙은 다섯 편만을 뜻하며, 그 외의 작품들은 영화 수입사에서 '강시선생'이라는 타이틀의 인기를 노려 임의적으로 붙인 제목들이라 할 수 있다.

강시선생 시리즈 정리

『강시선생(殭屍先生, Mr. Vampire, 1985)』

『강시선생 2 : 강시가족(殭屍家族, Mr.Vampire 2, 1986)』

『강시선생 3 : 영환선생(靈幻先生, Mr.Vampire 3, 1987)』

『강시선생 4 : 강시숙숙(剛屍叔叔 : Mr.Vampire Saga, 1988)』

『강시선생 5 : 신강시선생(新殭屍先生 : New Mr.Vampire, 1992)』

보기만 해도 골치 아픈 강시 영화 족보

여기서 한 가지 독자 분들이 헷갈려하는 부분을 짚고 넘어가야 할 것 같은데, 흔히들 강시 영화의 대표작을 『영환도사』라고 알고 있지만, 지금까지 나온 강시 영화 중에 '영환도사'라는 타이틀의 작품은 존재하지 않는다. 각종 강시 영화에서 임정영이 맡은 강시 사냥꾼 배역이 영환도사일 뿐이다.

그런데 어떻게 한국에서는 『영환도사』라고 착각하고 있는 것인가? 그 사연인즉 이렇다.

『귀타귀』 이후 제작된 본격적인 강시 영화가 『강시선생』 시리즈인데, 이 시리즈 중 세 번째 시리즈의 부제가 영환선생이었다. 이것이 일본으로 들어가 개봉될 때 『영환도사 3』라는 타이틀로 개봉되었고, 이것을 그대로 베낀 한국의 영화 수입사와 비디오 회사들이 그 이전 작품에도 모두 '강시선생' 대신 '영환도사'라는 타이틀을 붙여버렸던 것이다.

하지만 여기서 끝이 아니다. 마치 『에이리언 2(Aliens, 1986)』를 1편보다 먼저 수입해서 개봉했듯이, 강시선생 역시 그 당시 인기 있던 홍콩배우 원표가 출연하는 2편을 먼저 들여왔는데, 그 제목을 한국에서는 『영환도사』라고 표기했던 것이다. TV 방송국에서도 명절 때마다 『강시선생 2』를 『영환도사』라는 타이틀로 방영을 했으니, 대체 어떤 것이 진짜 『영환도사』인지 아직까지도 사람들이 헷갈리는 것이다. 한마디로 콩가루 족보라고 할 수 있다.

이러한 '도사' 타이틀 관습은 다른 영화에도 영향을 미쳐서 『헬로 강시』시리즈에는 『유환도사(幽幻道士)』라는 타이틀이 붙어 출시되는데, 이 때문에 관객들은 또 한 번 혼란에 빠진다. 영화와 방송 관계자들은 제목을 붙일 때 가끔 이런 웃지 못할 해프닝을 벌이곤 하는데, 영화사映畵史도 엄연한 역사의 한 부분이므로 후대를 위해서라도 가급적 정확한 원제 표기를 해주길 부탁한다.

벚꽃처럼 지다! 강시들의 몰락

한국 공포 영화가 교훈 강박증에 빠져 있다면, 홍콩 공포물은 코믹 강박증에 빠져 있다고 봐야 할 것이다. 적당한 교훈과 코믹은 영화의 조미료로 감칠맛을 내주지만, 이걸 전면적으로 의도화해서 영화를 만들면 역전 식당에서 화학조미료 잔뜩 친 느끼한 김치찌개 먹는 꼴이 나게 마련이다.

『귀타귀』 1편과 『강시선생』 1편이 흥행에 성공하자, 그 작품들의 속편은 물론이고 강시를 소재로 한 수많은 아류작들이 우후죽순 만들어지기 시작한다. 그러나 항상 그렇듯이 후발 주자들은 원작의 아성을 넘기 위해 오버를 하기 마련이다. 더욱 과격한 폭력, 더 웃기려는 슬랩스틱 코미디 등이 범람하자, 강시 영화 고유의 매력은 점점 사라지고 이것도 저것도 아닌 잡탕찌개가 되어버리고 만다. 나중에는 제목엔 '강시'가 들어가 있는데 영화에는 강시가 등장하지 않는 괴상망측한 영화까지 등장하니 더 말해 무엇하겠는가.

'강시'라는 캐릭터는 잘만 관리했으면 동양의 호러 클래식 Horror Classic 이 될 수도 있었던 매력적인 캐릭터였다. '호러 클래식'이라고 하면 서양의 고딕 호러 Gothic Horror를 뜻하는데, 100여 년간 꾸준히 대중들에게 사랑을 받아온 늑대 인간, 흡혈귀, 프랑켄슈타인, 투명인간, 미라 등의 캐릭터가 모두 이에 해당된다. 그에 비해 동양에서는 이들에 맞설 공포 캐릭터가 절대적으로 부족했으며, 그 와중에 꾸준히 선전을 해온 것이 그나마 강시였다.

하지만 폭발적인 인기를 이용해 한몫 잡으려는 제작자들의 입김은 수많은 저질 강시를 탄생시켰고, 세월이 갈수록 질이 낮아지는 강시 영화에 더 이상 관객들은 지갑을 열지 않았다. 결국 강시는 10여 년 남짓한 활동 기간을 접고 동양 호러물의 지존 자리에서 내려오게 된다.

전가통신錢可通神이라! 돈이면 귀신도 부린다는 이 속담이 말해주듯 강시 역시 자본의 논리 앞에서는 어쩔 수 없이 무릎을 꿇을 수밖에 없었던 것이다.

누가 누구를 탓하겠는가. 권불십년權不十年이요, 화무십일홍花無十日紅이라! 한때는 시대의 아이콘으로 떠올라 영원할 것만 같았던 강시 열풍은 그렇게 눈 녹듯이 한순간에 사그라지고 말았다.

한국에서도 홍콩의 영향을 받고 강시 영화가 여러 편 만들어지긴 했으나, 늦게 도착한 잔칫집에 먹을 게 뭐 있었겠는가. 식어버린 국그릇에 밥한술이라도 말아 먹고 체하지 않으면 그나마 다행이었다.

그렇게 해서 만들어진 한국 강시 영화들은 『영구 시리즈』를 비롯해 『똘똘이 소강시(1988)』, 『강시 훈련원(1988)』, 『외계인과 콩콩강시(1989)』 등

여름방학 특수를 겨냥한 어린이용 작품이 대부분이었으니, 1960~1970년 대에 홍콩으로 무협과 공포 영화를 역수출하던 한국 영화의 저력이 바닥 났음을 확인하게 만드는 씁쓸한 작품들이었다.

강시의 시대는 갔지만 홍금보와 임정영을 잊지 못하는 수많은 강시 팬들은 여전히 새로운 강시 영화의 부활을 꿈꾸며, 지금 이 순간에도 어디에서인가 흘러간 『귀타귀』와 『강시선생』을 추억하고 있을지도 모를 일이다.

정체불명의 변칙 강시 영화들

워낙 강시 영화가 많이 나온지라, 정통 강시 영화가 아닌 변칙 영화들도 종종 제작이 되곤 했었다. 패러디물에 있어서 살내 물씬 풍기는 에로 영화가 빠지면 또 재미없는 법이듯, 강시물에서도 에로 성격의 영화가 몇 편 등장을 하긴 했었다.

하지만 대놓고 포르노를 찍을 수도 없고 정통 강시물 성격으로 갈 수도 없는 태생적 딜레마를 가지고 있었기에, 작품들의 수준은 과히 모양새가 좋지 않은 것들이 대부분이다. 제목만 봐도 애마부인과 강시를 합쳐놓은 『강시애마(1988)』가 있었는가 하면 천녀유혼과 강시를 합쳐놓은 『강시유혼(殭屍幽魂, 미상)』도 있었다. 대부분이 기존의 히트 영화를 등에 업은 빤한 의도의 패러디물인데, 그 당시에는 제목만 들어도 웃음이 나오던 작품들이지만 지금은 버젓이 컬트 작품으로 추앙받으며 일부 강시 골수팬들 사이에서는 고가로 거래되기도 한다.

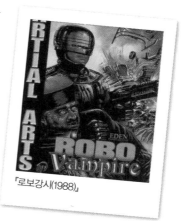

『로보강시(1988)』

이러한 변칙 강시 영화 중에서 대표적인 작품을 소개하자면, 일단 로보캅의 인기를 이용했던 『로보강시(Robo Vampire, 1988)』라는 작품을 들 수 있겠다. 이건 미국과 홍콩의 합작으로 미국인 감독(Joe Livingstone)에 의해 만들어진 작품인데, 영화가 어디까지 막 나갈 수 있는지를 실험하기 위해 만든 영화라고 보면 된다.

강시의 분장은 『모여라 꿈동산』 인형극 탈을 뒤집어 쓴 듯하고, 강시와 맞대결을 펼치게 되는 로보캅 역시 거대한 쿠킹호일을 감아서 만든 듯 조악하기 짝이 없다. 강시는 하늘을 날아다니고 팔이 쭉쭉 늘어나며 손톱에서는 총이 발사된다. 게다가 강시의 부인으로 천녀유혼 풍의 귀신이 등장하는데, 자세히 보니 서양 여자다. 근데 이 여자가 동양인 강시 신랑을 맞이한 이유 또한 가관이다. 서양 남자보다 성기가 단단해서 잠자리를 잘하기 때문이란다.

이쯤 되면 막장 영화라고 할 수도 있겠지만, B급 허접 호러를 즐기시는 분들에게는 군침 당기는 영화 되겠다.

『강시와 부시맨(1991)』

제목만 들어도 폭소가 터져 나오는 영화가 또 한 편 있다. 이름하야 『강시와 부시맨(非洲和尙 : Crazy Safari, 1991)』. 누가 봐도 알 수 있듯 세계적으로 선풍을 일으켰던 『부시맨』의 후광을 노린 작품인데, 이 영화에는 세 가지 놀라운 요소가 담겨 있다.

첫째는 허접스러운 패러디물 같지만 홍콩이 판권을 샀는지 어쨌는지 아무튼 정식 부시맨 시리즈 제목인 『The Gods Must Be Crazy』를 달고 나온 세 번째 작품이라는 것이며, 둘째는 이미 그 당시에 국제적인 명사가 된 부시맨 니카우(N!xau)가 직접 출연을 하고 있다는 것이다. 그런데 더욱 놀라운 일은 강시 영화를 논하는 데 있어서 빠져서는 안 될 영원한 지존, 임정영이 영환도사로 출연을 하고 있다는 사실이다.

이건 정말 놀라운 일이 아닐 수 없다. 『프레디 대 제이슨(Freddy Vs. Jason, 2003)』도 있고 『에이리언 대 프레데터(Alien Vs. Predator, 2004)』도 있는데 그게 뭐 놀랄 일이냐고 하겠지만, 그 작품들의 주인공들은 탈바가지를 쓰거나 CG 처리를 해서 나오기 때문에 누가 그 역할을 맡아도 상관이 없는 작품들인 데 반해, 임정영과 니카우는 원판 그대로의 인물이 주인공으로 등장을 하고 있는 것이다. 이것은 마치 람보(실베스터 스탤론)와

터미네이터(아놀드 슈왈제네거)가 한 영화에 출연하거나, 이소룡과 『인디아나 존스』 시리즈의 해리슨 포드가 동시 출연하는 것에 비견되는 역사적인 사건이라고 할 수 있다.

이 작품은 영화의 외적인 포스만큼이나 내적인 구성에 있어서도 B급 호러 팬들을 실망시키지 않는다. 청나라 때 사신으로 영국에 건너가 그곳에서 죽은 관원의 시체를 운반하던 영환도사 일행은 비행기 추락으로 아프리카에 떨어지게 된다. 거기에서 흑마술을 쓰는 아프리카 추장의 흑인 좀비와 영환도사가 되살려낸 중국 강시와의 대결이 펼쳐지게 되는데, 아프리카 사바나 초원에서 펼쳐지는 좀비와 강시의 세기적 대결은 이 영화의 최대 하이라이트이기도 하다.

지금은 모두 고인이 된 임정영과 니카우 두 양반의 모습을 동시에 볼 수 있는 소중한 소장용 영화이다.

강시들의 이동법, 도시송시술

지금까지 여러 강시 영화들을 살펴봤는데, 지금부터는 강시가 대체 무엇인지 그 특징과 습성에 대하여 본격적으로 알아보도록 하자.

강시의 옷을 보면 거의 대부분 청나라 관리의 복장을 하고 있다. 이것은 죽은 자에 대한 예의 표시로, 한국에서 혼례 때 관리가 아니더라도 관복을 입고 예식을 치르는 것과 비슷한 표현이다. 아마도 죽어서라도 출세를 하고 싶어 했던 중국 민중들의 바람이었을 것이다.

이러한 강시들은 한자로 '殭屍' 또는 '僵屍'로 표기하는데, 사전적 의미로는 '얼어 죽은 시체'를 뜻하지만 '넘어진 시체' 혹은 '곧바로 서 있는 시체'를 뜻하기도 한다. 문헌을 살펴보면 강시는 원래 사람을 해치는 악한 존재가 아니라 객지에서 죽은 시체들을 지칭하는 말이었다고 한다. 한국도 그렇지만 중국 역시 객지에서 사람이 죽으면 객귀가 되어 구천을 떠돈다 하여 장례라도 집에서 치르는 것이 관습인지라 웬만하면 시체를 운반해왔다고 한다.

그러나 중국이 워낙 땅덩어리가 크다 보니 사람이 들것으로 몇 백 리가 될지도 모를 길을 시체를 메고 간다는 것은 현실적으로 불가능한 일이었다. 그래서 다른 방법을 강구하게 됐는데, 그것이 바로 '도시송시술跳屍送屍術'이었다. '도시송시술'이란 글자 그대로 '뛰는跳 시체屍를 송환送屍시키는 술법術'이라는 소리다.

인간의 길흉을 점치는 자미두수紫微斗數의 달인 심평산(沈平山)이 지은 『중국신명개론(中國神明槪論)』을 보면, 중국 서남부 지역의 운남성, 귀주성, 사천성 등지에서 이 기괴한 술법이 주로 행해졌다고 한다. 공부를 하러 떠나거나 돈을 벌기 위해 고향을 등진 사람들이 죽었을 경우 도교의 도사가 시체에게 주술을 걸어 일어서게 하는데, 시신의 몸은 이미 뻣뻣하게 굳어 있기에 영화에서처럼 콩콩 뛸 수밖에 없었다고 한다.

한 사람은 앞에서 종을 치면서 인도를 하고, 또 한 사람은 부적을 띄운 대접을 들고 시체의 뒤를 따랐다고 한다. 이러한 광경은 영화 『강시선생』 1편에서도 확인할 수 있다.

그런데 시체들이 백주에 우르르 뛰면서 이동을 하면 그 광경만으로도 사람들이 "강시가 나타났다"고 하면서 공포심을 갖게 되기 때문에 어쩔 수 없이 밤에 이동을 시켰는데, 비가 오거나 날이 궂을 때에는 시체 전용 여관이 있어서 그곳에 묵었다고 한다. 고향에 거의 도착할 때쯤이면 도사가 가족들의 꿈에 나타나 장례 준비를 시켰다고 하며, 이러한 도시송시술은 청일전쟁 직후까지 시행됐다고 한다. 정말 기이하고 괴기스러운 중국의 풍습이 아닐 수 없다.

강시가 되는 원인과 치료법

중국 섬서성 지역에는 예로부터 시체를 매장하지 않고 풍장風葬을 하는 관습이 있었다고 한다. 이유인즉, 시체의 살이 썩기 전에 매장을 하면 안 좋은 기운을 빨아들여 강시로 변한 후 사람을 해친다는 믿음 때문이었다.

영화 『강시선생』에서 영환도사 역시 제자에게 강시가 되는 이유를 비슷하게 설명하고 있다. 인간이 화난 마음을 풀지 않으면 담기痰氣가 쌓이게 되는데, 그 담기를 풀지 않고 죽으면 목구멍에 맺히게 되고, 그것이 원인이 되어 강시가 된다고 한다. 그래서 사람은 화내는 것을 멀리해야 하고, 설혹 화를 많이 냈다 하더라도 죽기 전에 그 화를 다스려야 한다는 것이다. 역시 안 좋은 사기邪氣가 원인이 되어 강시가 된다는 공통점을 발견할 수 있다.

강시가 되는 또 다른 원인은 흡혈귀처럼 물렸을 때이다. 흡혈귀는 목을 주로 빨지만 강시는 인정사정 봐주지 않고 몸 여기저기를 다 물어버리고 심지어는 내장까지 파먹기도 한다. 그 정도가 되면 바로 사망하여 강시가 되겠지만, 경미하게 물렸을 경우에는 독이 서서히 퍼지기 시작하므로 치료만 잘 한다면 강시가 되지 않을 수도 있다.

역시 『강시선생』 1편에 이에 대한 치료법이 잘 나와 있는데, 일단 강시로 인한 상처인지 아닌지 알아보려면 그 상처 난 부위를 바늘 같은 것으로 건드려본다. 아프다고 펄쩍 뛰면 오히려 괜찮지만 아무 통증도 느끼지 못한다면 필시 강시에 물린 상처라고 할 수 있다.

한 번 강시에 물리면 이틀 안에 독이 퍼져 피가 굳으면서 점점 강시로 변하게 되는데, 일단 상처 난 부위에 특수한 약초와 뱀의 심장을 혼합한 약물을 바르고는 맨발로 햅쌀 위에서 계속 뛰어야 한다. 햅쌀은 강시의 독을 빼내는 역할을 하며 다른 쌀이 섞여서는 절대 안 되고, 환자를 뛰게 하는 이유는 피가 굳어지는 것을 최대한 막기 위해서이다.

독을 빨아들인 햅쌀은 시커멓게 타버리는 특징을 보이며, 음식 역시 햅쌀로 만든 죽을 먹어야 한다.

강시 대처법과 퇴치법

강시는 힘이 워낙 세서 일반적인 사람의 완력으로는 도저히 상대할 수 없는 녀석들이다. 마주치지 않는 게 상책이지만 어쩔 수 없이 대면했을 때에는 강시 앞에서 절대로 숨을 쉬지 말아야 한다. 전부 그런 것은 아니지만 대개는 시력이 좋지 않아서 사람의 입 냄새를 맡고 공격을 가하기 때문이다.

강시는 몸이 경직되어 있기 때문에 수직으로 오르지 못한다는 약점이 있으므로 사다리 등을 이용하여 건물 위나 나무 위로 올라가면 공격을 피할 수 있다. 주변에 물이 있다면 그곳으로 피신을 해도 좋다. 강시는 물을 건널 수 없는 존재이기에 물가 주위를 서성거릴 뿐 직접 들어오지는 않는다고 한다.

만일 강시 이마에 붙어 있던 부적을 실수로 떼었을 때에는 다시 강시에게 붙일 생각을 말고 자신의 이마에 붙이는 것이 좋다. 그렇게 되면 강시는 그 사람을 공격하지 못하고 아무것도 없는 것으로 인식하게 된다.

강시가 집 안에 침범하는 것을 막기 위해서는 수탉의 피와 먹물이 필요하다. 닭의 목을 따서 피를 낸 후 진한 먹물과 혼합하여 실타래에 듬뿍 묻히고는 그 실로 출입구나 창문에 거미줄 치듯이 엮어 놓으면 수탉의 피를 싫어하는 강시는 그 집에 들어오지 못하게 된다고 믿었다. 또한 햅쌀을 집 주변에 뿌려도 효과가 좋다.

강시가 있을 것으로 의심되는 관을 애초에 봉쇄하기 위해서는 햅쌀과 팥, 쇳가루를 섞어 만든 액체를 관 둘레와 이음새에 바른다. 또는 수탉의 피를 묻힌 먹줄을 관의 둘레에 친다. 이렇게 하면 강시는 관 밖으로 빠져나오지 못하게 된다.

만일 이러한 재료들을 갑자기 구할 수 없을 때에는 집에 있는 달걀을 삶아서 대용품으로 써도 된다. 영화 『귀타귀』에는 이 삶은 달걀 이용법이 자세하게 나오는데, 홍금보가 관 위에 걸터앉아 강시가 나오려고 할 때마다 달걀을 하나씩 관속에 넣는 장면이 그것이다. 하지만 이것은 어디까지나 임시방편일 뿐 지속적인 효과는 없으며, 홍금보 역시 달걀 수십 개를 동틀 때까지 집어넣고는 겨우 살아 나온다.

강시를 완전히 죽이기 위해서는 좀 더 대담한 방법이 필요하다. 아예 불에 태우거나 목을 잘라야 하기 때문에 보통 강심장으로는 해내기 힘든 미션이 아닐 수 없다. 이미 죽은 존재이기 때문에 칼이나 화살 같은 것으로는 오히려 성질만 돋울 뿐이다.

중국 하북성에서 있었던 일인데, 그 마을에 어느 날 강시가 출몰하여 아이들을 계속 잡아먹자 마을 사람들은 도사를 불러 강시를 퇴치하기로 했다. 도사는 강시가 살고 있는 동굴을 찾아낸 후 강시가 관을 비울 때 그 안에 돌과 햅쌀 등을 잔뜩 집어넣고는, 사람을 시켜 그 근처에서 밤새 요령鐃鈴을 흔들게 했다.

그날도 강시는 아이를 잡아먹고 배를 채운 후 동굴로 돌아왔지만, 관 속에 뭔가가 잔뜩 들어 있는 데다가 자신이 가장 싫어하는 종소리까지 들리는지라 동굴 밖으로 다시 나왔다고 한다. 도사와 마을 사람들은 힘을 합쳐 강시를 몰아쳤고, 어느덧 동이 트자 강시는 그 자리에서 햇빛을 받고 쓰러졌다. 이 틈을 놓치지 않고 사람들은 강시에게 불을 질러 없애버렸다고 한다.

강시의 종류와 변신

사람이 죽어 땅속에 묻히게 되면 그중에 어떤 시체들은 잘못된 풍수나 생전의 원한 등으로 인해 썩지 않는 시체가 되는데, 그것을 '복시伏屍'라고 한다. 이 복시가 천 년이 지나면 땅의 여러 가지 기운을 흡수하여 움직이는 시체, 즉 유시游屍가 되는데 바로 이 유시를 일러 민간에서는 '강시'라고 했다. 이와는 약간 다른 '불화골不化骨'이라는 것도 있는데, 이것은 생전에 그 사람이 자주 움직였던 부위가 땅속의 정기를 흡수하여 구슬처

럼 변하는 것이다. 도사나 요술사들은 이것을 이용하여 각종 신기한 변화
를 일으켰다고 한다.

강시가 세상에서 오랫동안 활동하면, 하늘의 기를 흡수하게 되어 공중
을 날 수 있는 능력을 가지게 된다. 이렇게 된 강시를 일러 '비강飛殭'이
라고 한다. 이 정도가 되면 이미 신과 같은 능력을 소유하게 되어 사람의
힘으로는 대적 자체가 불가능하다.

비강과는 계통이 다른 강시가 또 있다. 역시 일반 강시가 오래 묵으면
변하게 되는 이 강시는 가뭄을 일으키는 능력을 가지고 있기에 '한발 강
시旱魃 殭屍'라고 한다. '한발'은 그 자체로 가뭄을 일으키는 고대의 귀신
이름인데, 강시가 오래 묵어 비슷한 능력을 가졌기에 이렇게 이름 붙였던
것이다. 그런데 이 한발 강시가 더 오래 묵으면 또 다른 종류로 바뀌게 된
다. 사자와 개를 합쳐놓은 형상의 괴물인데, 이름은 '후犼'라고 한다. 평
소에 입에서 연기와 불을 내뿜으며 사람을 즐겨 먹는 고약한 녀석들이다.
가끔 절에 가보면 관음보살이 어떤 생물을 타고 있는 모습이 보이는데,
그 생물이 바로 '후'이며 그 관음보살상을 '승후관음乘犼觀音'이라고 한
다. 그렇다면 관음보살이 왜 이 녀석을 타고 계신 것 일까?

원래 불교의 절이나 도교의 도관은 사람이 거주할 수 없는 아주 흉한
곳에 짓곤 했는데, 이것은 부처나 신의 법력으로 사악함을 누르기 위한
조치였다. 관음보살 역시 이러한 관점에서 인간에게 해를 끼치는 존재를
자신의 법력으로 억눌러 더 이상 나쁜 짓을 못하게 한 것이며, 사람들은
이를 기려 승후관음상을 절에 모시게 되었다.

청나라 때 대표적 시인 원매(袁枚)가 지은 괴기소설『속자불어(續子不
語)』에는 땅굴 속에서만 사는 강시가 소개되어 있다. 이 강시를 일러 '건

예자乾霎子’라고 하는데, 주로 광산에서 일을 하다가 매몰된 시체들이 오 랫동안 땅의 정기를 흡수하여 이 괴물이 된다고 한다.

이들은 일반 강시와 비교하여 그렇게 난폭하지 않으며, 광부들은 오히 려 이들의 출현을 반겼다고 한다. 왜냐하면 광산 속에서 만들어진 존재이 기 때문에 땅속 어디에 보물이 묻혀 있는지를 잘 알고 있기 때문이다. 잘 구슬려서 광맥이 있는 곳을 알려달라고 하면 그곳까지 안내해주는데, 그 곳을 파보면 금과 은 같은 보물이 항상 묻혀 있었다고 한다.

하지만 이들은 땅속에서 기를 받는 존재이기 때문에 땅굴 밖으로 나오 면 오래지 않아 죽어버리게 된다. 이때 조심해야 할 것은 건예자가 죽을 때는 몸이 녹으면서 독한 연기를 내뿜는데, 이것을 마신 사람 역시 시름 시름 앓다 죽는다는 것이다. 그런데도 이 미련한 강시는 자꾸 밖으로 나 오려고 하는 습성을 가지고 있는데, 여러 사람들이 달려들어서 건예자를 묶은 후 흙벽에 가둬야 후환이 없다고 한다.

참고 문헌 및 사이트

『퇴마록 해설집』 | 이우혁, 들녘, 1995
『소환사』 | 다카히라 나루미, 들녘, 2000
『중국 환상세계』 | 시노다 고이치, 들녘, 2000
『도교의 신들』 | 마노 다카야, 들녘, 2001
『환상동물사전』 | 구사노 다쿠미, 들녘, 2001
『영화에서 만난 불가능의 과학』 | 이종호, 뜨인돌, 2003
『뱀파이어 연대기』 | 한혜원, 살림, 2004
http://www.lamchingying.com
http://www.lovehkfilm.com
http://www.vampyres-online.com
http://www.xianzongwang.cn
http://www.vampyreverse.com
http://www.kfccinema.com
http://videodetective.com

제 9 장

죽은 자들의 침묵에는 이유가 있다

한국의 귀신과 유령

한국형 귀신 영화의 재탄생 『여고괴담』

『여고괴담(1998)』

1998년은 한국 공포 영화 역사에 있어서 예수 탄생과 비견되는 연도이다. 박기형 감독의 『여고괴담(女高怪談, 1998)』이 탄생한 해였기 때문이다. 너무 과장된 소리가 아니냐고 반문하는 분들도 계시겠지만, 한국 공포 영화의 질적 수준을 이렇게 갑작스럽게 올려놓은 작품은 한국 영화가 태동한 이래 전무후무하였으니 그런 소리를 들을 만도 하다.

물론 전 세대 감독 중에서도 김기영 감독이나 임권택 감독 같은 대단한 분들에 의해서 공포 영화들이 만들어지긴 했으나, 여전히 공포 영화는 B급 영화라는 인식이 팽배해 있었던 것이 사실이었다. 그러나 여고괴담 이후로 '공포 영화=B급 영화'라는 공식이 순식간에 사라지기 시작한다.

『여고괴담』은 한국 공포 영화의 역사를 새로 썼다는 평을 들을 정도로 잘 만들어진 수작인 동시에 흥행에도 성공한 몇 안 되는 공포 영화 작품 중 하나이다. 이 영화가 기존의 공포 영화들과 궤를 달리하는 것은 수려한 영상미나 잘 배치된 미장센 등 여러 가지 이유가 있겠지만, 특히 주목해야 할 부분은 귀신의 출현 시간에 대한 관객의 기대를 여지없이 배반했다는 점이다. 즉 사상의 전환이 이루어진 셈이다.

기존 한국 공포 영화들에서는 영화의 초장부터 아예 대놓고 귀신들을 출몰시킨 후 처음의 긴장을 유지하지 못한 채 용두사미로 전락한 경우가 많았지만, 여고괴담은 영화의 후반부까지 누가 귀신인지를 밝히지 않고 오직 잘 짜인 시나리오와 연출력만으로 관객을 지루하지 않게 끝까지 밀어붙인다.

물론 그 전에도 신성일, 김지미 주연의 『두견새 우는 사연(1967)』처럼 귀신이 전혀 등장하지 않다가 맨 후반부에 등장하는 영화도 있긴 있었다. 하지만 그것은 순차적인 시간 변화에 의한 당연한 등장이었을 뿐, 『여고괴담』처럼 의도적으로 모습을 감춘 것은 아니었다. '김지미가 나쁜 사또에 의해 고초를 겪다가 이내 죽어서 귀신이 되겠구나'라는 누구나 생각할 수 있는 서사 구조를 관객과 공유했던 것이다.

그러나 『여고괴담』에서 귀신으로 나오는 재이 역의 최강희는 극중에서 전혀 귀신의 티를 내지 않는다. 오히려 수더분하고 말이 없는, 어디서나 흔히 볼 수 있는 여고생 캐릭터일 뿐이다. 그녀는 귀신임에도 불구하고 낮에도 학생들과 어울려 다니고 다음 날이면 어김없이 등교를 한다. 학생들도 선생들도 그 누구도 그녀의 존재를 의심하는 사람은 없다. 그나마 친한 지오(김규리)도 무심하긴 마찬가지다.

하지만 학교에서는 잇달아 '못된' 선생들이 죽음을 맞게 되고, 때마침 새로 부임한 여선생 은영(이미연)은 자신의 모교이기도 한 이 학교에 이상한 기운이 감도는 것을 느낀다. 그리고 그것이 자신의 학창 시절 때 단짝 친구였던 진주의 죽음과 관련 있다는 것을 알게 된다. 결국 영화는 진주가 죽은 뒤에도 매년 계속해서 다른 학생의 이름으로 학교를 다녔다는 것과 그 귀신이 지금의 '재이'라는 사실을 알려주며 클라이맥스로 치닫는다.

이 영화는 기억에 남는 장면들을 일일이 거론할 수 없을 정도로 미장센이 뛰어난 작품이라 할 수 있는데, 특히 후반부에 나오는 귀신의 복도 출현 신은 지금 생각해도 모골이 송연해질 정도로 충격적이었다. 정지 화면과 점프 컷을 사용하여 가만히 서 있던 귀신이 순식간에 화면 앞으로 타다닥 다가서는 광경은 그 당시 온 극장 안을 비명으로 가득 채운 일등 공신이었으며, 한국 공포 영화사에서도 가장 기억에 남을 만한 최고의 명장면이다.

귀신과 인간의 섬뜩한 악연 『소름』

　　　　　　　　도술道術을 연마하는 데 있어 두 가지 갈래가 있는데, 하나는 우도방右道坊이요, 또 하나는 좌도방左道坊이다. 우도방은 주로 축지법이나 무술, 차력 등 외적인 부분을 연마하는 것이며 좌도방은 조용히 호흡 수련 등을 하며 텔레파시와 천리안 등 내적인 능력을 개발하는 분야라고 할 수 있다.

공포 영화를 분류할 때에도 이러한 구분이 재미나게 먹혀드는 경우가 많은데, 예를 들어 쇼킹한 귀신의 등장이라든지 교실 전체가 피칠갑이 되는 등 현란한 미장센을 보여주는 『여고괴담』 같은 경우는 우도방이라 할 수 있으며, 지금 소개하려는 작품인 『소름(Sorum, 2001)』은 심리적인 부분에서 관객에게 탁월한 공포를 선사하기에 좌도방으로 분류할 수 있겠다.

영화를 잠깐 재구성해본 후 이야기를
계속하기로 하자.

『소름(2001)』

철거가 곧 진행될 낡고 허름한 아파
트에 택시 기사를 하는 용현(김명민)이
504호에 이사를 온다. 이웃에는 출판
사를 하다 망한 후 삼류 글쟁이로 근
근이 먹고 사는 이 작가(기주봉)와 아
이를 잃어버리고 남편에게 매를 맞
고 사는 선영(장진영)이 있다.

이윽고 그들과 친해지게 된 용현은 아파트에 감도는 수상한 이야기를
하나 둘씩 전해 듣는다. 사실 용현이 이사 온 504호는 얼마 전에 젊은 남
자가 불에 타 죽은 장소이며 30년 전에는 끔찍한 살인극이 벌어져 한 여
인이 죽었던 장소라는 것이다. 남편이 이웃집 여자와 바람이 나서 부인을
죽이고는 아이까지 불구덩이에 밀어 넣고 도망을 쳤는데, 아이는 다행히
가벼운 화상만 입은 채 구출되어 고아원에 보내졌다고 한다. 이 작가는
이러한 내용을 기본 줄거리 삼아 자신의 소설에 반영하고, 504호에서 숨
진 여자는 자신의 살아남은 아들을 불러들여 원한의 복수극을 펼치려 한
다. 그러나 그때까지만 해도 이 작가가 쓰고 있는 소설 속 이야기처럼 사
건이 진행되고 있다는 것을 극중 누구도 모르는 상태였다.

그러던 어느 날 선영은 남편에게 매를 맞다가 우발적으로 살인을 저지
르고, 용현은 선영을 진정시키며 남편의 시체를 산속에 매장하게 된다.
이 일을 계기로 두 사람은 급속히 친해져 서로 간에 애정이 싹트는 사이
로 발전하는데, 그것은 곧 이 아파트에 붙어 닥칠 불행의 전주곡이었다.

스포일러가 될 수 있기에 더 이상 이야기를 진행시키지는 않겠지만, 후반부에 펼쳐지는 주인공들의 끔찍한 악연과 반전은 이 영화의 최대 하이라이트라고 할 수 있다.

특히 비를 좋아하는 분들에게는 강력 추천이다. 영화의 80퍼센트 정도가 비 내리는 장면으로 점철되어 있어서, 궂은 날씨를 즐기는 분들에게는 영화 속의 빗소리가 더없는 복음으로 들릴 것이다.

지인들로부터 한국 귀신 영화 하나를 추천해달라는 부탁을 받으면 필자는 서슴없이 윤종찬 감독의 『소름』을 뽑아주는데, 그만큼 이 영화는 한국 공포 영화 역사상 가장 특이한 시공간을 점유하고 있는 작품이라고 할 수 있다. 귀신을 다룬 영화인 『소름』에 귀신이 등장하지 않는다면 믿겨지시는가? 하지만 정말 괴이하게도 이 영화에는 귀신이 등장하지 않으면서도 영화 자체가 귀신의 냄새로 가득 차 있는 '진짜 귀신' 영화다.

이 영화의 귀신은 자신의 몸을 숨기고 배후에서 조용히 인간들을 바라보며 모든 것을 조종한다. 상상해보라. 귀신의 조율과 손놀림으로 펼쳐지는 귀신 놀음판을. 영화적인 측면으로 볼 때 놀라우면서도 정말 '소름' 끼치는 일이 아닐 수 없다.

문화부장관을 지내신 이어령 교수가 한 신문과의 인터뷰에서 "외국 사람들이 스웨덴의 잉그마르 베르히만(Ernst Ingmar Bergman) 감독을 최고로 꼽는다면 나는 이만희 감독의 『만추(1966)』를 그들에게 보여주고 싶다"고 말씀하셨다는 것을 들은 적이 있다. 필자는 똑같은 맥락에서, 일본에 심리 공포물의 거장 구로사와 기요시(黑澤淸)가 있다면 한국에는 윤종찬 감독의 『소름』이 있다는 것을 말해주고 싶다.

이 작품은 포르투갈에서 열린 제22회 판타스포르토FantasPorto 영화제에서 심사위원 특별상과 감독상을 수상했으며, 장진영의 여우주연상까지 가세하여 3개 부문을 한꺼번에 휩쓸었다. 단연 한국 최고의 공포 영화라 할 수 있겠다.

자신조차 믿지 못하는 불신의 땅 『알 포인트』

'한국공포영화'라는 나무에서 『여고괴담』이 뿌리로서 탄탄하게 기반을 잡았다고 한다면, 『소름』은 태양을 향해 잎을 활짝 펼쳤다고 볼 수 있다. 그렇다면 향기로운 꽃을 피운 영화는 무엇일까? 필자는 두 번 생각할 것도 없이 공수창 감독의 『알 포인트 (R-Point, 2004)』라고 단언한다. 할리

『알 포인트(2004)』

우드나 일본의 쟁쟁한 공포물에 견주어도 조금도 꿀리지 않는 거의 유일한 한국 영화가 바로 이 작품이라 여기기 때문이다.

필자는 이 영화를 아무런 사전 정보 없이 처음 접하고 마치 안정효 원작의 영화 『하얀 전쟁(1992)』을 보는 듯한 기시감^{既視感}을 느꼈는데, 그것은 꼭 두 영화가 모두 베트남전쟁을 소재로 했기 때문만은 아니었다. 세월이 오래 지난 후 다시 상봉한 쌍둥이 형제 같은 느낌이었다고나 할까?

그런데 알고 보니 필자가 그런 느낌을 가지게 된 이유가 있었다. 두 영화 모두 공수창 감독이 각본을 썼던 것이다. 『하얀 전쟁』에서 병사들이 상대하는 적이 베트콩이었다면 『알 포인트』에서는 그 상대가 유령으로 바뀌었을 뿐, 실제로 그들이 상대해야 할 진짜 적은 '내면의 불신감'이라는 공통된 베이스에서 출발한다. 이 영화에 등장하는 군인들은 자신조차 믿지 못하는 깊은 정신병에 시달리고 있으며, 그것은 곧 현대를 살아가는 우리들의 자화상이기도 하다.

주·조연 할 것 없이 이 영화의 병사들은 처량한 존재들로 묘사된다. 성병에 걸려 귀국이 지연된 7명의 병사들, 창녀촌에서 총질을 한 후 헌병대와 병원을 오가던 최태인 중위(감우성), 유일하게 이성적으로 보이지만 한편으로는 광기로 번뜩이는 진창록 중사(손병호). 이들은 모두 '어쩔 수 없이' 알 포인트라는 지역으로 들어가 6개월 전에 실종된 부대를 찾아오라는 임무를 부여 받는다. 그러나 알 포인트는 베트콩도 피해 간다는 무시무시한 곳으로, 반세기 전에 프랑스 군대가 하루아침에 모두 사망한 곳이기도 하거니와 수백 년 전에는 중국에 의해 베트남 사람들이 떼죽음을 당한 원한의 땅이기도 했다. 게다가 시체가 쌓인 호수를 흙으로 메워 만든 땅이어서 항상 안개가 자욱하고 햇빛도 들지 않는다.

할 수 없이 병사들은 프랑스 군인들이 몰살을 당한 폐건물에 숙영지를 두게 되는데, 그때부터 병사들이 하나 둘씩 귀신에게 홀리거나 죽어나가기 시작한다. 설상가상으로 최 중위의 눈에는 베트남 소녀의 유령이 보이고, 부대의 2인자인 진창록 중사와의 갈등도 깊어지게 된다. 과연 이들은 무사히 임무를 마치고 꿈에 그리던 고향으로 돌아갈 수 있을까?

영화를 보고 있노라면, 마치 내 자신이 베트남 정글에 와 있는 듯 끈적거리고 퀴퀴한 느낌을 받게 된다. 하지만 그것은 지루함과는 거리가 멀다. 때로는 최 중위의 심정으로, 다른 한편으로는 진 중사를 비롯한 제각각의 병사들 심정으로 감정이입을 하느라 오히려 마음은 분주하기만 하다. 그것은 감독이 능숙한 카우보이처럼 관객을 소 떼 몰듯 영화 속으로 잘 유인했기 때문이리라.

독자 분들이 빼놓지 말고 봐야 할 장면이 있다. 부대원들로부터 이탈하여 홀로 헤매게 된 병사 앞에 한 무리의 유령 병사들이 갈대밭에 슬며시 나타났다가 사라지는 장면인데, 이 영화의 가장 뛰어난 명장면인 동시에 함축적으로 작품의 메시지를 전달하는 대목인 듯하다. 결국 나 자신을 제대로 알지 못한다면 세상 모든 것은 갈대밭에 나타나는 유령과 진배없이 그저 환영일 뿐이다.

귀신과의 섹스 『반혼녀』

한국 영화계의 풍운아였던 고 신상옥 감독은 장르를 가리지 않는 다양한 영화 만들기로 유명한 분이었다. 사극이나 멜로뿐만 아니라 귀신 영화에도 일가견이 있으셨는데, 지금 소개하려는 『반혼녀(1973)』 같은 작품이 대표적이다. 특히 『반혼녀』는 머리 풀고 식칼을 입에 문 처녀 귀신류의 영화가 아니고 『요재지이(聊齋志異)』나 『태평광기(太平廣記)』 같은 설화집에서 모티브를 따온 전형적인 중

『반혼녀(1973)』

국풍 괴담이라 더욱 특이한 작품이다.

한 도령(이승용)은 아버지의 유언으로 돈 천 냥을 갚기 위해 연화(이청)의 집으로 가는 길에 그만 산적에게 돈을 빼앗기고 옛 하인인 장쇠네 집에서 지내게 된다. 그런데 한 도령과 연화는 어린 시절에 이미 결혼하기로 양가에서 약속한 사이인데, 안타깝게도 연화는 병이 깊어져 죽고 만다.

하지만 자신의 배필인 한 도령을 못 보고 죽은 연화의 한 맺힌 원귀가 한 도령에게 매일 밤 나타나 이승에서 못다 한 정을 나누게 되고, 장쇠는 상전이 귀신과 놀아나는 것을 보고 무당을 불러 굿을 하고 부적을 붙이지만 효험이 없다. 결국 한 도령 스스로 정신을 차려 연화의 혼령을 멀리하지만, 연화의 청에 따라 마지막으로 부부의 정을 나눈 뒤 연화가 떠돌이 원귀의 굴레에서 벗어나 저승에 가도록 한다는 게 영화의 주된 이야기다.

어디서 많이 본 듯한 이야기인지라 식상할 수도 있겠지만 이 영화의 진가는 정작 다른 데 있다. 바로 시간屍姦, 시체와의 섹스 행위이다. 부잣집 딸 연화가 갑자기 세상을 떠버리자 재산을 노린 사기꾼들이 한 도령을 사칭하며 몰려오게 되고, 한 도령의 얼굴을 아는 이가 아무도 없기에 그 구별법으로 죽은 연화와의 동침이라는 엽기적인 카드를 쓴 것이다. 물론 살벌한 1970년대 유신 상황하에서 만들어진 영화인지라 시체와 직접 섹스를 하는, 엄밀한 의미에서의 시간 행위가 나오지는 않지만, 죽은 여자와 살아 있는 남자가 한 공간에서 옷을 벗고 뒹군다는 설정만으로도 그 당시의 관객들에게는 충격이었을 것이다. 이것은 지금의 영화 현실에 적용해보아도 쉽게 받아들일 수 없는 파격적인 시도였다.

잘생기고 똑똑한 도령을 사모하는 처녀 귀신의 애달픈 사랑을 그린 천녀유혼식 이야기의 또 다른 변형이라 할 수 있지만, 따스한 인간애가 느껴지는 휴먼 공포물로 신상옥 감독의 공포 컬렉션을 연구하는 데 있어 매우 중요한 작품이라고 할 수 있다.

영화의 제목에 쓰인 '반혼返魂'이란 죽은 사람을 화장했다가 그 혼을 집 안으로 다시 불러들이는 것을 뜻한다.

두 번 다시 못 나올 괴작 『살인 나비를 쫓는 여자』

영화 『하녀』 시리즈로 유명한 김기영 감독은 서울대 의대 재학 시절에 이미 전국 대학 연극인의 선봉장 역할을 했을 정도로 우리나라 인텔리 감독의 효시라 불리는 양반인데, 영화뿐만 아니라 모든 문화 전반에 걸쳐 박학다식한 면모를 보여준 명장名匠이라 할 수 있다. 그런 그가 제작한 영화 『살인 나비를 쫓는 여자(1978)』는 이러한

『살인 나비를 쫓는 여자(1978)』

그의 광활하고도 독특한 정신세계를 엿볼 수 있게 하는 흥미로운 공포 영화이다.

"하루에 라면을 여섯 개나 먹어도 배가 고프니 성가셔서 얼른 죽어야겠다"며 신세 한탄을 하는 대학생 영걸(김정철)은 친구들과 나비 채집을 나갔다가 묘한 분위기의 여인이 건네주는 독극물 주스를 마시고는 사경을 헤매다 구사일생으로 살아난다. 하지만 깨어난 뒤 그의 염세주의적인 생각은 더욱 깊어만 가고, 더 이상 먹을 라면이 없어지자 급기야는 대들보에 목을 매고 자살을 시도한다. 그런데 영문도 모를 책 장사 노인이 뛰어들더니 "삶에 의지를 가지고 승리를 맛보라"며 자살을 방해한다. 이에 화가 난 영걸은 칼로 노인을 찌르고 불에 태워 죽이는데, 그 노인은 해골 뼈다귀로 다시 나타나 그를 괴롭힌다.

모든 것을 포기한 영걸은 동굴 탐사를 떠났다가 거기서 2천 년 전의 여자 해골을 발견하여 집에 가지고 오는데, 그 해골은 사람의 생간을 먹어야 부활할 수 있다는 요녀로 변신하여 영걸과 정사를 나눈다. 그 후 주인공 영걸은 우여곡절 끝에 고고학 박사(남궁원)의 집에서 일을 하게 되는데, 박사의 딸(김자옥)과 정분이 나기도 하고 살인 사건에 휘말리기도 하는 등 파란만장한 청춘의 열병을 앓게 된다. 이쯤 되면 관객들은 혼란 상태에 빠져 '대체 뭐야? 무슨 말을 하려는 거야?' 라는 생각이 머릿속에 맴돌지만, 왠지 모를 김기영 감독 특유의 영화적 분위기에 압도당하여 다음 장면을 궁금해하며 다시 영화에 빠져 든다.

김기영 감독은 이 영화를 통해 '살고자 하는 의지' 만 있다면 능히 어떤 어려움도 이겨낼 수 있다는 메시지를 전달하려 하지만, 그의 난해한 표현방식으로 인해 제대로 전달이 안 된다는 오해를 사기도 한다. 그러나 김기영 감독의 전작 영화를 포함하여 그의 표현 방식에 익숙해진 관객이라면, 김기영 감독이 자신의 영화를 통해 전달하고자 하는 메시지를 한 번에 깨달을 수 있는 돈오頓悟 사상적인 매력을 가진 영화이기도 하다. 호불호를 떠나서 한국 영화사에 있어서 두 번 다시 못 나올 괴작인 것만은 틀림없는 사실이다.

이름 붙이지 못한 정체 모를 귀신 『목두기 비디오』

『목두기 비디오(2003)』

비디오테이프를 켜자 남녀의 낄낄거리는 음성이 들리며 음침한 여관방 침대가 클로즈업된다. 남자는 여자를 눕히고 옷을 벗기려 하고 여자는 싫지 않은 듯 교성을 내비치는 순간, 방 한쪽에 놓여 있던 거울 속에서 이상한 남자의 형상이 어른거린다. 자세히 보지 않으면 그냥 스쳐 지나갈 수도 있는 모습이지만 분명 어떠한 형상이 두 남녀를 노려보고 있음이다. 과연 그 그림자의 정체는 무엇인가?

야릇한 몰래 카메라의 한 장면으로 시작되는 이 영화는 윤준형 감독의

『목두기 비디오(2003)』라는 작품으로, 마치 한 편의 추리 소설을 읽는 듯한 기분이 들게 하는 다큐멘터리 공포물이라 할 수 있다.

'목두기'라는 말을 사전에서 찾아보면 '무엇인지 알 수 없는 귀신의 이름'이라고 설명되어 있다. 즉 뜬금없이 나타나서 사람들을 놀라게 하는 정체 모를 귀신을 뜻하는 순 우리말이 목두기인 것이다. 정체를 알 수 없는 귀신이 출몰한다는 것은 이미 그 자체만으로도 뭔가 한(恨)이 서렸다는 것을 나타내며, 한이 서렸다는 것은 정상적인 죽음의 과정을 거치지 않았다는 것을 반증한다. 그리고 그러한 목두기들은 자신의 한이 서린 곳이나 생전에 집착했던 곳에 정착을 하게 되며, 그곳을 찾는 이들에게 자신의 한을 설명하기 위해 모습을 드러낸다.

영화 『목두기 비디오』 역시 이러한 점에 포인트를 맞추어 이야기가 진행된다. 어느 여관의 몰래 카메라에 우연히 잡힌 거울 속 남자의 괴이한 형상이 인터넷을 타고 전파되어 순식간에 화제가 되고, 이 사건을 접하게 된 영화 관계자들은 귀신의 정체를 밝혀나감과 동시에 그 추적 과정을 다큐멘터리로 필름에 담는다.

제작팀이 처음 파헤칠 부분은 그 몰래 카메라가 촬영된 여관이었다. 우여곡절 끝에 여관을 찾아 그 방을 확인하게 되면서 본격적인 미스터리 극이 시작되는데, 그 여관의 주변을 조사하던 중 여관 주인이 20여 년 전에 부산에서 발생한 끔찍한 살인극과 관련된 인물임을 알게 된다. 급기야 부산까지 내려가 무당을 대동하여 살인 사건이 일어난 흉가를 수색하고, 그 와중에 몰래 카메라의 비디오 속에서 "아버지"라고 외치는 귀신의 음성을 파악하게 된다. 그 '아버지'라는 말은 이 사건의 열쇠를 쥔 핵심 단어이며 한스럽게 죽은 귀신의 단말마였는데…. 과연 이들이 찾아낸 것은 무엇이었을까? 그리고 그 사건의 내막은 어떤 것이며 정체를 알 수 없는 그 남자 귀신은 누구였단 말인가?

감독 윤준형은 이 다큐멘터리 영화를 제작하면서 공포의 동시성을 강조한다. 내 주변에서 실제로 일어날 법하다는 그 현실적 동시성이 공포감을 증폭시킬 수 있다는 것이다. 영화 속으로 빨려들 수밖에 없는 탄탄한 시나리오와 숨 막힐 듯 전개되는 추리적 구성 그리고 입이 딱 벌어지게 만드는 반전까지, 이 영화 『목두기 비디오』는 1시간 남짓한 상영 시간임에도 불구하고 할리우드의 웬만한 대작 공포물이 범접하지 못할 귀기鬼氣와 재기才氣를 동시에 지닌 보기 드문 수작이다. 【movie】

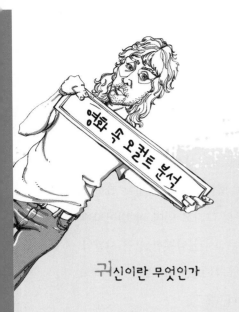
영화 속 오컬트 분석

귀신이란 무엇인가

흔히들 '귀신鬼神'이라고 얘기하지만 귀鬼와 신神은 각기 별개의 뜻을 가진 용어들이다. 고대인들은 이 우주 만물이 모두 살아 있다고 믿는 애니미즘Animism 사상을 갖고 있었는데, 그 만물을 살아 움직이게 하는 내재적 힘이 바로 '신'이라 생각했다. 신은 다른 말로 '영靈'이라고도 부르는데, 남자의 정情과 여자의 정이 만나 결합해서 만들어지는 생명력이라고 보면 된다. 그리고 그 신이 구체화된 형상으로 사람들에게 모습을 보일 때 그것을 일러 '귀'라고 했던 것이다.

생육신生六臣 중의 한 분인 김시습(金時習)은 그의 저서 『금오신화(金鰲神話)』에서 '귀라는 것은 음陰의 정기이고 신이라는 것은 양陽의 정기'라고 했는데, 귀는 '굽힌다屈'는 뜻을 지니고 있고 신은 '펼친다伸'는 뜻을 지니고 있다 했다. 그러므로 귀와 신이 잘 조화될 경우 굽혔다 폈다를 잘하여 어느 한곳에 치우침이 없으나, 신이 막혀 펼 수가 없으면 귀는 웅크리기만 하여 가슴이 답답해진 연유로 사람들에게 해코지를 하는 요귀妖鬼가 된다 했다.

조선 영조 때의 학자 이익(李瀷)은 그의 저서 『성호사설(星湖僿說)』에서 귀를 기(氣)와 같은 것이라 보았다. 그렇기 때문에 어디든지 통과할 수 있고 무엇이든 할 수 있는 존재라고 여겼다. 만물의 이동은 기의 흐름에 달려 있으며 산도 큰 기의 흐름이 있으면 움직일 수가 있다고 얘기한다.

중국 후한 때의 학자 허신(許愼)은 『설문해자(說文解字)』라는 저서에서 신을 만물을 만들어낸 존재, 즉 하느님으로 설명하고 있다. 따라서 현재 옥편에서 쓰고 있는 '귀신 신神'은 일반 잡신인 'god'이 아니라 하느님을 뜻하는 'GOD'였다는 뜻으로 해석할 수 있다.

또 다른 학설로는 사람이 죽으면 어둡고 무거운 것들은 '귀신'이라 칭하고, 밝고 가벼운 것들은 '신명神明'이라 칭한다고 한다. 흔히들 즐거운 일을 당하여 기분이 고조될 때 '신명 난다'는 표현을 하는데, 이것이 그 좋은 예이다.

귀신은 꼭 사람이 죽어서만 되는 것이 아니다. 귀신이 되는 요건은 대략 세 가지로 나뉘는데, 첫 번째는 사람이 죽어서 되는 것이고, 두 번째는 음기陰氣가 동하여 된다고 한다. 산천초목이 어우러져 있는 가운데 그늘지고 음습한 곳에서 자연적으로 어두운 기가 뭉쳐 귀신이 되는 이치이다. 세 번째는 물질이 변화하여 되는 경우인데, 짐승이나 초목 같이 생물이 변하여 되는 경우도 있고 부지깽이나 빗자루 같이 무생물이 변한 귀신도 있다.

민간 풍속에서는 음력 정월 열엿새(1월 16일)는 '귀신날'이라 하여 각종 귀신들이 횡행한다는 속설이 있어 먼 길 여행을 삼가며 집에서 자숙하는 풍습이 있었으며, 나라에서는 조선 태조 때 '봉상시奉常寺'라는 관청을 만들어 총 열 다섯 종류의 귀신들을 제사 지냈다고 한다.

죽은 자는 말이 없다고 하지만 그 가족들은 고인을 그리워하며 슬픔을 가눌 길 없었을 것이고, 그것은 곧 민심 이반으로 나타났을 것이다. 그래서 국가적으로도 이를 묵과하지 않고 죽은 사람의 원혼을 달래어 살아남은 사람들의 슬픔을 풀어주었던 것이다. 이것을 과연 누가 미신이라고 하겠는가?

삼풍백화점 붕괴, 성수대교 참사, 대구 지하철 화재 등 국가적으로 큰 재난이 여러 차례 일어났지만 과연 조선 시대만큼이나 그들의 한을 제대로 풀어주었는지 의문이다. 인본주의에 입각한 조상들의 지혜가 현대인들보다 고차원적이라 아니할 수 없다.

혼백 그리고 넋과 얼

일반적으로 귀신과 혼백의 구분을 잘하지 못하여 두루뭉술하게 사용하고 있는데, 쉽게 정리하자면 혼백은 사람을 살아 움직이게 하는 생명력의 원천인 신적 존재이며, 죽음을 맞아 육신을 잃었을 때 그 혼백이 어떤 형상으로 변해서 사람 앞에 모습을 드러내는 것이 '귀鬼'라고 보면 큰 무리는 없을 것이다.

옛날 사람들은 인간을 하늘적 요소인 혼魂과 땅적 요소인 백魄의 결합으로 봤다. 『해동잡록(海東雜錄)』에 보면 조선왕조의 틀을 잡은 대학자 정도전 선생도 일찍이 귀신과 혼백에 대해 논한 적이 있는데, 인간의 생사는 마치 불이 타는 것과 같아서 '불 = 혼(하늘적 요소), 나무 = 백(땅적 요소)'이라고 설정하였다. 다 타고 나면 불은 연기가 되어 하늘로 오르고 나무는 재가 되어 땅에 남는 것이 인간의 혼백과 같다는 얘기를 한 것이다. 참으로 절묘한 비유라 할 수 있겠다.

　예로부터 '4대 봉사四代奉祀 3년 탈상三年脫喪' 이라는 말이 있다. 무슨 말인고 하니, 제사를 지낼 때는 위로 4대까지의 선조를 모셔야 하며, 부모님이 돌아가셨을 경우에는 장례 끝나고 3년 뒤에야 상복을 벗는다는 말이다. 그런데 이러한 숫자는 그냥 갖다 붙인 것이 아니라 다 그럴 만한 이유가 있다.

　혼백이 흩어지게 되면 혼은 약 120년(4代) 정도까지 자손에게 영향을 유지하게 되고, 백은 대체적으로 3년 정도 지나면 유효기간이 끝난다고 봤다. 그래서 그러한 풍습이 생긴 것이라고 할 수 있다.

혼과 백은 우리말로 각각 '넋' 과 '얼' 이라고 하는데, 넋은 하늘적 요소인지라 '넋을 잃었다' 라는 표현을 하며 얼은 땅적인 요소라 '얼이 빠졌다' 라는 표현을 쓰는 것이다. 이것을 한자성어로는 '혼비백산^{魂飛魄散}' 이라 한다.

'넋' 이라는 말을 풀이해보면 '넉' 에 'ㅅ' 이 첨가된 형태인데, 고대에 '말^語' 이라는 뜻으로 쓰인 단어인 '널' 이 그 원형이었다. '넉살이 좋다' 고 할 때의 '넉' 이 바로 그것인데, '살' 은 고어에서 '소리' 라는 뜻을 지니므로 이 말은 '말소리가 장황하고 번드르르하게 좋다' 는 뜻이라 할 수 있다.

무당이 내림굿을 할 때 새로운 무당으로 탄생하려면 일단 입에서 예언 같은 것이 줄줄이 나와야 하는데, 이것을 무속에서는 '말문이 열렸다' 라고 한다. 말문이 열렸다는 것은 무당에게 실린 영적인 존재의 이름을 외치는 것인데, 고대인들은 무당의 입에서 나오는 말을 영적인 신과 동일시하여 생각했다. 즉, 말이 곧 신인 동시에 영혼이 되는 것이다. 그래서 영적인 존재인 혼^魂을 말^語의 뜻을 지닌 '넋(널)' 으로 표시했던 것이다.

얼은 '우리 겨레의 얼' 이라고 할 때의 바로 그 '얼' 이다. 흔히들 '얼간이(얼이 가버린 사람)' 라는 말을 쓰는데, 정신 상태가 온전치 못한 사람에게 주로 쓰는 것에서 알 수 있듯이, 얼은 우리의 인식 작용과 중요한 관계를 가지고 있는 단어이다.

고어에서 얼은 '알' 이라는 단어와 종종 함께 쓰이곤 하는데, 알은 '아침' 이라는 뜻이며, 얼은 '저녁' 이라는 뜻을 내포하고 있다. 그래서 저녁 무렵을 표현할 때 얼이 변형되어 '어둡다', '어스름하다' 고 하는 것이다. 고로 알은 아침 즉, 알^卵이 깨어나는 시간과 생명이 개시하는 공간을 뜻하며, 얼은 아침이 되기 전에 생명을 잉태하는 저녁 무렵, 성관계의 시간을 뜻한다.

중세에는 남녀가 성관계를 갖는 것을 '얼다', '얼우다'라고 했는데, 단순히 육체적인 관계가 아닌 정신(얼)의 교감을 우선시했다. 그래서 영육이 일치된 섹스의 능력을 가진 성인 남녀를 '어른'이라고 했던 것이다. 이제 교합을 나누었으니 생명이 태어나야 한다. 그렇기 때문에 또한 생명 탄생을 뜻하는 '알'이 변형되어 사람에게는 '아이'라는 말로 전해지고 있으며, 동물에게는 '아지'라는 말로 전해지고 있다. 송아지, 망아지 등의 단어들이 다 그런 예이다. 물론 조류에게는 '알卵' 그 자체로 쓰이고 있음이다.

사투리로 아이를 '알라'라고 하는데, 일부 신비주의학자들은 이슬람 신의 명칭인 알라와 동일한 어원이라고 한다. 시초의 생명력을 '알라'라고 하기 때문이다. 이렇게 본다면 '얼'은 종합적으로 '생각 또는 생명을 가능케 하는 바탕'이라는 뜻을 가지고 있다. 바탕이란 무엇인가? 곧 땅이다. 그렇기에 우리 조상들은 넋을 하늘적 요소로, 얼을 땅적 요소로 봤던 것이다.

말 하나에도 이렇게 깊은 철학을 담고 있다는 것만 봐도 우리 겨레는 통찰력이 대단한 민족임에 틀림없다. 옛날에는 얼굴을 '얼골'이라고 했는데, 앞으로는 조상에게 부끄럽지 않도록 얼굴 관리를 잘해야 할 것이다. 우리의 얼굴은 '정신(얼)이 깃들어 있는 틀(골)', 즉 '얼골'이기 때문이다.

유령 출몰 현상에 대하여

귀신과 혼백을 편의상 뭉뚱그린 데다 '어두울 유幽'를 집어넣어 '유령幽靈'이라고 하는데, 귀신이나 혼백 등을 구분하기 귀찮을 때 사용하기 좋은 표현이다.

유령들은 그 활동 반경에 따라 크게 지박령地縛靈과 부유령浮遊靈으로 나눈다. 죽은 이들은 자신의 한이 서린 곳이나 생전에 집착이 갔던 곳에 정착을 하게 되는 경향이 많은데, 그곳을 찾는 이들에게 자신의 한을 설명하기 위해 모습을 드러낸다. 심령학에서는 이처럼 한곳에서만 출몰하는 행태를 보이는 붙박이 유령들을 일컬어 '지박령'이라 한다.

이들은 시간의 경과를 느끼지 못하고 계속 규칙적으로 죽기 직전에 했던 일들을 반복하는 경우가 많다고 한다. 그렇기 때문에 한이 맺혔거나 교통사고 사망자처럼 급작스럽게 죽음을 당한 경우, 자신이 죽은 줄도 모르고 산 사람들과 접촉을 시도한다는 것이다. 교통사고 다발 지역에서 연속적으로 사고가 일어나는 것이나 사람이 자주 빠져 죽는 연못 같은 곳도 모두 이러한 지박령의 영향인 경우가 많다.

이와는 달리 활동이 자유자재인 귀신들이 있는데, 이런 유령들은 아무런 목적 없이 여기저기 부유하며 떠돈다는 뜻으로 '부유령'이라고 한다. 부유령과 비슷한 개념으로 '유령 여행자 Phantom Travelers'라는 것이 있는데, 이들은 목적 없이 떠도는 부유령과는 달리 어떤 이유로 인해 목적을 가지고 떠도는 존재들로, 여행을 위해 인간에게 붙기도 하고 동물이나 운송 수단에 붙어 다닌다고도 한다.

심령학에 대해 연구를 하다 보면 유령의 활동 반경에 따른 분류 외에도 다른 분류가 필요할 때가 많다. 영화 『여고괴담』이 대표적인 경우인데, 그 영화 속의 귀신은 산 사람과 똑같은 모습으로 출현하여 주변인들과 어울린다. 그러면서도 그 존재를 어느 누구도 의심하지 않는다. 학교에서만 나타나니 지박령이라고 할 수 있으나, 머리 풀어헤치고 잠깐 나타났다가 사라지는 일반적인 귀신의 형태로 나타나는 것이 아니라 우리들과 똑같은 사람의 모습으로 감쪽같이 나타나니, 여기에는 기존의 귀신 분류와는 좀 다른 뭔가가 필요할 듯하다.

그러나 심령학 분야에서도 아직 이런 분류는 없기에, 필자는 편의상 '실화령實化靈'과 '몽화령夢化靈'이라는 개념을 고안해내어 유령에 대한 분류를 시도하였다.

역사적으로 볼 때 실화령은 몽화령보다 그 출몰 빈도가 현저히 적다. 아마도 사람들이 귀신인지 아닌지 구별을 못했기 때문에 그냥 모르고 지나친 경우가 많았으리라.

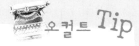
오컬트 Tip

실화령實化靈

실제 인간의 모습으로 변한 귀신. 대화도 나누고 만져지기도 하는 등 산 사람과 차이가 거의 없어서 누구도 눈치 채지 못하는 혼령.

몽화령夢化靈

인간의 모습이긴 하나 누가 봐도 귀신인 걸 아는 상태의 혼령. 실화령처럼 인간과 직접적인 접촉과 대화가 잘 이루어지지 않는다. 꿈인지 생시인지 구분이 안 가는 경우가 많음.

이런 심증을 굳히게 하는 재미있는 설화가 중국에 전해 내려오는데, 전설에 따르면 매운 음식으로 유명한 사천성四川省의 성도成都 부근에는 일명 '귀향鬼鄕'이라고 불리는 저잣거리가 있었다고 한다. 이곳은 원칙적으로 낮에는 인간이 물건을 사고팔고 유령은 밤에만 드나들기로 했는데, 일부 귀신들은 인간 속에 섞여서 낮에도 물건을 사러 오곤 했다.

여기까지만 보면 『여고괴담』의 귀신처럼 인간과 직접 접촉을 하는 실화령들이라고 할 수 있다. 하지만 문제는 귀신이 준 돈은 다음 날 나뭇잎 같은 것으로 변한다는 것이었다. 이런 일이 점점 빈번해지자 장사꾼들은 어느 도력 높은 수행자에게서 한 가지 묘책을 받게 되는데, 그것은 미리 물이 담긴 통을 준비했다가 건네받은 돈을 그 속에 넣어보는 것이었다. 그렇게 하면 인간의 돈은 가라앉지만 귀신의 돈은 물 위에 뜨기 때문에 이렇게 하여 귀신인지 사람인지를 가려낼 수 있었다고 한다.

중국의 고문헌 『수신기(搜神記)』에 보면 『삼국지』에서 유비(劉備)의 최측

근으로 나오는 미축(靡竺)도 젊은 시절 실화령을 만난 적이 있다고 적혀 있다. 볼일을 보고 수레를 타고 가던 미축은 길가에서 아름다운 여인을 태우게 되는데, 나중에 알고 보니 옥황상제의 명을 받들고 미축의 집을 불태우러 가는 불의 정령이었다고 한다. 하지만 미축이 친절한 사람이란 것을 안 그 정령은 미축에게 먼저 가서 식구와 재산을 빼돌리라 이른 후 나중에 도착하여 집만 불살랐다고 한다.

미축은 후에 유비를 만난 후에도 자신의 억만금을 써가며 보필했는지라 왕이 된 유비조차 미축의 동생을 부인으로 맞아들이는 등 극진한 예로 대했다고 하며, 벼슬도 제갈공명보다 높은 안한장군安漢將軍까지 올랐다. 재산과 인격을 동시에 갖춘 보기 드문 현인이라고 전해진다.

우리나라에도 실화령에 대한 얘기가 간간히 전해지고 있는데, 조선 시대 때 세조의 총애를 듬뿍 받던 신숙주는 평생 동안 '청의동자靑衣童子'라는 실화령이 졸졸 따라다니면서 길흉을 판단해주었다고 하는데, 훗날 임종 때 자신이 죽으면 본인의 제사만 지내지 말고 청의동자의 제사도 함께 지내라는 유언을 남기기도 했다.

성종 때 대제학과 호조판서를 지낸 문신 홍귀달(洪貴達)은 연산군에게 바른 말을 간하다가 귀양을 가서 억울하게 세상을 떴는데, 그 후 그의 친구인 송일(宋馹)에게 실화령으로 나타나 "추워 죽겠다"고 하여 술을 대접했다는 일화도 전해진다. 그 일이 있은 후 송일은 영의정의 반열에까지 오르게 됐다고 한다.

실화령 얘기 중 가장 유명한 것은 아마도 수양대군 세조(世祖)에 의해 죽임을 당한 단종(端宗)이 아닐까 한다. 단종이 영월로 유배됐을 당시 세종 때 한성부윤을 지낸 추익한(秋益漢) 역시 모든 관직을 버리고 따라 나섰다고 한다. 그런데 하루는 단종이 좋아하는 머루와 다래를 따서 돌아오는데, 말을 타고 오는 단종을 발견하고는 넙죽 엎드려 절을 했더니 "머리가 복잡하여 잠시 금강산(또는 태백산)에 좀 다녀오겠다"는 말을 남기고는 유유히 사라졌다고 한다. 나중에 알고 보니 그때는 이미 단종이 승하한 후였다는 것이다. 강원도 영월의 매봉산에 가보면 단종을 기리는 '영모전永慕殿'이라는 사당이 하나 있는데, 지금 얘기한 이 내용을 주제로 운보 김기창(雲甫 金基昶) 화백의 그림이 걸려 있다.

설화 외에도 우리 주변에는 사람인지 귀신인지 구별이 안 돼서 나중에 놀랐다는 얘기들이 꽤 전해져 온다. 대학생들이 외딴 곳으로 MT를 갔다가 다시 돌아와서 인원수를 체크하니 한 명이 모자랐는데, 단체 사진을 확인해보니까 처음 보는 여자의 얼굴이 찍혀 있었다느니 하는 것들 말이다. 이런 실화령 현상들은 학교나 군대, 여행 등에서 자주 목격되는데, 한국 영화 『알 포인트(2004)』나 『남극일기(2005)』 역시 이와 비슷한 내용을 다루고 있다.

세계적인 문호 모파상(Guy de Maupassant)도 어느 모임에 갔다가 들은 얘기를 「유령」이라는 단편소설로 만들었는데, 친구의 집에 문서를 가지러 간 군인이 죽은 친구 부인을 만나 얘기를 나누고 머리를 빗겨줬다는 묘사를 세밀히 하고 있다. 나중에 집에 돌아왔더니 자신의 단추에 여인의 머리카락이 엉켜 있었다는 끔찍한 내용의 이야기다.

이렇게 영화와 문헌으로 전해지는 이야기들을 종합해 보건대, 실화령은 사람들에게 무언가 직접적인 메시지를 전달하고자 할 때 나타나는 것임을 알 수 있다. 공동묘지의 수많은 무덤 중에 사연 없는 무덤은 없다고 하지만, 무엇이 그리 애절하고 억울하기에 귀신의 모습도 모자라서 생전과 똑같은 모습을 하고 나타나서 인간들과 어울리는지 한편으론 측은한 마음이 들기도 한다.

귀신을 믿는 것은 미신 행위인가

지금까지 여러 영화와 사례들을 통하여 귀신과 유령의 존재에 대하여 알아봤는데, 탁 까놓고 얘기해서 어렸을 때 귀신 얘기 한 번 안 듣고 자란 사람들은 아마 없을 것이다. 그런데도 불구하고 귀신이나 유령 얘기만 나오면 사람들은 무조건 '미신迷信'이라고 치부하며 무시하는 태도를 보이는데, 이것은 어떻게 보면 매우 이율배반적인 태도라고 할 수 있다.

그렇다면 귀신을 믿는 사람은 무조건 미신쟁이고 귀신을 반박하는 사람들은 모두 합리주의자라고 할 수 있을까? 이러한 혼란을 잠재우기 위해 우리는 미신의 속성이 '맹목'이라는 것을 확실히 알아둘 필요가 있다.

미신은 신을 믿고 안 믿고를 떠나서 그 무언가를 검증 없이 맹목적으로 믿는 태도를 뜻하는 것이다. 만약 어떤 사람이 아무 검증도 하지 않은 채 귀신과 유령을 믿는다면 우리는 그 사람을 미신쟁이라고 치부할 수 있다. 또한 같은 맥락에서 보자면, 아무 조사도 거치지 않고 귀신 같은 건 없다고 믿는다면 그것 역시 심각한 미신이라고 할 수 있는 것이다. 이처럼 '미신'이란 진실을 알지 못한 채 어떤 것을 맹목적으로 믿는 것을 의미한다.

20세기 최고의 명상가 오쇼 라즈니쉬(Rajneesh Chandra Mohan Jain)의 말을 빌리자면, 서양은 무신론적 미신 집단이고 동양은 유신론적 미신 집단이라고 할 수 있다. 양쪽 모두 맹목적인 믿음으로 인해 고통 받고 있는 것은 공통된 현실이다.

따라서 유신론자만 미신적이라고 생각하는 것은 명백한 오류이며, 무신론자 역시 그들 나름대로의 미신적 태도를 가지고 있다는 것을 함께 알아두어야 한다. 단지 어떤 사람이 자신과 다른 믿음 체계를 가지고 있다 해서 그를 무조건 미신적이라 할 수는 없는 일이다. 그 올가미는 머지않아 자신에게도 다가올 것이기 때문이다.

참고 문헌

『천국과 지옥』| 정진태, 보성출판사, 1985

『한국괴담』| 조풍연, 계림출판사, 1985

『한국의 민속(신과 귀신)』| 임동권, 세종대왕기념사업회, 1985

『나는 불교를 이렇게 본다』| 김용옥, 통나무, 1989

『우리말의 상상력』| 정호완, 정신세계사, 1991

『기이기』| 요산도인, 永嘉문화사, 1992

『업장소멸』| 안동민, 서음출판사, 1992

『한국의 귀신』| 정진태, 보성출판사, 1994

『재미있는 어원 이야기』| 박갑천, 을유문화사, 1996

『퇴마록 해설집』| 이우혁, 들녘, 1995

『강원전통문화총서』| 김의숙 · 전상국, 국학자료원, 1997

『수신기』| 간보, 자유문고, 1997

『누구도 죽지 않는다』| 오쇼 라즈니쉬, 황금꽃, 1999

『말썽꾼 귀신도 내 말은 듣지요』| 조성안, 청하, 1999

『설화와 역사』| 최래옥 · 전신재, 집문당, 2000

『메멘토 모리, 죽음을 기억하라』| 김열규, 궁리, 2001

『연암소설』| 박지원, 작가문화, 2003

『세계괴기소설 걸작선』 시리즈 | 자유문학사, 2004

『단종 전설의 신화성 연구 논문』| 최명환, 세명대학교, 2001

제10장

유령과 함께 바쁜한 시력령 과학

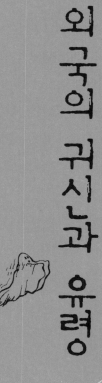

외국의 귀신과 유령

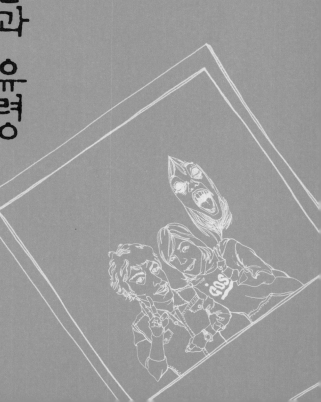

『식스센스(1999)』

전라도에 가면 잔칫집에서 빠지지 않는 음식이 있다. 홍어회와 홍어무침이다. 홍어가 없으면 '잔치'라는 말을 붙이기에도 민망하다고들 얘기할 정도이다. 유령 영화를 논하는 데 있어서도 홍어처럼 빼놓을 수 없는 영화가 하나 있으니, 나이트 샤말란(M. Night Shyamalan) 감독의 『식스 센스(The Sixth Sense, 1999)』가 바로 그 작품이다.

이 영화의 묘미는 뭐니 뭐니 해도 후반부의 반전에 있다. 이제는 너무나 많이 알려졌기에 반전이라 말하기에도 민망하게 되어버렸건만, 오히려 그렇게 널리 알려진 덕분에 세월이 가도 변하지 않을 공포 영화의 교과서 같은 작품이 되었다. 한국에서도 많은 분들이 보셨겠지만 그냥 넘어가기에는 서운하니 반전을 건드리지 않는 범위 내에서 내용을 한 번 짚고 넘어가보자.

심리학자 말콤 크로우 박사(Bruce Willis)는 자신에게 치료를 받았던 사람으로부터 갑자기 총격을 받게 되고, 총을 쏜 사람 역시 자살을 하는 사건이 발생한다. 다음 해 가을, 크로우는 죽은 자들의 모습을 자꾸 보게 된다는 여덟 살 꼬마 콜(Haley Joel Osment)의 정신 상담을 맡게 되는데, 콜의 얘기를 따르자면 유령들이 나타나서 자신들의 억울한 죽음을 호소한다는 것이었다. 죽은 소녀가 갑자기 나타나 입에서 게거품을 토해내며 메시지를 전달한다든지, 죽은 여인의 유령이 소리를 지르며 콜에게 호소한다든지 또는 백여 년 전 교수형에 처해졌던 일가족의 처참한 모습이 보인다든지….

말콤 박사는 콜이 부모의 이혼 때문에 정신적인 충격을 받은 것으로 해석하지만 얘기를 나누다 보니 콜이 헛소리를 하는 것이 아님을 알게 되고, 콜에게 인간의 다섯 가지 감을 벗어난 제6감, 즉 식스 센스가 있음을 감지한다. 말콤 박사가 소년의 문제에 진지하게 접근을 하면서 둘 사이에는 나이를 넘는 우정이 싹트게 되는데, 두 사람의 노력 끝에 모든 사건이 풀리고 콜 또한 안정을 되찾았으나, 말콤에게는 아직 풀지 못한 아내와의 불화 문제가 남아 있었다. 그리고 그 문제를 풀기 위해 아내에게 접근을 시도하다가 자신에게 벌어진 놀라운 일을 경험하면서 영화는 역사상 가장 유명한 반전으로 치닫게 된다.

초장부터 『식스 센스』가 반전 영화라는 말을 계속했지만, 이 영화를 관람하면서 반전에 대한 강박증을 놓아버린다면, 관객은 또 다른 묘미를 맛볼 수 있을 것이다. 공포 영화가 아닌 한 편의 휴먼 드라마가 펼쳐지기 때문이다.

『식스 센스』를 한마디로 표현하자면 '화해'에 대한 영화라고 할 수 있다. 사람과 귀신의 화해, 사람과 사람의 화해, 현재와 과거의 화해가 뒤섞이면서 가슴 시린 감동을 안겨주는데, 특히 마지막 부분에 꼬마 콜이 돌아가신 외할머니에 대해 엄마와 자동차 속에서 나누는 대화는 목구멍까지 슬픔이 차오르는 흔치 않은 경험을 관객에게 선사한다.

이처럼 작품성과 재미를 모두 갖춘 『식스 센스』가 전 세계적으로 미친 파급 효과는 말로 형언할 수 없을 정도인데, 몇 해 전 CNN에서 실시한 미국인 의식 조사 중에 "미국인의 48퍼센트는 초자연적인 존재를 믿고 있다"는 통계 결과 역시 『식스 센스』가 끼친 영향과 무관하지 않다. 더 재미있는 사실은 시골보다는 도시에서, 저학력자보다는 고학력자가, 유색인보다는 백인들이 유령에 대한 믿음이 더 강한 것으로 조사됐다는 것이다. 도시에 사는 엘리트 백인 가정을 중심으로 펼쳐지는 『식스 센스』의 배경과 너무나 흡사하지 않은가? 가상과 실재는 이렇게 서로 시대상을 반영하는 법이다.

공포의 실체를 제대로 다룬 영화 『디 아더스』

『디 아더스(2001)』

반전 얘기가 나오면 또 빠지지 않는 영화가 바로 알레한드로 아메나바르(Alejandro Amenábar) 감독의 『디 아더스(The Others, 2001)』이다. 『떼시스(Tesis, 1996)』와 『오픈 유어 아이즈(Abre Los Ojos, 1999)』 등 공포와 스릴러 영화를 만드는 데 비상한 재주가 있던 스페인의 알레한드로 감독은, 이 영화 한편으로 일약 세계적인 스타 감독으로 우뚝 서게 된다.

영국 해안의 외딴 저택에 살고 있는 그레이스(Nicole Kidman)는 빛에 노출되면 안 되는 희귀병을 가진 두 자녀와 함께 무미건조하면서도 청빈한 나날을 보내고 있다. 남편은 2차 대전 중 사망했는지라 항상 그리움에 파묻혀 살아가고 있는데, 놀랍게도 어느 날 남편이 다시 돌아온 것이 아닌가.

하지만 해후의 기쁨을 맞보는 것도 잠시, 다음 날 새벽이 되자 언제 왔었냐는 듯이 남편은 사라져버리고 만다. 게다가 집안일을 돌보던 하인들도 없어지고, 예전에 이 저택에서 일을 했었다는 정체 모를 세 명의 하인들이 새로 들어오게 되는데, 그때부터 집안에는 이상한 일들이 끊이지 않고 일어나게 된다. 문이 모두 잠겨 있는 방에서 피아노가 연주되는가 하면, 아무도 없는 곳에서 사람 발자국 소리가 들리는 일이 잦아진다.

한 술 더 떠 딸아이는 자신과 비슷한 또래의 남자 아이와 어떤 할머니가 이 저택 안에 머물고 있다고 얘기한다. 독실한 기독교 신자인 그레이스는 기도를 하며 모든 것을 극복하려 하지만, 그들에게 엄습하는 두려움은 점점 실체를 드러내고, 급기야 지금까지 일어났던 괴이한 사건들의 전모가 밝혀지게 된다.

『식스 센스』와 짝을 이루며 늘 비교되는 작품이지만 어떻게 보면 『디 아더스』는 『식스 센스』보다 한 단계 더 진화한 반전 영화라 할 수 있다. 이 영화 역시 마지막 반전이 생명인지라 그 부분을 건드리지 않는 범위 내에서 얘기를 꾸려나가려니 조심스럽긴 하지만, 이 영화의 가장 중요한 반전은 "사람이 유령을 무서워하는 것이 아니라 유령이 사람을 무서워한다"는 것이라고 말할 수 있다.

세부적인 내용의 반전이 아니라 관객의 통념 자체를 아예 바꿔 사상의 전환을 이루었으니, 영화사적으로도 기억될 만한 큰 사건이 아닐 수 없다. 늘 인간들에게 공포의 대상으로만 익숙해진 유령들이 오히려 인간들을 무서워하고 있다는 설정은, 공포 영화 시장의 파이를 늘렸을 뿐만 아니라 신천지 영역으로의 확대라는 쾌거까지 이뤄낸다.

영화 속의 주 배경인 저택은 누구의 관점으로 보느냐에 따라 이승이 될 수도 있고 저승이 될 수도 있는 공간이다. 그리고 각자의 관점에서 바라본 '저쪽' 사람들은 타자他者, 즉 디 아더스The Others가 되는 셈이다. 두 세계는 공존하고 있지만 인간에게나 유령에게나 눈에 보이지 않는 서로의 존재는 디 아더스이고, 그들이 동시에 거주하는 그 저택은 이차원異次元 세계가 되어버리는 것이다. 그러기에 두 존재들은 서로에게 전혀 모습을 드러내지도 않고 해를 입히지도 않는다. 하지만 그런 연유로 인해 상대방에 대한 공포심은 더욱 커져만 간다. 공포의 본질은 결국 '무지無知'라는 것을 제대로 표현해낸 것이다.

역사적으로 볼 때 타인에 대한 이러한 무지가 얼마나 많은 희생을 가져왔는지에 대해 우리는 잘 알고 있다. 북미 인디언이나 남미 원주민 대학살 같은 경우가 그 좋은 예이다. 모르니까 죽이는 것이다. 두려움 때문에 공격하는 것이다. 인류는 태곳적부터 그런 무지 속에서 살아왔으며, 지금도 전 세계에서 벌어지는 전쟁을 보면 그러한 무지에서 벗어날 길은 아직도 요원해 보인다.

『디 아더스』가 여느 공포물과 달리 빛을 발하는 것은, 이처럼 인간의 근원적인 문제를 적절한 비유를 통해 실감 나게 표현했다는 점이다. 그동안 예쁘장한 여배우로만 인식되어왔던 니콜 키드먼은 이 영화 한 편으로 연기파 배우라는 커다란 훈장을 하나 더 받게 되었다. 강인한 어머니 그레이스 역할을 너무나도 멋지게 소화하며 "여자는 약하지만 어머니는 강하다"는 경구를 더할 나위 없이 잘 표현했기 때문이다. 연기도 연기지만 니콜 키드먼의 매혹적인 금발을 상영 시간 내내 볼 수 있어서 더욱 더 행복한 영화라고 할 수 있다.

귀신이 찍힌 심령사진의 실체 『셔터』

사람들은 말한다. 남는 건 사진뿐이라고. 여행을 가건 행사가 있건 결국 그때 그 순간을 떠올릴 수 있는 건 사진뿐이라고. 그럴 만하다. 네 박자 속엔 사랑도 있고 이별도 있고 눈물도 있다지만, 사진에는 그보다 더한 인생의 주름살이 있고 애증의 흉터가 있으며 아름다웠던 한때의 몸짓이 있지 않은가.

그리고… 시적詩的으로 잘 나가던 이 글의 분위기를 깨는 소리인지 모르지만 사진 속에는 귀신도 있다. 사진은 산 사람의 모습만 잡는 것이 아니라 가끔은, 아주 가끔씩은 죽은 자의 모습도 담고 있기 때문이다. 그러한 사진을 우리는 '심령사진心靈寫眞, Spirit photograph' 이라는 명칭으로 들어 익히 잘 알고 있다.

2004년 세계 공포 영화계를 신선한 충격으로 휩쓴 태국 영화 『셔터(Shutter, 2004)』는 이러한 귀신이 잡힌 심령사진을 소재로 만든 이색 공포물이다. 그전에 무슨 영화를 찍었는지도 모르겠거니와 발음하기조차 곤

『셔터(2004)』

란한 공동 감독, 반종 피산다나쿤(Banjong Pisanthanakun)과 팍품 웡품(Parkpoom Wongpoom)의 소개는 생략하기로 하고 바로 영화 줄거리로 들어가보자.

여주인공 제인(Natthaweeranuch Thongmee)에겐 4년 동안 사귀어온 사진작가 남자친구 턴(Ananda Everingham)이 있다. 그리 행복해 보이지도 않지만 딱히 문제도 없는 이 오랜 연인들에게 어느 날 일생일대의 큰 시련이 닥치게 된다. 쌍쌍 파티를 다녀오는 길에 도로에서 여자를 들이받는 사고를 내고 뺑소니를 친 것이다.

그로부터 얼마 뒤 사진작가인 턴이 찍는 사진에 정체를 알 수 없는 여자 귀신이 우연히 찍히게 되고, 그 미스터리를 파헤쳐가던 제인과 턴에게는 현실과 꿈을 넘나들며 귀신이 등장한다.

사진의 진위를 따지기 위해 심령 전문 잡지사와 전문가를 찾아가지만, 그들에게 돌아오는 답변은 "잘못 찍혔다"든가 "우연이다"는 상투적인 대답일 뿐이다. 시시각각 조여오는 여자 원귀에게 속수무책으로 당하던 중, 제인은 그 원귀의 정체가 자신의 애인인 턴과 관련되어 있다는 것을 알게 되고, 자신이 차로 친 여자는 살아 있는 여자가 아닌 바로 그 원귀였다는 것을 알고는 경악을 금치 못한다.

이제 영화는 본격적인 귀신의 복수극으로 치닫는다. 공포 영화의 분수령은 바로 이 지점에서 시작된다고 해도 과언이 아니다. 어느 공포 영화건 원귀의 복수전은 거의 동일하기 때문에 자칫 식상함을 줄 수 있으며 구태의연한 결말로 끝을 보는 경우가 많다. 하지만 의외로 이 낯선 태국 공포 영화는 너무나도 세련되게 그리고 매우 안정적으로 기존 공포 영화의 전철을 피해간다. 이 대목에서 귀신이 나올 것이라는 걸 뻔히 알면서도 거기에 빠져들 수밖에 없는 훌륭한 연출력이 아닐 수 없다.

사실 이 영화는 무섭다기보다는 슬픈 영화다. 못다 이룬 서글픈 사랑에 관한 영화이자 이승과 저승에 양다리를 걸치고 괴로워하는 존재론적 영화이기도 하다. 얼마나 원통했으면 자신의 한을 알리기 위해 이승 사람들과 기념 촬영(?)까지 마다하지 않았겠는가. 영화 『셔터』는 바로 이런 슬픈 영혼들의 진혼곡이라 할 수 있다.

이 영화는 태국에서 개봉 당시 할리우드의 대작 영화인 『투모로우(The Day After Tomorrow, 2004)』와 『트로이(Troy, 2004)』를 제치고 박스 오피스 1위를 차지하기도 했으며, 일찌감치 할리우드에서 영화의 판권을 사들였다. 오싹함과 슬픔 그리고 유머가 뒤섞인 웰메이드 공포물이니, 『주온(呪怨, 2002)』이나 『링(The Ring, 2002)』으로 대표되는 일본의 '관절 꺾기 귀신'이 지겹다면 꼭 한 번 보시길 권하는 바이다.

무섭지 않고 경쾌한 유령 영화 『고스트버스터즈』

과학과 심령 세계의 경계를 허문, 그것도 아주 유쾌하게 허물어버린 이반 라이트만(Ivan Reitman) 감

『고스트버스터즈(1984)』

독의 SF 영화 『고스트버스터즈 (Ghostbusters, 1984)』는 개봉 당시 유령이 둥근 원 안에 갇혀 있는 캐릭터를 선보이며 전 세계 극장가를 강타했다.

이 영화가 공전의 대 히트를 기록한 후에 비슷비슷한 영화들이 연이어 제작되었지만 원조의 명성을 따라잡을 수는 없는 법. 그만큼 이 영화가 관객에게 던졌던 메시지와 비주얼은 가공하리만큼 파격적이었다. 특히 지금까지는 일방적으로 귀신에게 당하기만 하는 약하디 약한 존재였던 인간이 능동적으로 귀신을 향해 어떤 행동을 펼쳐 보였다는 것만으로도 그전까지의 천편일률적인 호러물과는 뭔가 격이 다른 뉘앙스를 풍겼음이다.

지금 바로 당신의 눈앞에 귀신이 출몰해서 하얀 송곳니를 드러낸다면 어떻게 하시겠는가? 기절한 척 하든지 도망을 가는 게 당연할 것이다. 석궁으로 흡혈귀를 잡는 반 헬싱이 아닌 다음에야 안타깝게도 현실 속의 우리들은 어디까지나 공포 영화의 '놀라는 행인 1'이나 '피 빨리는 여인 2'일 뿐이다.

영화 『고스트버스터즈』는 관객들이 갖는 이런 고정관념을 역이용해서 우리와 똑같은 일반인 캐릭터를 등장시킨 후, 코믹하고 부담스럽지 않게 귀신 영화를 만들 수도 있다는 놀라운 발상을 선보였다. 얘기한 대로『고스트버스터즈』의 멤버는 우리와 다를 바 없는 평범한 소시민들이다. 급한 일이 생기면 허둥대고, 아가씨를 사귀다가 대학에서 잘린 교수도 있다.

가진 것이 없는지라 유령 청소 회사를 차릴 때 집문서를 저당 잡히고 돈을 빌리기까지 한다. 이처럼 주인공들은 카리스마가 없어진 대신 친근감이 부각되었으며, 유령들 역시 기존의 공포스러운 모습을 탈피하여 귀여움을 강조했다. 캐릭터가 이렇게 바뀌다 보니 영화 자체가 시종일관 쾌활하고 시원스럽게 전개된다.

요상한 발명품을 만들어내는 뉴욕의 괴짜 교수 피터 뱅크맨(Bill Murray)은 동료들과 함께 도시에 출몰하는 유령들을 잡기 위해 '귀신 청소 회사'를 설립하여 각양각색의 유령들을 잡아들이기 시작한다. 이들은 귀신을 플라즈마plasma, 음과 양의 전하수가 같아서 중성을 띠는 기체로 만드는 기계를 발명해서 이를 이용해 순간적으로 흡입, 귀신을 꼼짝 못하도록 통 속에 가두는 방법으로 일약 전 세계의 유명 인사가 된다.

그러나 컴퓨터 게임을 할 때도 강한 적을 격파하면 더 강한 적이 나타나듯, 그들 앞에는 더욱 강력한 귀신들이 등장한다. 영화 『에이리언』 시리즈의 여전사 시고니 위버가 신들린 마녀 형상으로 나타나서 고스트버스터즈 대원들을 괴롭히며, 나중엔 빌딩 만한 호빵 귀신까지 등장하여 대결전을 치르게 된다. 아무튼 천신만고 끝에 모든 난관을 극복한다는, 어찌 보면 코믹적인 요소가 강한 변칙 호러물이라 할 수 있다.

이 영화는 레이 파커 주니어(Ray Parker Jr.)가 부른 동명 주제곡이 빌보드 차트 상위권에 오래도록 머물렀을 정도로 OST 또한 대히트를 기록했으며, 속편과 애니메이션까지 제작되었다.

『실크(2006)』

귀신을 가두는 설정의 영화가 또
한 편 있어서 소개한다. 대만의 수 차
오핑(Su Chao-pin) 감독의 『실크(詭絲, Silk,
2006)』라는 작품인데, 이 영화에서는 유
령을 가두는 것도 모자라 실험실에 감금
해두고 각종 연구를 진행하기도 한다.
한마디로 귀신이 실험실의 모르모트가
된 셈이다. 설정만 놓고 본다면 대단히
이색적이면서 구미가 당기는 영화이다.

일본 정부 소속 과학자 하시모토(Yosuke Eguchi)는 부하 직원들과 함께
대만에서 유령에 대한 실험을 벌이고 있는데, 떠돌이 소년 유령을 붙잡아
그의 일거수일투족을 감시하며 유령이 된 원인을 밝히려고 한다. 그들은
'멩거 스폰지 Menger Sponge'라는 것을 만들어 귀신을 잡아들이곤 하는데,
이것은 전자파를 이용한 인조 블랙홀로 일종의 반 중력 장치이다. 이것을
이용하면 천장에 붙어 걸어 다닐 수도 있고 귀신을 꼼짝 못하게 가둘 수
도 있을 정도로 막강한 위력을 가지고 있었다.

하지만 문제는 소년 유령이 중얼대는 말을 알아들을 수 없다는 것. 그
리하여 하시모토는 눈썰미 높기로 소문난 대만 특수 수사대의 예치통 형
사(Zhang Zhen)를 포섭하여 소년 유령의 입 모양을 보고 하나씩 정보를
캐내기 시작한다.

그러나 연구소에서의 실험에서만 만족할 수 없었던 하시모토는 급기야 유령을 밖으로 풀어주고, 이를 뒤쫓는 예치통 형사는 죽을 고비를 넘기며 소년의 죽음에 대한 전모를 밝혀내게 된다. 그러나 그 와중에 소년의 어머니 유령이 등장하여 연구소 직원들을 하나씩 죽이는데, 이를 막아보려는 예치통 형사 그리고 멩거 스폰지를 가지고 어디론가 도망친 하시모토의 상황이 뒤섞이며 영화는 슬프고도 기괴한 결말로 접어들게 된다.

대략적인 줄거리를 살펴보면 마치 호러와 SF의 결합 같이 어색하고 딱딱한 느낌이 들지만, 이 영화에는 그러한 외형적인 것들을 덮고도 남을 만한 휴먼 드라마가 깊이 배어 있다. 장애인이 느끼는 사회적 모멸감, 학교에서의 왕따 문제, 부모와 자식 간의 끈끈한 연민, 여러 조건들로 인해 맺어지기 힘든 현대인의 사랑 등이 중간 중간 펼쳐지는데, 마치 슬픈 결혼식의 피로연 뷔페를 맛보는 듯한 느낌이다.

죽어서도 자유롭지 못한 인간의 근원적인 굴레를 보는 듯하여 가슴을 더욱 아리게 만드는 이색적인 공포 영화이다.

유령과의 섬뜩한 교신 『화이트 노이즈』

사랑하는 사람을 잃게 되면 꿈속에서라도 그 모습을 볼 수 있게 되길 바라며, 잠결에라도 그 목소리를 듣고 싶어 하는 것이 인지상정일 것이다. 그래서 동양에서는 무당의 입을

『화이트 노이즈』(2005)

통해 공수(귀신의 말)를 받아왔으며, 서양에서는 영매靈媒를 통해 강령회降靈會를 열었던 것이다. 하지만 그것으로도 성에 차지 않은 몇몇 사람들은 죽은 자의 음성을 직접 녹음하기에 이르렀으니, 제프리 삭스(Geoffrey Sax) 감독의 『화이트 노이즈(White Noise, 2005)』가 바로 그러한 상황을 묘사한 영화라고 할 수 있다.

아내 안나(Chandra West)가 둘째 아이를 임신한 사실에 기뻐하던 조나단(Michael Keaton)은 자정 넘어서까지도 아내가 귀가하지 않자 불길한 예감에 휩싸인다. 다음 날 그녀가 타고 가던 차는 타이어가 펑크 난 채 강가에서 발견됐지만 시체는 보이지 않고 의혹만 커진다.

그러던 중 심령 연구를 하는 레이몬드(Ian McNeice)라는 사람이 찾아와 안나는 이미 죽었으며 그녀의 목소리가 녹음되어졌다는 얘기를 전한다. 처음에는 아내의 죽음을 받아들이지 않던 조나단은 점점 레이몬드와 함께 죽은 자의 목소리를 녹음하는 작업에 빠져들게 되고, 레이몬드의 소개로 자신과 비슷한 처지에 놓인 사라(Deborah Kara Unger)를 만나 동병상련의 아픔을 나누며 연구를 이어나간다.

그러던 어느 날 자신의 든든한 후원자였던 레이몬드가 사망하면서 사건은 더욱더 미궁으로 빠져들고 만다. 조나단은 레이몬드의 죽음에서 어떤 단서를 찾아내고는 아예 자신의 거처에 각종 실험 기자재를 갖춰놓고 유령과의 접촉을 시도하는데, 목소리 녹음은 물론 죽은 아내의 모습까지 비디오로 저장시키게 된다. 녹화된 필름을 분석하던 조나단은 아내가 자신에게 무언가 말을 하고 있다는 것을 알아채는데, 비디오에서 음성을 추출해내어 증폭시키자 "어디 어디로 가서 다른 사람들을 도와주라"는 메시지가 흐르는 것이 아닌가?

조나단은 아내의 말을 따라 사람들을 구하게 되고 각종 사고의 배후에는 일종의 악령 집단이 있음을 알게 된다. 더 이상의 살인극이 일어나지 않도록 막아보려는 조나단 그리고 살인을 이어가려는 악령들의 대결이 펼쳐지며 영화는 돌이킬 수 없는 파국으로 치닫는다.

영화의 제목으로 쓰인 '화이트 노이즈'는 라디오 주파수 중에서 아무것도 잡히지 않는 빈 주파수 영역을 뜻하는 말이다. 가끔 이런 빈 주파수 영역에 이상한 소리들이 잡히기 때문에 심령 연구가들이 주로 애용하고 있다.

유령화물질 '엑토플라즘'에 대해

영화 『고스트버스터즈』를 보면서 사람들이 가장 의아하게 여겼던 것은 무엇일까? 아마도 "아니, 어떻게 사람이 귀신을 잡아 가둬? 물질도 아닌데 진공청소기 같은 걸로 흡입을 한다는 게 말이 돼?"일 것이다.

과연 이게 그토록 얼토당토않은 얘기일까? 당신의 상식을 깨고 유령이 물질로 이루어졌다고 얘기한다면? 이 궁금증의 열쇠를 가지고 있는 것이 바로 『고스트버스터즈』에 나오는 먹깨비 유령이다.

'먹깨비'라 불리우는 Slimer는 번들번들한 초록색 점액질의 유령으로 등장하는데, 벽이든 사람이든 순식간에 통과하여 기분 나쁜 끈끈이를 묻히고 달아나는 것이 특징이다. 우리가 주의 깊게 봐야 할 내용이 바로 이 녀석이 흘리고 간 정체불명의 끈적거리는 물질이다. 이 물질은 단순히 영화에서 관객들의 눈을 즐겁게 하기 위해 만든 것이 아니다. 실제로 세계 곳곳에서는 귀신이 나타나는 곳에서 이 물질이 채취되고 있으며, 여러 과학자들에 의해 그 구성 물질이 연구되고 있다.

심령학계에서는 이 물질을 일컬어 '엑토플라즘 Ectoplasm'이라 칭하고 있다. 엑토플라즘은 우리말로 '유령화幽靈化 물질'이라 불리는데, 귀신을 불러내는 교령회交靈會, seance 같은 곳에서 영매의 몸(코, 손, 생식기 등)을 통해 발산되는 비정형적 물질이다. 이 물질은 대개는 희끄무레한 색을 띠지만 특정한 빛깔이 있는 것은 아니고, 그렇다고 어떤 형태가 잡힌 것도 아니다.

액체도 아니요, 고체도 아니요, 그렇다고 기체도 아닌 이 물질은 영매나 죽은 자의 가족에 의해 시시각각으로 변화하는 모습을 보여주는데, 물질적인 모습이나 소리를 낼 수 없는 귀신들은 이 엑토플라즘을 이용하여 그들의 형상을 보여주거나 생전과 비슷한 목소리를 들려주는 것으로 알려져 있다. 쉽게 얘기를 하자면 누군가에게 무언가 말을 하거나 접촉을 하기 위해서는 성대나 손이 필요한데, 귀신에게는 그것이 없으므로 엑토플라즘을 발산하여 울림통이나 손의 역할을 한다는 것이다.

이 물질을 맨 처음 과학적으로 연구·분석한 학자는 19세기 독일의 물리학자 쉬렝크(Shrenk) 남작인데, 그가 소량의 엑토플라즘을 손에 넣어 분석해본 결과 약간의 백혈구와 상피조직으로 구성되어 있다는 것을 밝혀냈다. 하지만 그때까지만 해도 그 물질의 이름은 정해져 있지 않았는데, 최초로 유령화물질에 '엑토플라즘'이라 이름을 붙인 사람은 알레르기 현상에 대해 처음으로 계통적 연구를 하여 노벨상을 수상한 프랑스의 생리학자 리셰(C. Rishe) 박사이다. 그는 엑토플라즘에 대해 브리핑하길 '생체의 신경 중에서 하얀 섬유 같은 것이 나와 무명천으로 짠 옷감같이 부드럽고 투명하여 커튼 모양으로 퍼지며, 촉감은 물렁물렁하나 줄어들면 미끈거리고 손으로 누르면 딱딱한 초물질超物質'이라 설명했다.

엑토플라즘에 대한 연구는 그 후에도 계속되었는데, 1917년 벨파스트의 퀸즈 대학 교수였던 크로포드(W.J. Crawford) 박사는 강령회에 직접 참석해 영매의 몸에서 방출되는 엑토플라즘과 몸무게의 변화에 대한 연구를 시도했으며, 이를 통해 사진을 찍는 수확을 올리기도 했으나 몇 년 뒤 사망하는 바람에 확실한 결론을 내리지는 못하였다.

그 후 미국의 매사추세츠 공과대학에서 진행된 실험에 대한 보고서에 따르면, 엑토플라즘은 나트륨과 칼륨, 물, 염소, 알루미늄, 상피세포, 적혈구와 백혈구 등으로 구성되어 있다고 설명하고 있는데, 오컬티스트들이나 음모론자들 사이에선 이미 미국 정부가 엑토플라즘을 물리적으로 합성하는 단계를 넘어 그 활용 방안을 모색하고 있다는 얘기까지 흘러나오고 있다.

동양에서는 아직까지 이 물질에 대해 체계적인 연구가 보고된 적은 없지만, 중화권에서 도교를 연구하는 학자들은 이것을 '체액(정액, 침, 혈액 등)이 이온화 한 넋'이라고 규정하면서, 이 물질은 매우 유동적이기 때문에 금속을 투과하고, 전기적인 면에서는 도체導體이며, 적외선을 조사照射하면 70퍼센트 정도 반사한다는 견해를 내보인다.

이런 정황으로 미루어 본다면 『고스트버스터즈』의 멤버들이 유령을 진공청소기로 빨아들여 잡는다는 설정이 전혀 이상할 것이 없다. 심지어 중국의 오래된 기록을 보면 귀신을 잡아 팔아서 의식주를 해결하는 직업도 있었다고 한다. 낙균(樂鈞)이 쓴 『이식록(耳食錄)』을 보면 '전을田乙'이라는 남자가 등장하는데, 이 사람은 어디서 배웠는지 귀신을 부리는 방법을 알고 있어서 곧잘 귀신을 붙잡아 처자식을 먹여 살렸다고 한다. 그런데 그 잡는 방법이 참으로 독특하다.

일단 귀신들의 정보를 취합하여 잡고자 하는 귀신의 취향을 알아둔 뒤 그 귀신이 좋아하는 여자의 머리카락으로 유혹하여 잡아들인 후 곧이어 그 귀신이 싫어하는 남자의 콧물 또는 침을 뿌렸다고 한다. 그러면 귀신은 그 자리에서 꼼짝 못하게 되어 도망가지 못하는데, 다음 날 아침이 되어 그 자리에 가보면 그 귀신은 물고기나 새, 돼지 같은 짐승으로 변해 있다는 것이다. 그러면 그것을 들고 나가 시장에 내다 팔았다고 한다.

삼국지 조조의 아들이자 위나라 초대 황제인 조비(曹丕)가 지은 『열이전(列異傳)』이라는 책에도 '송정백'이라는 사람이 귀신을 잡아 팔았다는 기록이 있는 것으로 보아 그 당시에는 어느 정도 이런 일들이 있었던 듯하다.

그렇다면 귀신이 정말 물질로 이루어진 것일까? 아쉽게도 그것은 아직 완전히 밝혀지지 않았다. 아니, 밝혀지지 않았다기보다는 공개되지 않았다고 얘기하는 것이 더 가능성 있는 가설일 것이다.

귀신이 찍힌 심령사진의 역사

영화 『셔터』의 소재는 앞서도 언급했듯이 귀신이 찍힌 사진, 즉 심령사진心靈寫真이다. 심령사진이라고 해서 귀신을 전문적으로 찍는 사진기가 따로 있는 것도 아니고 유령의 색깔을 선명하게 나타내주는 인화지가 있는 것도 아니다. 그냥 우리들이 보통 찍어대는 디지털 카메라로도 어느 순간 심령사진을 찍을 수 있다.

심령사진의 역사는 백여 년 전으로 올라간다. 니엡스(Niepce)와 다게르(Daguerre) 그리고 탈보트(Talbot)에 의해 사진이 탄생한 지 150여 년이 흘렀으니 당연히 그 후부터 심령사진이라는 것이 존재했을 것이다.

물론 그 전에도 레오나르도 다빈치(Leonardo da Vinci)를 비롯한 미술가들이 암흑 상자camera obscura를 이용하여 그림을 정확히 그리기 위한 복제 도구로 사용했다는 기록이 있으며, 그보다 훨씬 전인 로마 시대에도 이미 암흑 상자를 이용하여 '암흑화' 라 불리는 사진을 찍는 것이 귀족들 사이에 유행했었다는 연구가 있다. 진위가 밝혀진 것은 아니지만 예수 역시 사형당하기 전에 암흑화 사진 한 장을 남겼는데 그것이 발견됐다는 보도가 해외 토픽에 실려 화제가 된 적도 있었다.

하지만 그 시절에는 사람 찍기도 힘들었을 판에 언감생심 귀신들에게 그런 호강이 주어졌을 리 만무하고, 그렇기에 어느 정도 사진에 대한 인식이 대중화된 후에야 심령사진이 등장하기 시작한다.

때는 1862년, 미국 보스턴 출신의 조각가 멈러(William mumler)에 의해 처음으로 심령사진이라는 것이 공개된다. 그는 자기 자신을 찍기 위해 카메라를 설치하고 렌즈 뚜껑을 벗기자마자 의자로 달려가 포즈를 취했는데, 나중에 현상되어 나온 사진을 보니 여자인 듯한 사람의 형상이 있었던 것이다. 멈러는 그 영혼이 자신의 죽은 사촌 동생이라 말하며 심령사진 찍기에 심취했는데, 후에 링컨 대통령의 미망인인 메어리 여사가 직접 와서 링컨 대통령의 영

혼 사진을 얻어가기도 했다고 한다. 하지만 후에 사기 혐의로 고발되어 감옥 생활을 한 후 사망했기 때문에 아직까지도 그가 정말 심령사진을 찍었는지에 대한 여부는 확실히 밝혀지지 않고 있다.

그 뒤를 이어 '토마스 허드슨(Thomas Hudson)'이라는 사람이 나타나서 언론과 대중에게 심령사진을 공개했는데, 그 역시 후에 이중 노출을 이용한 속임수로 밝혀져 곤욕을 치른다. 현재 그가 찍은 사진이 9장 정도 남아 있는데 한눈에 보기에도 어설픈 효과로 인해 신뢰감이 떨어지는 것이 대부분이다.

그 당시에 얼마나 많은 심령사진 사기꾼들이 있었는지, '후디니(Houdini)'라고 하는 유명한 마술사는 심령사진의 허구를 밝히는 쇼를 극장에서 직접 시연해보이기도 했다. 마술사라는 직업이 관객의 눈을 얼마나 감쪽같이 속이느냐로 판가름되는 살벌한 세계인지라, 웬만한 심령 사기꾼들은 그의 예리한 눈을 완전히 속일 수 없었다. 하지만 그 와중에도 후디니가 증명하지 못한 심령사진들도 있었기에 그 당시 심령사진이 모두 허구라고 단정 짓지는 못할 것이다.

그 후 사진기의 발달에 따라서 심령사진이라 추측되는 수많은 사진들이 찍혔지만 확실하게 '이것이다'라고 증명된 것은 없다. 아직 지구의 과학기술이 심령사진을 증명할 만한 수준이 아니라는 이유도 있고, 상업적으로 또는 재미 삼아 가짜 사진을 일부러 만들어 유통시키는 사람이 많다는 점도 큰 이유 중 하나이다.

한 가지 알아둘 것은, 모든 심령사진이 사람의 형태로 나타나는 것이 아니라는 것이다. 사람의 모습으로 찍히는 것보다는 대부분 안개처럼 뿌옇게 잡히거나 원형의 빛으로 잡히는 경우가 더 많다. 확실히 구분되는 것은 아니지만 오래된 부유령들은 안개의 형태를 많이 보이며, 한곳에 머무는 지박령들에게서는 '오아르비Orb'라고 하여 둥근 구체球體로 흔히 나타난다.

심령사진과는 약간 다르지만 영체를 사진에 담는다는 측면에서 심령사진의 한 갈래라 할 수 있는 '킬리안 사진'이라는 것도 있다. 이것은 인간과 동식물의 오라 aura, 인체를 휘감고 있는 기의 파장이나 영적 발광체를 촬영하는 기술인데, 러시아의 세미온 킬리안(Semyon D. Kirlian)이 물체에 고주파를 순간적으로 방전하여 감광지에 물체의 영적 파장을 처음으로 찍어냈다.

신기한 것은 물체가 절단되었어도 그 물체 본래 형태의 사진이 찍힌다는 것이다. 심령 연구가들은 이런 현상을 보고 사람이 죽어도 그 혼은 그대로 남을 수 있다는 견해를 주장하기도 한다. 연구가 더 진행되어야 할 문제이긴 하지만, 아무튼 이 킬리안 사진은 심령 과학 역사에 한 획을 긋는 커다란 발견이었다.

귀신의 존재 여부조차 논란으로 남아 있는 현재의 과학 수준에서 귀신 사진의 유무를 따지는 것은 한참이나 앞서 나간 일이겠지만, 오히려 역으로 사진을 연구하여 영혼의 존재를 밝히는 단서로 삼을 수도 있는 일이다. 세상의 발견과 발명은 아주 우연한 기회에 이루어진 것들이 많다. 혹시 아는가? 여러분이 우연하게 찍은 심령사진 한 장이 세상을 뒤바꾸어 놓을지 말이다.

어느 날 당신의 사진에 이상한 것이 찍힌다면 당황하지 말고 그 사진을 찬찬히 들여다보라. 그 사진에 찍힌 영혼이 당신에게 무언가 할 말이 있어서 나타났을 수도 있으니 말이다. 영혼들은 의외로 인간과 아주 가까운 곳에 있다. 바로 우리들 옆에….

10장 외국의 귀신과 유령

귀신의 목소리를 녹음하는 사람들

심령사진 못지않게 세인들의 흥미를 유발하는 것은 귀신의 목소리다. 가수들이 음악을 녹음할 때 귀신의 음성이 간혹 섞여 들어갔다는 얘기도 있듯이, 사후 세계 저편에서 울려 퍼지는 소리라 할지라도 소리는 소리이기에 녹음이 될 수 있다는 추론이 가능하다.

이렇게 각종 녹음 기구나 라디오 기기 등을 이용해 채취한 귀신의 목소리를 'E.V.P Electronic voice phenomenon, 전기적 음성 현상'이라고 한다. 실제로 지금 이 순간에도 귀신의 목소리를 담기 위해 세계 여러 나라의 과학자와 민간인들이 밤잠을 설치고 있는데, 그 역사를 거슬러 올라가보면 놀랍게도 발명의 아버지 에디슨(Thomas Alva Edison)이 버티고 있다.

'에디슨'이라고 하면 더 이상의 설명이 필요 없는 발명왕으로서, 1877년에 'Tin Foil'이라는 녹음기를 만들어 인류 최초로 직접 녹음을 한 장본인이다. 설마 그런 공신력 있는 사람이 쓸데없이 귀신 놀음이나 하고 있었을까 의심하겠지만, 그가 미국의 과학 잡지 『Scientific Academy』에 인터뷰한 내용은 너무나 진지한 것이었다.

내용을 요약하자면, 자신은 현재 죽은 이와의 교신을 연구하고 있으며 이러한 연구를 통해 심령계의 문제를 과학적으로 접근하는 데 기여하고 싶다고 밝히면서, 지금 만들고 있는 기계는 약한 전파를 증폭시키는 장치인데 이것이 완성되면 죽은 사람의 메시지를 신속하게 전달할 수 있을 것이라고 했다. 그러나 아쉽게도 기계가 완성되기 전에 에디슨이 사망했기 때문에 그가 어떤 장치를 만들고 있었는지는 자세히 전해지지 않고 있다.

이와 관련하여 에디슨은 사망하기 몇 해 전인 1928년에 다음과 같은 묘한 말을 남겼다.

"우리의 인격이 다른 존재로 전이될 수 있는지는 아무도 모르지만, 만일 우리가 내세의 인격을 측정할 수 있는 정밀한 기계 장치를 만든다면 그 장치에는 무언가 기록될 것이다."

그가 비록 돈에 눈이 어두워 공장 노동자를 착취하고, 사업 확장에 미쳐서 가족들을 돌보지 않아 온 식구들을 폐인으로 만들었다는 오명을 뒤집어쓰고 있긴 하지만, 물질계와 심령계를 넘나드는 그 발명에 대한 열정만은 높이 살 만한 일이다.

에디슨의 뒤를 이어 본격적으로 유령의 목소리를 연구했던 사람은 라트비아Latvia 공화국의 콘스탄틴 라우디브(Konstantin Raudive) 박사였다. 그는 1959년에 우연히 산새 소리를 녹음하다가 심령현상으로 추정되는 음성을 녹음하였는데, 그 후로 수많은 연구를 통하여 1974년 사망할 때까지 약 7만 건 정도의 E.V.P를 수집했다고 한다. 재미있는 것은 그가 죽은 지 20년 만인 1994년에 전 세계의 심령 통신 연구가들에게 저승에서 일괄 메시지가 보내졌다는 것이다. 물론 그 E.V.P가 진짜 라우디브 박사의 목소리인지는 아직 확인되지 않고 있다.

하지만 유령 목소리에 대해 E.V.P가 단지 전파의 혼선 현상으로 인한 착각이라고 주장하면서 반대 입장을 펴는 사람들도 많다. 그들은 성층권의 최상부인 '스포라딕 E Sporadic E'라는 전리층이 기상 변화로 갑자기 팽창하여 먼 곳의 전파를 서로 이동시키는 통로가 만들어지는데, 이때 잡힌 여러 음성들이 바로 유령의 목소리라고 알려진 E.V.P라고 말한다.

현재까지는 어느 누구의 주장이 옳다고 얘기할 수 없을 뿐더러 각각의 주장들이 모두 E.V.P를 연구하는 데 있어서 긍정적인 역할을 하고 있다. 그러므로 심령현상을 연구하는 사람들이라면 좀 더 열린 마음을 가질 필요가 있을 것이다.

심령 과학, 그 미지의 세계로

지금까지 각 분야의 심령 과학 발전사를 살펴봤는데, 심령 과학이라고 하면 일반인들에겐 매우 생소한 단어겠지만 서양에서는 뉴욕의 하이데스

빌Hydesville에서 폭스 집안의 세 자매가 영혼과의 교신에 처음으로 성공한 날인 1848년 3월 31일을 기려 심령 과학 탄생의 날로 제정할 만큼 그 역사가 오래된 학문 분야이다. 심령 과학에 대해 많은 사람들은 사이비 과학이라는 수식어를 붙이고 있지만, 이 분야에 뛰어든 사람들의 면면을 살펴보면 그렇게 무시할 성질의 것만도 아니다.

과학적인 측면에서 심령학 분야를 최초로 분석한 학자는 다윈과 함께 진화론의 공동 발견자로 잘 알려진 알프레드 러셀 월레스(Alfred Russell Wallace) 박사이다. 그는 1865년부터 10회가 넘는 강령회를 자신의 집에서 거행한 후 미지의 힘에 대한 존재에 확신을 갖기에 이른다. 월레스 박사 못지않게 저명한 윌리엄 크룩스(William Crookes) 경도 심령학의 발전에 지대한 영향을 끼친 학자로 추앙받고 있다. 크룩스 경은 화학원소인 탈륨thallium과 이트륨yttrium을 발견하고 X선의 발달을 가능케 한 크룩스 진공관Crookes 眞空管을 발명했을 정도로 단연 19세기 최고의 과학자이기도 했다.

그는 다른 물체를 공중부양levitation 시킬 수 있는 능력을 보여준 다니엘 홈즈(Daniel Holmes)에 대하여 집요한 실험과 연구를 계속한 결과, 미지의 힘에 대한 결과를 얻어내었다. 그리고 이것을 당시 『계간 과학 저널(Quarterly Journal of Science)』에 게재했다. 또한 그의 저서인 『심령현상의 연구(Researches in the Phenomena of Spiritualism)』에도 이 문제에 관한 기록과 전문가들의 통신이 수록되어 있다.

마르코니(Marconi)보다 더 먼저 무선통신을 한 것으로 알려진 올리버 로지(Oliver Joseph Lodge) 경 역시 심령 과학의 역사에서 빼놓을 수 없는 인물이다. 영국의 런던 대학과 리버풀 대학에서 물리학과 수학을 가르친

후 버밍엄 대학 총장까지 역임한 로지는, 한편으로는 그의 명성과는 전혀 어울리지 않게 심령 연구에도 열을 올리고 있었는데, 『혼의 불멸성(The Immotality of the Soul)』 같은 책을 쓴 것만 봐도 그의 심령 과학적 성향을 잘 알 수 있다.

그는 '레노 파이퍼(Lenore Piper)'라는 여성 영매와 함께 공동으로 원거리 심령 통신을 연구하였다. 1914년 그의 아들 레이몬드가 전쟁터에서 사망하자 『레이몬드 또는 삶과 죽음(Raymond or Life andDeath)』이라는 책을 쓰면서 죽은 자와 교신할 수 있는 방법을 연구하기도 했다.

셜록 홈스로 유명한 추리소설의 대부 코넌 도일(Arthur Conan Doyle)도 유령 연구 대열에 동참했다. 그는 말년에 유령과 심령 과학에 심취하여 세계 심령학회 회장을 역임하기도 했으며, 추리소설로 벌어들인 인세 수입의 대부분을 심령학 연구에 투자했다고 한다.

초기에는 이처럼 개인적인 연구로 진행된 심령학이었지만 그 한계점이 보이기 시작하자 단체적인 성격을 띠며 발전하기 시작했다. 1882년 캠브리지 대학의 학자들이 설립한 영국 심령 연구협회 SPR, The Society for Psychical Research 나 1925년도에 설립된 런던 대학 부속 심령학 연구소 등이 그 대표적인 예이다. 미국에서도 1885년 미국 심령 연구협회 ASPR, American Society for Psychical Research 가 발족되어 매사추세츠 공과대학의 맥드갈(Duncan MacDougall) 박사에 의해 세계 최초로 영혼의 무게라고 추정되는 21g을 측정하는 개가를 올리게 된다.

심령학은 이후 더욱 체계를 갖춰나가며 인간의 초능력을 집중 연구하는 초심리학 超心理學, Parapsychology 으로 발전하게 되는데, 1969년 세계 최대의 과학 단체인 미국 과학 진흥협회 AAAS, American Association for the

Advancement of Science는 미국 초심리학회 American Psychic Association를 정식 단체로 인정, 협회의 회원으로 받아들이는 대전환기를 맞게 된다.

그러나 아직까지도 주류 과학계에서는 이러한 심령 과학 분야에 대해 비판적인 태도를 취하고 있는 것이 사실이다. 허나 우리는 이쯤에서 과학이란 것이 과연 현존하는 모든 현상을 실증할 능력이 있는가를 검토해볼 필요가 있다. 과학의 기본은 다름 아닌 실증에 있기 때문이다. 현대 과학은 실증되지 않은 모든 것을 부정한다고는 하지만, 역으로 그것이 왜 실증되지 않고 있는지에 대한 실증은 하지 못하고 있는 것이다. 이것은 결코 말장난이 아니다. 똑같은 논리를 적용했을 뿐이다.

과학이란 분야엔 우리가 일반적으로 생각하는 '과학'만 있는 것이 아니다. 우리가 통상적으로 과학이라고는 하지만 이는 다시 과학기술과 과학정신의 영역으로 나뉘고 있다는 것을 확실히 알아둘 필요가 있다.

흔히 우리가 말하는 과학이란 바로 과학기술을 의미한다. 과학정신이란 과학기술을 받아들이는 윤리적·관념적 태도이다. 따라서 실증되지 않았다는 이유만으로 귀신이나 초능력의 존재를 부정하는 것은 과학기술일 뿐 과학정신은 아니다. 과학에 있어서 과학기술도 중요하지만 과학정신도 그 못지않게 위대한 것이다.

『열린사회와 그 적들』이란 명저로 유명한 과학자요, 철학자인 칼 포퍼 (Karl Raimund Popper)의 말을 빌리자면, 과학이란 '열린 정신'이라고 한다. 이 말을 쉽게 풀이하자면, 과학 하는 사람들은 어떠한 편견과 옹졸함도 없어야 한다는 뜻이다. 절대적으로 완전한 진리는 있을 수도 없으며 과학이 될 수도 없다. 항상 공격을 받을 수 있는 허점을 지니고 있는 것들이야말로 과학인 것이다.

누구의 의견이 옳다 그르다 얘기하기 전에, 귀신이 있다는 것을 반박하고 싶은 사람은 '이 세상 어느 구석에도 귀신이 없다'는 것을 증명해 보여야만 한다. 그러나 그것은 '귀신이 있다'는 것을 증명하는 것보다 몇 배나 더 어려운 미션 임파서블이 될지도 모를 일이다. 비판을 허용하지 않는 닫힌 체계의 절대적 주장은 과학이 아니고 사이비 종교일 따름이다.

진정한 과학이란 모든 가능성을 인정하는 것이다.

- 칼 포퍼 -

참고 문헌

『Hydesville in history』 | Mary E Cadwallader, Summit Pub, 1980

『영혼과 심령의 세계』 | 로이 스테만, 자유시대, 1991

『Parapsychology』 | Richard Broughton, Ballantine, 1992

『퇴마록 해설집』 | 이우혁, 들녘, 1995

『상대적이며 절대적인 저승의 백과사전』 | 마르크 볼린느, 열린책들, 1997

『니콜라 테슬라』 | 마가렛 체니, 양문, 1999

『신과학 바로알기』 | 강건일, 가람기획, 1999

『제2의 창세기』 | 이인식, 김영사, 1999

『기는 과학이다』 | 이권배, 새로운 사람들, 2000

『소환사』 | 다카히라 나루미, 들녘, 2000

『판타지의 주인공들』 | 다케루베 노부아키, 들녘, 2000

『마술여행』 | 마노 다카야, 들녘, 2002

『예술과 과학』 | 엘리안 스트로스베르, 을유문화사, 2002

『21세기 키워드』 | 이인식, 김영사, 2002

『경이로운 색채치료』 | 카시마 하루키, 중앙생활사, 2003

『사이비 사이언스』 | 찰스 윈?아서 위긴스, 이제이북스, 2003

『선생님도 모르는 과학자 이야기』 | 사마키 다케오 등, 글담, 2004

『사진에 관하여』 | 수잔 손택, 이후, 2005

『과학, 미스터리를 읽다』 | 쿠가 나라이, 랜덤하우스중앙, 2005

『Ectoplasm(As Hypocrisy Blurs)』, Gregory Bryant Jr, PublishAmerica, 2005

알면, 두렵지 않다

필자가 공포에 대해 관심을 가지고 연구를 하게 된 계기가 있었다. 소싯적에 학업을 때려치우고 어떤 노스님을 따라 산으로 들로 유랑하던 시절의 일이었는데, 무슨 일이었는지는 기억나지 않지만 아무튼 산에서 갑작스럽게 밤을 지새워야 할 일이 있었기에 아직 해가 남아 있을 때 산 밑으로 내려가 침구와 식량을 공수해오기로 했다.

아시다시피 산에서는 해가 빨리 지는 법인지라 가을엔 오후 5시만 넘어가도 어두컴컴하여 전등을 발 앞에 비추지 않고서는 나아갈 수 없을 정도가 된다. 수없이 산을 오르내린 나도 밤 산길을 혼자 다닌 적은 그때까지 한 번도 없었기 때문에 당연히 긴장되지 않을 수 없었다.

그렇게 큰 산이 아니었건만 1시간을 내려갔는데도 마을 불빛이 좀처럼 가까이 다가오지 않았고, 해는 점점 어두워져 이제 전등마저 꺼진다면 그야말로 칠흑 같은 어둠이 나를 잡아먹을 것만 같았다. 뭔지도 모를 기분 나쁜 짐승의 소리와 버석거리는 소리, 그리고 귀신이 우는 듯한 바람 소리들이 나의 간장과 오금을 쥐락펴락하며 천변만화를 이루고 있었다.

하지만 서서히 눈앞에 보이는 마을 불빛을 의지 삼아 겨우겨우 정신을 차려 마을에 당도한 후, 가지고 갈 것들을 챙기고 다시 산에 오르자니 도저히 용기가 나지 않았다. 아까 나를 덮치지 못한 귀신과 야수들이 나를 해할 것 같은 기분, 발을 헛디뎌 깊이도 모르는 나락의 끝으로 떨어질 것만 같은 기분이 내 온몸을 엄습해왔다.

그냥 '도망가버릴까' 생각했다. 하지만 산 위에 있는 스님 생각에 도저히 그럴 수 없었기에, 도마 위에 오른 광어의 심정으로 산길을 다시 오르기 시작했다.

밤 산의 공포는 그야말로 상상을 초월한다. 아무리 기골이 장대하고 담이 큰 자일지라도 캄캄한 밤에, 익숙하지 않은 산을 혼자 올라간다는 것은 극히 어려운 일이다.

내려올 때는 동네 불빛이라도 의지했지만 올라갈 때는 그야말로 눈앞이 캄캄했다. 아무리 걸어도 거리는 좁혀지지 않는 듯했다. 방향 감각과 공간 감각도 사라졌다. 아까 낮에 올랐던 길인데도 불구하고 밤이라는 시간 속에서는 전혀 다른 공간으로 변하여 나에게 다가왔던 것이다.

귀신 같은 곡소리와 버스럭거리는 소리는 더 크게 들려 왔다. 무서우면 식은땀이 난다고 하지만 정말 공포에 가깝게 다가서니 땀조차도 나지 않았다. 만일 그때 뭔가가 내 앞에 갑자기 나타났다면 나는 그 자리에서 돌처럼 굳어 쓰러졌을 것이 자명한 일이었다.

그런데 그 순간, 내 맘속에 어떤 한줄기 생각이 아지랑이처럼 피어오르는 걸 느꼈다. 분노, 구차스러움…. 내가 이 정도밖에 안 되는 인간이란 말인가, 도대체 내가 왜 떨어야만 하고 공포에 짓눌려야만 하는 것인가.

후들거리는 다리를 진정시키며 걸음을 멈추었다. 그리고는 눈을 감고 잠시 생각을 했다. 그렇게 무섭게만 들리던 저 새소리는 오늘 낮에도 듣던 새소리가 아닌가. 바스락거리는 저 소리는 지금 당장 내 손으로도 낼 수 있는 나뭇잎 소리가 아닌가. 지금 들리는 바람 소리는 수천, 수만 년 전부터 이 지구에 불어오던 바람이다. 낮에 부는 바람과 밤에 부는 바람이 틀린 것이 아니지 않은가. 그렇다면 내가 느끼는 공포의 실체는 무엇이란 말인가? 새소리도 아니요, 나뭇잎도 아니요, 바람도 아니다. 도대체 무엇이 나를 두려움에 떨게 만들었단 말인가?

　그 순간 나는 홀연히 느끼게 됐다. 내가 고승도 아니고 선사도 아니었지만, 모든 공포와 두려움의 원인을 그 한순간에 느꼈던 것이다.

　그것은 바로 무지無智였다. 어떤 현상이나 사물에 대하여 모른다는 것. 알 수 없는 무명無明이 바로 공포의 실체였던 것이다. 저 숲에서 뭐가 튀어나올지 모르는 무지, 어떤 짐승이 내게로 덤빌지 모르는 무명, 이 길이 언제 끝날지 모른다는 그런 것들이 모여 내 가슴을 옥죄는 두려움으로 다가왔던 것이다.

　'알지 못함'이 공포의 실체라는 것을 느낀 순간 더 이상 그 밤 산길은 내게 두려움을 줄 수 없었다. 조금 전까지는 눈에 보이지도 않던 아름다운 별들이 보이기 시작했다. 향긋한 솔향기는 밤에 더욱 향취가 깊었다. 흐르는 더운 땀을 닦으며 얼마를 더 갔을까? 어느덧 정상에서 스님이 나를 보고 계셨다.

　후에 스님께 그때 내가 겪은 심정을 얘기해 드린 적이 있었다. 그러자 하시는 말씀이,

저자 후기

"절 밥만 축내는 나보다 낫구나. 너의 깨달음을 평생 가슴 속에 지니고 살아라. 능히 어떤 어려움도 너를 피해 갈 것이다."

그 후로 절 밥 인연도 끝나고 다시 사회생활을 하면서 지금까지 계속 나는 이 깨달음을 잊지 않기 위해 노력했으나, 원래 아둔한 위인인 데다 세파에 물들어 살다 보니 꼭 그렇게 되지만은 않았다. 그런 것이 세상살이인가 보다.

하지만 그때의 경험은 나로 하여금 공포에 대한 연구와 공부를 할 수 있는 계기를 만들어 주었으며, 대중들이 가장 쉽게 접할 수 있는 매체 중 하나인 영화를 통해 공포의 실체를 알리는 작업을 하게끔 이끌었다. 어둠이라는 실체가 따로 있는 것이 아니라 단지 빛의 부재 상태임을 이해하게 될 때, 악惡이라는 존재가 따로 있는 것이 아니라 그저 선善의 점진적인 부재 상황임을 이해하게 될 때, 그때서야 비로소 우리는 공포라는 감정 역시 우리의 마음이 만들어낸 허상이었음을 알고 좀 더 적극적이고도 여유롭게 대처할 수 있을 것이다.

모쪼록 이 책이 단 한 분에게만이라도 공포를 극복할 수 있는 도구로서의 역할을 한다면 필자는 더 바랄 나위가 없을 것이다.

부록

오컬트 용어 해설

오컬트^{Occult}란 무엇인가?

'Occult'란 라틴어로 '감추어진'이라는 뜻이며, 세상의 이면 뒤에 숨은 궁극적
진리를 연구하여 과학과 비과학을 접목시키는 이러한 학문을 '은비학隱秘學',
즉 '오컬티즘^{Occultism}'이라고 한다. 한국에서는 오컬트라는 단어가 매우 생소할
뿐더러 '컬트^{Cult}'와 혼동하여 엽기 문화 또는 귀신이나 UFO에 국한된
연구 분야로 잘못 오해하고 있는 경우가 많다.
인간의 눈에 신기하게 보이는 현상일지라도 그것은 인간이 알지 못하는
자연 법칙일 뿐이며, 그러한 우주의 법칙이 인간에게 어떤 영향을 주는지에
대해 비밀스럽게 전해지는 가르침이 바로 오컬트이다. 그러한 가르침의
궁극적 종착역은 세상에 대한 이해를 바탕으로 한 '사랑'이라고 할 수 있다.
그러므로 오컬트를 연구한다는 것은 내 자신과 이웃, 더 나아가 우주 만물을
사랑하겠다는 의지의 표현이다.

강시 殭屍

'殭屍' 또는 '僵屍'로 표기하는데, 사전적 의미로는 얼어 죽은 시체를 뜻하지만 '넘어진 시체' 혹은 '곧바로 서 있는 시체'를 뜻하기도 한다. 몸이 경직되어 있기 때문에 관절을 구부리지 않고 위 아래로 통통 뛰어 다니는 동양의 좀비라고 할 수 있다.

구미호 九尾狐

꼬리가 아홉 개 달린 사악한 여우 요괴로 알려져 있으나, 원래는 중국인들이 동이족(한국인)을 지칭할 때 쓰던 말이었다. 한족보다 월등한 문명을 자랑하는 동이족에 대한 시기와 공포심이 동시에 작용한 서글픈 요괴의 이름.

기시감 旣視感, Deja Vu

어떤 장소에 가거나 어떤 일을 겪었을 때 마치 예전에 경험했던 것 같은 기억이 떠오르는 현상. 주류 학계에서는 이러한 현상이 단순히 뇌의 착각에서 비롯되는 것이라 얘기하지만, 칼 융 같은 학자는 우주의 동시성 synchronicity이라고 얘기한다. 즉, 단순 착각이 아니라 어떤 식으로든 이 우주는 유기적으로 연결되어 있기 때문에 동시 다발적으로 같은 일이 일어날 수 있다는 설명이다.

낭광증 狼狂症, lycanthropy

자신이 '늑대'라고 생각하며 성격이 늑대처럼 흉포해지고 날고기를 먹으려 드는 정신 질환의 일종. 정확한 원인은 아직 규명되지 않았지만 스트레스가 가장 큰 주범으로 지목되고 있다. 늑대 외에도 자신이 각종 동물이라는 생각으로 살아가는 환자들을 일컬어 '수화망상증 獸化妄想症'이라고 한다.

도시송시술 跳屍送屍術

글자 그대로 뛰는 跳 시체 屍를 송환 送屍시키는 술법 術이라는 소리다. 객지에서 죽은 시체를 고향으로 데려가기 위해 도술로 일으켜 세워 이동시키던 비술로 청나라 말기까지 시행됐다고 한다.

랩 Rap 현상

유령이 출현하기 전의 전조 증상으로 불쾌한 소리가 나는 경우가 많은데, 이런 현상을 '랩 현상'이라고 한다. 하지만 그 소리가 반드시 크고 강렬한 것은 아니며, 때로는 아주 미세한 소리라서 아무도 눈치 채지 못하는 경우도 많다. 그러므로 유령에 대한 연구를 하는 사람들은 아주 작은 현상이라도 놓치지 말아야 한다.

반혼 返魂

죽은 사람을 화장했다가 그 혼을 집 안으로 다시 불러들이는 의식.

부록_오컬트 용어 해설

부두교

'부두VOODOO'라는 말은 서아프리카어로 '영혼'이라는 뜻에서 유래하며, 그러한 영혼들을 모시는 종교를 '부두교'라 지칭한다. 부두교의 남자 사제는 호웅간Houngan, 여자 사제는 맘보Mambo라고 하는데, 여러 가지 의식을 집행하며 형벌 집행까지 맡는다.

부유령浮遊靈

자신이 죽은 줄도 모른 채 아무 목적 없이 여기저기 떠도는 유령들. 보통 객귀客鬼들이 이에 해당한다.

빙의憑依

'빙憑'은 얼음氷 위에 있는 말馬의 마음心을 나타낸 글자로서, 얼음 위에 서서 미끄러지지 않을까 안절부절 못한다는 뜻이고, '의依'는 의지하고 기댄다는 의미다. 결국 빙의 현상은 마음이 어수선하여 어쩔 줄 몰라 하는 사람이 귀신에게 기대고 있다는 뜻이 된다.

사방신四方神

고대로부터 동양에 전해지는 동서남북을 다스리는 신들. 원래는 구미호, 삼족오, 은토끼, 옥두꺼비였으나 중국인들에 의해 그 이미지가 조작되어 청룡, 주작, 백호, 현무로 바뀌게 되었다.

스티그마타Stigmata

'성흔聖痕'이라고도 하는데, 주로 독실한 기독교 신자들에게 일어나는 독특한 증상이다. 예수가 십자가에 못 박힐 때 생긴 다섯 군데의 상처가 신도에게도 똑같이 생겨나며, 그 원인은 전혀 밝혀지지 않고 있다. 심하면 과다출혈로 사망하기도 한다.

엑토플라즘Ectoplasm

우리말로 하면 '유령화幽靈化 물질'이라 불리는데, 귀신들이 의사 전달을 하기 위해 만들어내는 일종의 자기표현 수단이다. 그들은 이 엑토플라즘을 이용하여 그들의 형상을 보여주거나 생전과 비슷한 목소리를 들려주는 것으로 알려져 있다.

유체이탈幽體離脫

인간의 영혼은 인간이 살아 있을 때에도 어느 정도의 시간 동안 육체를 떠나 영계의 여행을 할 수가 있는데, 이런 경우를 통틀어 유체이탈이라고 하며 'OOBE 현상'이라고도 부른다. 유체란 육체 안에 있는 또 하나의 신체 개념인데, 실제 육체와 거의 흡사하지만 육체보다 섬세하고 밀도가 낮은 것으로 이루어져 있다고 한다. 이 유체가 이탈하여 떠돌아다닐 땐 은빛 또는 하얀빛의 생명선生命線이 몸과 연결된다고 하는데, 이것은 머리의 송과선과 연결되어 있다고 한다.

음양사 陰陽師
일본 황실이나 귀족들의 길흉을 점쳐 주고 퇴마를 하는 일종의 무속인. 역사적으로는 아베노 세이메이(安倍晴明)가 가장 유명한 음양사로 기록되어 있다.

좀비 | Zombie
여러 가지 원인으로 인해 죽었다가 되살아나 사람을 공격하는 존재. 'Zombie'라는 단어는 뱀의 영혼을 뜻하는 'Zumbi'에서 왔는데, 주로 부두교에서 노동력 확보를 위해 좀비를 만들어왔다. 그러나 세월이 지나면서 사람을 물어뜯거나 공격하는 등 사악한 이미지로 변모되었다.

지박령 地縛靈
특정한 장소에서만 계속 출몰하는 유령. 한이 서려 있거나 애착이 있는 장소에 머물며 사람들을 홀린다. 같은 장소에서 계속 교통사고가 나거나 물에 빠져 죽는 경우가 많은데, 이런 일이 일어나는 이유는 지박령이 작용했기 때문인 경우가 많다고 한다.

킬리안 Kirlian 사진
인간과 동물의 오라 aura, 인체를 휘감고 있는 기의 파장 나 영적 발광체를 촬영한 사진인데, 사진 찍히는 대상의 일부분이 절단되었어도 그 물체 본래 형태의 사진이 찍힌다.

퇴마 退魔
'엑소시즘 Exorcism'이라고도 하는데, 빙의된 귀신보다 더 강력한 힘이나 신적 존재를 들이대 귀신을 쫓아내는 모든 방법을 뜻한다.

호조사 狐祖師
신선술 神仙術을 완전히 익혀 여우로서는 최초로 신이 된 존재.

화이트 노이즈 White Noise
유령의 목소리가 종종 잡히는 빈 주파수 대역. 가끔 이런 비어 있는 라디오 주파수 영역에 이상한 소리들이 잡히기 때문에 심령 연구가들이 주로 애용하고 있다.

E.V.P Electronic voice phenomenon
전기적 음성 현상이라고 하는데, 각종 녹음 기구나 라디오 기기 등을 이용해 채취한 귀신의 목소리를 뜻한다. 발명왕 에디슨이 이 분야의 선구자이다.

＊여기에 소개된 용어 외에도 수많은 오컬트 관련 용어들이 있지만, 한두 줄로 소개하기에는 너무나 방대한 작업인지라 용어 해설은 이 정도에서 마칠까 한다. 직접 본문 속에서 전후 상황을 이해하며 읽는다면 훨씬 더 유익하고 흥미로울 것이다.

부록 _ 오컬트 용어 해설

공포 영화의 분류

고어 Gore

피가 흥건하게 고이고 범벅이 된 영화를 말하는데, 쉽게 말해서 더럽고 역겨운 느낌을 주는 영화들이라고 할 수 있다. 그렇기 때문에 고어 영화에는 내장 꺼내기, 사지절단, 목 자르기, 눈알 파내기 등의 잔인한 신체 훼손 장면들이 많이 나온다. 최초의 고어 영화는 1963년도에 제작된 허셀 고든 루이스(Herschell Gordon Lewis) 감독의 『피의 축제(Blood Feast, 1963)』라고 전해진다. 요새는 한술 더 떠서 고어보다 더 극심한 하드고어 Hard Gore 영화들도 많이 등장하고 있다.

『피의 축제(1963)』

스플래터 Splatter

이 장르 역시 신체 파괴 장면이 나오는지라 고어와 혼동하기 쉬운데, 시종일관 살벌한 고어 영화와는 달리 코미디가 배합되어 있는 영화를 뜻한다. 내장이 터지고 골수가 튀지만, 그 가운데서도 요절복통 기상천외한 웃음이 계속 이어진다. 대표적인 작품으로는 피터 잭슨(Peter Jackson) 감독의 『데드 얼라이브(Dead Alive, 1982)』나 스튜어트 고든(Stuart Gordon) 감독의 『좀비오(H.P. Lovecraft's Re-Animator, 1985)』가 있다.

『데드 얼라이브(1982)』

『좀비오(1985)』

슬래셔 Slasher

'확 베어버리다', '난도질하다'의 뜻을 가지고 있는 'Slash'에서 파생된 장르이다. 정체를 알 수 없는 살인마가 나타나 도끼나 가위, 칼 등으로 등장인물들을 도륙하는 장면이 주를 이룬다. 『13일의 금요일(Friday the 13th, 1980)』, 『스크림(Scream, 1996)』, 『나는 네가 지난 여름에 한 일을 알고 있다(I Know What You Did Last Summer, 1997)』 같은 영화가 대표적이다.

「13일의 금요일(1980)」　　「스크림(1996)」　　「나는 네가 지난 여름에 한 일을 알고 있다(1997)」

스파게티 호러 Spaghetti Horror

이탈리아에서 처음 시작된 장르인지라 '스파게티'라는 말을 붙였다. 『석양의 무법자(The Good, The Bad And The Ugly, 1966)』나 『장고(Django, 1966)』 같은 스파게티 웨스턴을 본떠 지은 이름인데, 잔인함은 기본이고 지저분하고 구질구질한 장면을 무차별적으로 쏟아내는 특징이 있다. 루치오 풀치(Lucio Fulci)나 마리오 바바(Mario Bava), 다리오 아르젠토(Dario Argento) 등이 주로 이런 작품을 만들었으며, 『좀비(Zombie, 1979)』, 『시티 오브 더 리빙 데드(City Of The Living Dead, 1980)』 등의 영화가 대표적이다.

「좀비(1979)」　　「시티 오브 더 리빙 데드(1980)」

오컬트 영화 Occult Movie

신비로운 분위기를 배경으로 불가사의하고 초자연적인 상황을 다루는 영화 장르이다. 악령이나 종교 의식이 등장하며 사탄 숭배와 반 기독교주의를 내포하고 있는 작품들이 많은데, 이러한 이유로 인해 '오컬트'의 뜻이 '미신'이라 잘못 알려지고 왜곡되는 경향이 있다. 1932년에 만들어진 『화이트 좀비(White Zombie, 1932)』가 오컬트 영화의 효시로 알려져 있으며, 『악마의 씨(Rosemary's Baby, 1968)』, 『엑소시스트(The Exorcist, 1973)』, 『오멘(The Omen, 1976)』 같은 작품들이 대표적이라 할 수 있다.

『화이트 좀비(1932)』

『악마의 씨(1968)』

『엑소시스트(1973)』

『오멘(1976)』

영화 속
오컬트 X-파일

초판 1쇄 인쇄 | 2009년 7월 15일
초판 1쇄 발행 | 2009년 7월 24일

지은이 | 멀더 이한우

펴낸이 | 김명숙
펴낸곳 | 나무발전소

등록 | 2009년 5월 8일 (제313-2009-98호)
주소 | 서울시 마포구 합정동 205-7 서림빌딩 9층
　　　 tpowerstation@hanmail.net
전화 | (02)333-1962
팩시밀리 | (02)333-1961

ISBN | 978-89-962747-1-1　03810